KB102907

오늘 밤,
세계에서

이 사랑이
사라진다 해도

KONYA, SEKAI KARA KONO KOI GA KIETEMO

© Misaki Ichijo 2020

First published in Japan in 2020 by KADOKAWA CORPORATION, Tokyo.

Korean translation rights arranged with KADOKAWA CORPORATION, Tokyo
through Danny Hong Agency.

Korean translation copyright © 2021 by BY4M

이 책의 한국어판 저작권은 대니홍 에이전시를 통한
저작권사와의 독점 계약으로 ㈜바이포엠에 있습니다.
저작권법에 의해 한국 내에서 보호를 받는 저작물이므로
무단전재와 복제를 금합니다.

오늘 밤,
세계에서

이 사랑이
사라진다 해도

이치조 미사키 지음 — 권영주 옮김

일러두기

1. 본문 속 볼드체는 원서에서 방점으로 강조한 부분입니다.
2. 본문 괄호 안의 설명은 옮긴이 주입니다.

* * *

그냥 아름다울 뿐인, 내게는 아무 의미도 없을 여자애가 말했다.

"너랑 사귀어도 되지만 조건이 세 개 있어.
첫째, 학교 끝날 때까지 서로 말 걸지 말 것.
둘째, 연락은 되도록 짧게 할 것.
마지막으로 셋째, 날 정말로 좋아하지 말 것. 지킬 수 있어?"

당시 나는 모르는 게 몇 가지 있었다.
일상적인 것으로는 가짜로 고백하는 올바른 방법이라든지,
철학적인 것으로는 죽음이라든지, 시적인 것으로는 연애 감정이라든지.
그런데 모르는 게 하나 더 늘었다. 나 자신에 관한 것이다.
왜인지 모르겠지만, 나는 모르는 여자애에게 이렇게 대답했다. "그래"라고.

모르는 남자애의, 모르는 여자애

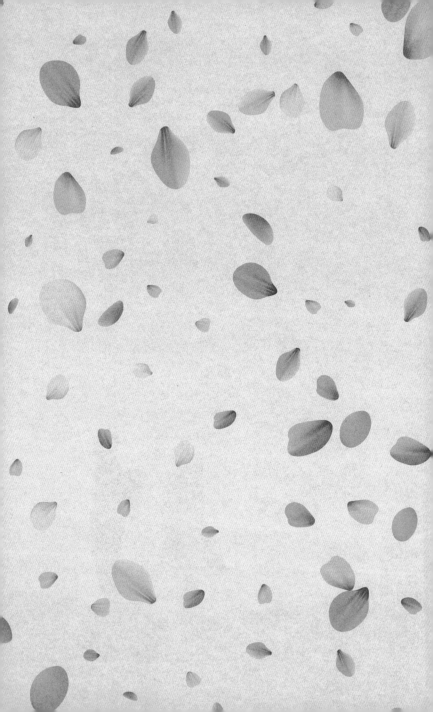

1

나는 평생 나 자신을 놀라게 하는 일 없이 살 줄 알았다.

내 행동에 나답지 않다든가, 스스로가 믿기지 않는다든가 같은 느낌을 받으며 놀라는 일은 없을 줄 알았다.

시험 점수나 성적도 그렇다. 놀랄 만한 성과나 결과는 없다. 스스로를 잘못 보는 일도 없고, 다시 보게 되는 일도 없다.

그런데 그날 방과 후, 나는 나 자신에게 놀랐다.

학년이 바뀌고 얼마 후부터 반 남학생 몇 명이 한 남학생을 괴롭히기 시작했다.

대학 잘 간다는 공립학교에 노력해서 들어왔건만, 2학

년이 되면서 열등반으로 보내진 데 대한 분풀이일 것이다. 심정은 알겠지만 공감은 할 수 없었다.

타깃은 내 앞자리 학생이었다.

친구 사귀기를 거부하는 것은 아니었지만, 나는 교실에서 주로 책을 읽었고 적극적으로 다른 사람과 엮이지는 않았다.

그래도 선량해 보이는 사람이 눈앞에서 힘들어하는 모습을 그냥 보고 있을 수는 없었다.

"야, 너희들, 그런 게 무슨 의미가 있냐."

그날도 녀석들이 눈앞에서 시답잖은 짓을 하고 있었다. 내가 그렇게 말하자 교실의 시간이 순간 멈추었다. 주범인 남학생이 돌아보더니 씩 웃었다.

그 순간부터 표적이 나로 변했다. 아아, 역시나 그렇게 되는군, 하고 덤덤하게 생각했다.

거기까지는 아무래도 상관없었다.

유치한 괴롭힘도, 근거 없는 험담과 조소도 아무렇지 않았다. 그런데 그걸 모조리 무시했더니 시시하다 싶었는지 처음에 괴롭혔던 학생이 다시 표적이 되고 말았다.

녀석들은 이번엔 들키지 않게 괴롭히기 시작했다. 돈까지 뜯는 모양이었다.

그 때문에 앞자리 학생은 종종 학교에 나오지 않게 됐다.

작작 좀 해라. 나는 조용히 화를 내며 녀석들에게 말했다. "좋아, 그럼 네가 우리가 시키는 걸 하나라도 하면 그만두지." 주범인 남학생이 대답했다.

나는 제안을 받아들였다. 각오는 어느 정도 돼 있었다. 녀석은 "1반 히노 마오리한테 고백해, 오늘 중으로"라는, 중학생 같은 일을 시켰다.

그날 학교가 끝난 뒤 복도에서 그 애를 불러 세웠다.

녀석들이 시킨 대로 건물 뒤로 데려가 감시를 받으며 명령을 실행했다.

그 애에겐 나중에 사정을 설명하고 사과할 생각이었다.

"너랑 사귀어도 되지만 조건이 세 개 있어."

설마 고백을 받아들일 줄은 꿈에도 몰랐다.

눈앞에서 그 애가 손가락을 하나씩 들며 사귀기 위한 조건을 제시했다.

놀라 할 말을 잃었다. 그건 숨어서 지켜보던 녀석들도 마찬가지였을 것이다.

나는 눈앞에 있는 이 애를 잘 알지 못했다.

특별반인 1반에 소속된 그 애. 히노 마오리.

히노는 여러 남학생의 눈에 매력적으로 비치는 듯했다.

우리 반에서도 몇 명이 그 애 이야기를 하는 것을 들은 적
이 있었다.

새삼 그 애를 바라봤다.

그냥 아름다울 뿐인, 역시 내게는 아무런 의미도 없을
여자애였다.

여기서 '싫은데요'라고 대답하면, 그 애는 '그럼 이 이야
기는 없었던 걸로 하자'라고 말하고는 길고 검은 머리를
나부끼며 가버릴까.

그러면 뭔가 문제가 생길까. 모든 게 원만하게 수습될까.

"그래."

내 목소리가 내 것처럼 들리지 않았다.

그런 인식에 이어 왜 그렇게 대답했나 하는 의문이 들
었다.

나 자신이 믿기지 않았다.

내가 진짜로 좋아하는 게 아니라는 사실은 히노도 눈치
챘을 것이다.

그런데도 그 애는 문득 긴장한 표정을 누그러뜨리더니
뜻밖에 웃음을 지었다.

"그래. 그럼 우리 내일부터 사귀는 거야. 잘 부탁해."

그러고는 더는 용건이 없다는 듯 돌아서서 가버리려 했다.

그러다 다시 돌아서서는 어렴풋이 미소를 지으며 물었다. 조금도 무리가 없이 그저 자연스러운, 그 애의 사람됨을 나타내는 듯한 웃음이었다.

"그러고 보니 이름이 뭐랬지? 한 번 더 가르쳐줄래?"

"아, 응…… 가미야, 가미야 도루."

"이제 기억했어. 도루구나. 난 히노 마오리. 내일 학교 끝나고 또 이야기하자. 아, 맞다, 사귀는 조건 말인데, 다른 사람들한테는 비밀로 해줄래? 그럼."

그렇게 말하고 다시 미소 짓고는 이번에는 뒤돌아보지 않고 가버렸다.

내가 차이는 꼴을 보려고 숨어 있던 녀석들이 재미없다는 얼굴로 나왔다.

"너 진짜 뭐냐."

남을 웃음거리로 삼으려고 했던 주범이 내뱉듯 말했다.

"하라고 해서 한 건데."

분위기가 험악해졌다.

나를 노려보던 녀석은 흥 하고는 언짢은 표정으로 팔을

15

부딪치며 옆을 지나쳤다. 다른 녀석들은 뭔가 할 말이 있는 얼굴이었지만 결국 아무 말 없이 그 뒤를 따라갔다.

녀석들이 간 뒤 나는 히노가 사라진 방향으로 다시 시선을 돌렸다.

지금까지 살면서 같은 학교 여자애를 좋아해본 적이 없었다.

나는 일반적으로 말하는 시스터 콤플렉스라, 어머니처럼 따르던 누나가 돌아오기를 기다리며 아버지와 둘이 살아갈 줄 알았다.

그게 내 인생이라고 믿었다.

가정 사정으로 대학에는 가지 않고 취직하기로 결정했다. 지금 반에 배정된 것도 이런 진로 희망과 관계가 있을 것이다.

걸어갈 인생이 다르다는 이유에서는 아니지만, 고등학교에 들어온 뒤로도 같은 학년 여자애를 의식해본 적이 없다. 그건 히노 마오리라는 아까 그 여자애에 대해서도 마찬가지였다.

그 애를 쫓아가 가짜로 고백한 사정을 설명하는 게 좋을까.

하지만 뚜렷하게 '그래'라고 조건을 받아들여 놓고 이

제 와서 말하기는 껄끄러웠다.

히노는 내일 방과 후에 다시 이야기하자고 말했다.

오해를 푸는 것은 그때로 미뤄도 되지 않을까. 그때가 되면 생각도 조금은 정리될지 모른다.

그런 생각을 하며 나는 아직 불타지 않는 하늘을 올려다보고는 집으로 향했다.

그게 나와 그 애의 첫 만남이었다.

2

아침에 일어나서 맨 처음 하는 일은 빨래다.

나는 공영 아파트에서 아버지와 둘이 살고 있었다. 집 안일은 주로 내가 맡아서 했다.

남자 두 명이 내놓는 양이니 매일 빨 필요는 없을지도 모른다.

그렇지만 나에게는 아버지와 단둘이 남은 뒤로도 계속해서 지켜야 할 것이 있었다.

사라진 누나가 종종 말했다. 위생감을 중시하라고.

집은 가난해도 누나는 나와 아버지에게 다림질한 손수

건을 주고, 해지거나 구겨진 데가 없는 새하얀 옷을 입혀 주었다.

표면적인 청결감보다 생활에 뿌리내린 위생감에 신경 써야 한다.

누나가 곧잘 했던 말인데, 생각해보면 우리 가족이 추레해지는 것을 막기 위해 한 말일지도 모른다.

빨래를 널고 아침과 도시락 반찬을 만들고 있으려니 아버지가 일어나 부엌과 붙어 있는 거실에 얼굴을 내밀었다.

"잘 잤냐, 도루. 오늘 아침 반찬은 뭐냐?"

"안녕히 주무셨어요, 아버지. 식사 전에 오늘은 꼭 면도하고 오세요."

얼핏 보면 아버지는 별로 위생적이지 않다. 몸차림은 괜찮은데 수염 때문에 다 망쳤다.

야근은 없지만 그 대신 봉급이 적은, 근처 자동차 공장에서 라인 작업자로 일했다.

어머니는 내가 어렸을 때 돌아가셨다. 어머니가 살아 있을 때는 아버지도 아버지다운 패기가 있었던 것 같은데 지금은 흔적도 없다. 친척들 중에는 어머니의 죽음으로 아버지가 달라졌다고 한탄하는 사람도 많았다.

아버지와 함께 두 손을 모은 다음 김이 피어오르는 아

침 식사를 했다. 한발 먼저 다 먹고는 흰밥을 퍼놓았던 두 사람의 도시락통에 반찬을 담고 그릇을 치웠다.

책가방과 도시락 가방을 들고 아버지에게 인사한 다음 잊지 않고 손수건을 챙겨 집을 나섰다.

5월 하늘은 높고 푸르렀다.

이제 곧 끝날 테지만 나는 5월이 좋았다.

그건 전에 누나가 오월병의 뜻을 가짜로 가르쳐줬던 것과 상관있을 것이다.

벚꽃도 지고 4월의 바쁜 시기가 지나면 사람들이 차분함을 되찾는 계절이 된다. 신록을 바라보며 시간을 보낼수 있게 되면서 다들 살짝 느긋해진다.

그게 오월병이라고 했다. 참 우아한 의미다.

누나는 초목처럼 조용한 사람이었다. 하지만 가끔 진지한 얼굴로 내게 그런 거짓말을 하곤 했다.

예전 일을 떠올리며 역으로 향했다. 중간에 지나치는 공원 수풀에서 푸릇푸릇한 잎을 발견했다. 아름다움에 감탄하다 보니 마음을 그곳에 두고 가고 싶어졌다.

오월병. 참 우아하다.

"저기, 흥미로운 이야기를 해주는데 미안하지만 아까부

터 와타야가 이쪽을 보는 것 같지 않아?"

2교시 쉬는 시간에 앞자리에 앉은 시모카와에게 오월병 이야기를 하는데 갑자기 그런 말을 했다.

"복도를 봐"라고 하기에 눈을 돌려보니 미인이지만 성격이 까다로울 듯한 여학생이 있었다.

히노의 친구인 와타야였다.

몰래 엿보듯 교실을 들여다보는 와타야를 같은 반 학생 몇 명이 의아하게 쳐다보고 있었다.

와타야와 말을 나눠본 적은 없다. 히노와 마찬가지로 나와 별로 관계없는 존재였다. 머리가 꽤 좋은 것 같았고, 서글서글한 미인이라 은근히 인기가 있었다.

어제 방과 후, 복도에서 히노에게 말을 걸었을 때도 와타야가 곁에 있었다.

볼일이 있다며 히노에게 건물 뒤로 와달라고 했을 때, 따라오지는 않았지만 의아한 표정으로 나를 쳐다봤다.

나는 와타야에게서 시선을 떼며 나지막이 중얼거리듯 말했다.

"말 안 했는데 어제 학교 끝나고 1반 히노한테 고백했거든."

"뭐? 그, 그래? 어떻게 된 거야?"

와타야를 보고 있던 시모카와가 놀란 표정으로 물었다.

오늘은 무사히 등교했지만 시모카와는 어제 학교에 오지 않았다.

시모카와에게 대답하기 전에 우리 반 주요 남학생 그룹 쪽으로 시선을 돌렸다. 중심인물인 녀석이 내 시선을 알아차리고 재미없다는 듯 눈을 피했다.

오늘 아침 시모카와는 녀석들에게 괴롭힘당하지 않았다. 약속은 지켜지는 듯했다.

복도로 다시 시선을 돌리자 이번에는 와타야와 눈이 마주쳤다.

쇼트커트가 잘 어울리고 무슨 생각을 하는지 알 수 없는, 이목구비가 반듯한 애다.

무슨 생각을 하는지 알 수 없다는 말을 내게 듣고 싶진 않겠지만.

"저."

와타야의 입이 움직였다. 히노와 친하니 어제 이야기를 들었을지도 모른다.

별로 눈에 띄고 싶지 않은지라 부르기 전에 먼저 일어섰다.

"시모카와, 잠깐 기다려줄래? 금방 돌아올 테니까."

"어? 아, 응. 그래."

와타야에게 다가가 곁을 스쳐 지나쳤다. 의아한 표정으로 돌아본 그 애에게 복도 구석을 가리키자 뜻이 통했는지 잠자코 따라왔다.

"미안. 뭐 볼일 있었어?"

인기척이 없는 곳에 다다르자 돌아서서 물었다.

"가미야지?"

와타야가 선선한 어조로 이름을 확인하기에 고개를 끄덕였다.

"그쪽은 와타야지?"

"편하게 말해도 돼. 그러고 보니 말을 나눠본 적이 거의 없지? 찾았지 뭐야."

와타야는 그렇게 말하고는 흥미 어린 눈빛으로 나를 다시금 쳐다봤다.

당연한 이야기지만 현실에서는 행동을 해야 반응이 있다. 정체돼 있던 것이 단번에 움직이려 하는 상황을 뭐라 말할 수 없는 기분으로 바라보는 느낌이었다.

"그래서 무슨 일인데?"

"아, 응. 히노 마오리 말인데…… 사귄다는 거 사실이야?"

말이 허공에 맴돌았다.

그런 것을 물으리라고 예상했으면서 말이 잘 나오지 않았다.

"응, 뭐, 그렇지."

일단 긍정하자 와타야는 놀란 얼굴이었다.

"역시 사실이었구나. 갑자기 왜? 마오리랑 모르는 사이 아니었어?"

"사람 마음은 눈에 보이지 않으니까."

"다시 말해 첫눈에 반했다는 거?"

"응, 뭐, 그런 거지."

모호하게 대답하자 와타야는 생각에 잠긴 표정을 지었다.

"느닷없이 이런 말 하면 나쁜 인상을 주겠지만."

"어, 뭐?"

"저…… 마오리를 진짜로 좋아하는 게 아니라 어쩌다 분위기에 휩쓸렸다든지, 장난이라든지, 그런 걸로 고백해서 사귀게 된 거라면 그만둬주면 안 될까."

의표를 찔려 와타야를 쳐다봤다. 벌써 뭔가 정보를 입수한 걸까.

하지만 히노에게 고백한 일은 같은 반 일부 남학생들만

아는 사실인 데다 왕따 비슷한 것과 엮인 문제다. SNS에서 떠들어대거나 소문을 퍼뜨릴 일은 아닐 것 같았다.

"왜 그렇게 생각하는데?"

의문을 유보하고 묻자 와타야는 살짝 눈썹을 내렸다.

"그러게. 난 쌀쌀맞을 것 같다든지 냉담할 것 같단 말을 많이 듣고 실제로도 그렇다고 생각해. 하지만 마오리는 정말 소중하게 생각하거든. 가능한 한 그 애가 아파하는 일이 없으면 좋겠어. 고백받았다는 말을 듣고 나도 모르게 찾으러 왔는데, 어쩐지 넌 마오리를 썩 좋아하는 것 같지도 않고."

아픈 데를 찔려 대답이 궁했다.

"그런 거 알 수 있는 건가?"

"알 수 있어. 가미야, 넌 나랑 비슷하거든. 말투도 시니컬하고. 보통 첫눈에 반한 여자애에 대해서 누가 물으면 더 이것저것 표정에 드러나지 않을까? 그런데 넌 쑥스러워하는 것도 아니고 어쩌지, 이거 귀찮은데, 그런 표정밖에 없거든."

나도 모르게 와타야를 쳐다봤다. 지금도 뭔가 표정에 드러나 있을까.

가짜로 한 고백에 관해 여기서 와타야에게 설명하는 편

이 좋을까.

'마지막으로 셋째, 날 정말로 좋아하지 말 것.'

하지만 히노도 내가 진심이 아니라는 것, 사정이 있다는 것을 금세 눈치챘을 것이다.

그렇기에 고백을 받아들였고 조건 등에 관해서는 와타야에게 말하지 않았을지도 모른다.

"아무튼 오늘 학교 끝나고 히노하고 이야기할 거야. 그러고 나서 다시 이야기해도 될까?"

얼버무리듯 그렇게 말하자 와타야가 나를 똑바로 쳐다봤다.

표정에 변화가 없는 그 애가 무슨 생각을 하는지 짐작하는 것은 불가능했다.

그런데 와타야의 눈빛이 잠깐 흔들렸다.

"미안. 자각이 없는 건 아닌데 말이야. 만나자마자 대뜸 이런 소리나 하고, 나도 참 이상한 사람이지? 응, 가미야, 나쁜 사람은 아닌 것 같고 마오리한테 상처를 주진 않겠지. 진짜 미안. 만나서 잠깐 말을 나눠보고 싶은 마음도 있었거든."

나는 어색한 웃음을 지었다.

"어, 응, 그래. 그럼 이제 목적은 이룬 건가?"

"응, 대충은. 아, 맞다. 혹시 마오리 때문에 뭐 어려운 일 있으면 편하게 의논해줘. 연락처를 주고받는 정도는 괜찮지?"

내 휴대폰이 피처폰인지라 휴대폰 메일 주소를 주고받은 뒤 와타야는 가버렸다.

당장이라도 히노와 이야기하고 싶었지만, 첫째 조건인 '학교 끝날 때까지 서로 말 걸지 말 것'이 생각나 교실로 돌아왔다.

내 자리에 앉자 앞자리의 시모카와가 흥미진진한 듯 물었다.

"가미야, 와타야랑 무슨 볼일 있었어?"

"아니, 뭐랄까. 그런 것 같기도 하고 아닌 것 같기도 하고."

애매하게 대답하자 시모카와가 고개를 떨어뜨렸다.

"혹시 내가 또 너한테 무슨 폐를 끼친 거야?"

"그런 거 아니야. 왜?"

"그렇잖아…… 오늘은 걔들한테 아직 아무 일도 안 당했고. 어제 그저께 학교에 안 나온 사이에 네 주변이 이것 저것 달라졌고. 히노한테 고백했다고 했는데, 혹시 나 때문에 뭔가 강요당한 건가 싶어서."

절절한 어조에서 시모카와의 순진함이 느껴졌다.

시모카와는 약간 비만이라 놀림을 당하기도 하지만 심성이 착하다.

하지만 마음은 눈에 보이지 않는다. 시모카와는 사려 분별이 없는 인간들에게 이따금 업신여김을 당하고 스트레스를 푸는 도구로 이용됐다. 괴롭힘을 당했던 것 역시 마찬가지다.

괴롭히던 녀석들에게 항의한 뒤 내가 대신 표적이 됐다.

주위 인간들은 내게 말을 걸지 않게 됐지만 시모카와는 걱정이 됐는지 종종 말을 붙였다.

주위에서 사람들이 없어지는 것도, 유치한 괴롭힘을 당하는 것도 아무렇지 않았다.

그걸로 아무 문제 없었건만, 녀석들의 공격을 모조리 무시했더니 다시 시모카와를 표적으로 삼았다. 게다가 이번에는 더 음침하게, 숨어서 괴롭혔다. 뒤늦게 깨달았는데 돈까지 뜯기 시작한 것 같았다.

시모카와가 학교에 나오지 않는 동안 그 일로 싸울 뻔했을 때 괴롭힘을 주도하는 녀석이 제안했다. 그 결과 내가 히노에게 고백하게 됐다.

히노에게는 미안했지만, 개에게 물렸다고 생각하고 적

당히 거절해주면 나중에 성심성의껏 사과할 생각이었다.

그런데 내 대답 탓도 있어서 일이 이상하게 되고 말았다.

나는 시모카와에게 비밀을 지키겠다는 약속을 받고는, 사귀는 조건을 빼고 어제 있었던 일을 이야기했다.

시모카와는 처음에 입술을 굳게 다물고 이야기를 들었다. 그런데 어느 순간부터 이상하다는 표정으로 변하더니 마지막에는 놀란 얼굴을 했다.

"그런 일이 있었구나."

"응. 어쨌거나 그렇게 돼서 학교 끝나고 일단 히노랑 이야기해볼까 해."

"그렇구나. 고마워. 또 가미야 너한테 도움을 받았네. 아, 그렇지만……."

시모카와는 말을 멈추더니 걱정스러운 표정을 지었다.

"왜?"

"아니, 저…… 걔들이 그런다고 포기할 녀석들인가 싶어서. 내가 전학 가고 없으면 널 또 괴롭히지 않을까."

괴롭힘이 원인이 아니면 좋겠는데, 시모카와는 부모님의 사정으로 갑자기 중국에 가게 됐다.

중국은 일본에 비해 여름방학이 빨라 6월 중순부터 시작하는 지역도 있는 모양이다.

거기에 맞춰 그쪽으로 가서 수속을 밟는다고 했다.

"뭐, 그건 그때 가서 보면 되니까 너무 걱정할 거 없어. 그보다 이제 2주만 있으면 전학인데 그때까지 느긋하고 즐겁게 학교생활을 하자고."

내 대답에도 시모카와는 여전히 뭔가 생각하는 표정이었지만, 이내 "응" 하고 고개를 끄덕였다. 그러고는 오랜만에 학교에서 웃었다.

그날은 결국 녀석들에게 아무 일도 당하지 않고 방과후까지 평화롭게 지낼 수 있었다.

하지만 방과 후에는 히노와의 약속이 기다리고 있었다.

히노는 어디서 만날지 정해주지 않았다. 망설였지만 고백할 때 내가 몇 반인지 말했던 터라 일단 교실에서 기다리기로 했다.

종례가 끝나고 시모카와와 잘 가라는 인사를 주고받았다. 여느 때는 늘 학교에서 가장 가까운 역까지 함께 하교했다. 우리 둘 다 이른바 귀가부다.

시모카와가 혼자 가면 또 녀석들에게 돈을 뜯기지 않을까 불안했지만, 오늘은 어머니가 전학 수속을 밟으러 학교에 오는 모양이었다.

시모카와는 어머니를 만나 함께 담임선생님에게 인사

한 뒤 차로 집에 간다고 했다.

창가 자리에서 교실 안을 둘러보니 녀석들도 이미 가고 없었다.

나는 가방에서 잡지를 꺼내 내 자리에서 시간을 때우기로 했다.

교실에서 사람이 줄어들수록 취주악부가 내는 악기 소리, 운동부가 준비운동을 하는 목소리가 멀리서 들려오기 시작했다.

고독과 연대의 혼혈아 같은 이 분위기가 싫지 않았다. 네모나게 잘린 푸른 하늘은 쓸쓸한 음악 비슷한 것을 아무도 없는 교실에 들려주었다.

얼마나 그러고 있었을까. 복도에서 들려오던 소리가 완전히 그쳤다. 열린 문을 통해 내 감각은 복도까지 뻗어나갔다.

발소리가 들려왔다.

서두르는 것도, 그렇다고 시간을 주체 못 하는 것도 아닌. 어렴풋한 긴장과 함께 목적한 곳으로 곧장 오는 듯한, 그런 발소리였다.

발소리가 그쳤다. 복도를 보니 **그 애**가 있었다.

순간 뭔가에 놀란 것처럼 눈썹을 치켰던 그 애가 이윽

고 앳된 웃음을 지었다.

"드디어 발견했네, 내 남자친구님. 가미야 도루 맞지?"

내가 어제 방과 후에 고백한 히노 마오리였다.

"어, 응."

이름을 확인하기에 간신히 고개를 끄덕였다. 그런 나를 히노는 어딘지 모르게 흥미로운 눈으로 쳐다보고 있었다.

그나저나 참 아무렇지도 않게 말을 건다. 나는 잔뜩 경계하고 있었건만. 그런 생각을 하는 사이에 히노가 교실로 들어왔다.

"실례합니다."

서슴없는 발걸음으로 다가와 앞자리에 다리를 옆으로 모으고 앉았다. 길고 검은 머리가 눈앞에서 흔들렸다.

이어서 히노는 의자 방향을 바꿔 나와 마주 보게 앉았다. 눈이 마주치자 즐겁게 미소를 지었다.

"넌 동아리 같은 거 안 해?"

"어? 아, 응. 그런데. 히노, 넌?"

할 말을 찾고 있으려니 히노가 먼저 말을 건네왔다.

히노는 책상에 팔꿈치를 괴고는 작은 턱을 손바닥에 얹었다.

입술은 웃는 모양을 띠고 있었다. 그렇게 즐거운 듯 턱을 괴는 사람을 처음 봤다.

"나도 안 해. 말하자면 귀가부. 그나저나 다행이네. 동아리 같은 거 안 물어봤으니까 나 때문에 빼먹은 거면 어쩌나 걱정했지 뭐야."

내 일상 풍경에는 웃음이 등장하는 일이 많지 않았다.

매일 학교와 집과 슈퍼를 왕복할 뿐인 데다 아버지도 나도 잘 웃지 않았다.

우리와는 달리 표정이 풍부한 히노가 턱에서 손을 뗐다.

"그리고 학교 끝나고 만나자 해놓고 장소도 안 정해서 미안해. 교실에 있어줘서 다행이야. 그래서 사귀기 전에 이것저것 물어보고 싶은데."

"응, 그거 말인데……."

나는 말을 잇지 못하고 시선을 피했다. 시야 끄트머리에서 히노의 얼굴이 보일 듯 말 듯 굳었다.

"아, 역시 싫어진 거야? 이상한 조건 같은 것도 붙이고 말이지. 하는 수 없지. 에이, 아쉬워라. 미안해. 이상한 거 시켜서."

"아니, 그런 게 아니라. 그런 게 아닌데 말이지."

나는 아직도 망설이고 있었다. 사정을 이야기하고 내 고백을 없었던 일로 해야 할지 말아야 할지.

"저, 2교시 쉬는 시간에 와타야가 왔었어."

마음속 갈등을 얼버무리듯 말하자 히노는 "응, 아까 들었어"라고 대답했다.

"복도에서 네가 말 걸었을 때 같이 있기도 했고, 어제 있었던 일을 이즈미한테 말했거든. 그랬더니 어째 흥미가 생겼나 봐. 아…… 미안해. 말한 건 이즈미뿐이지만 그래도 남한테 말하는 거 싫지?"

목소리 톤이 낮아지고 히노의 얼굴에 미안한 빛이 떠올랐다.

그런 표정을 짓게 하는 게 목적이 아니었던 터라 약간 허둥댔다.

"아니, 괜찮아. 친구한테 말하는 건 보통이라고 생각하니까. 친하구나?"

"아, 응. 이즈미는 그래 봬도 꽤 특이한 애거든. 묘하게 침착한가 하면 갑자기 이상한 소리를 하고 말이야. 그런 점이 재미있어. 게다가 사람이 엄청 좋으니까 자꾸 뭐든 의논하게 되지 뭐야."

아까도 히노가 말했지만, 와타야의 이름은 이즈미인가 보다.

그런 발견을 참신하게 생각하며 대답했다.

"그런 느낌이 들더라. 그래서 어제 한 고백 말인데 사실은⋯⋯."

결심이 선 나는 어제 고백에 관해 이야기했다. 기분이 상하는 게 아닐까 싶었는데, 히노는 딱히 놀라지도 않고 마지막에 가서는 즐겁게 웃고 있었다.

"저런, 그런 거였구나. 벌칙 게임이나 뭐 그런 거겠지 생각은 했지만, 반에서 괴롭힘당하는 애를 지키기 위해서 그랬단 말이지. 멋있네."

"아니, 그렇게 대단한 일은 아니고. 그저 나 같은 인간 하고도 친구 해주는 좋은 녀석이거든. 불쾌한 일을 당해서 고개를 푹 숙이지 않았으면 했어. 좀 있으면 전학 갈 거고 말이지."

"전학 가는구나. 아쉽네."

"응 그래서⋯⋯ 순간적으로 그러겠다고 대답한 건데. 뭐랄까, 나도 왜 그렇게 대답했는지 잘 모르겠지 뭐야."

할 말을 고르다가 히노가 나를 꼼짝 않고 쳐다보는 것을 깨달았다.

"도루 넌 나랑 사귀는 거 싫어?"

아버지 아닌 다른 사람이 나를 이름으로 불러준 것은 오랜만이었다.

이상하게도 내 이름이 빛나는 것처럼 느껴졌다.

"……싫은 건 아닐지도, 아마."

"뭐야, 그게."

모호한 대답에 히노가 즐겁게 웃었다.

나는 웃으려다가 실패한 것 같은 표정을 지으면서도 계속 할 말을 찾았다.

"너한테 실례일 수도 있지만 약간 재미있을지도…… 싶거든. 세 가지 조건이랬나? 결국 일반적으로 말하는 연애를 하는 게 아니잖아? 유사 연애려나. 좋아하지 않는다는 게 조건이고, 너만 싫지 않으면 괜찮을 것 같아."

생각을 정리해 말했을 때 히노는 다시 내 책상에 턱을 괴고 있었다.

"그럼 됐네. 아, 하지만 이즈미가 걱정하니까 겉으로는 유사 연애가 아니라 진짜 사귀는 걸로 하자. 이즈미한테도 조건 이야기는 안 했거든."

우리는 그렇게 해서 그날 이상한 약속을 맺었다.

조건부 연애를 시작하게 됐다.

"아버지 왔다. 오, 맛있는 냄새가 나는데."

저녁에 부엌에서 카레를 끓이는데 문 열리는 소리가 났다. 얼마 있다가 아버지가 얼굴을 내밀었다.

"수요일마다 먹는 카레인걸. 아, 맞다. 아버지, 애인이 생겼으니까 일단 보고는 해둘게."

"뭐……?"

내가 정직하게 보고하자 아버지는 눈을 둥그렇게 떴다. 누나의 제안으로 중요한 일은 가족들끼리 서로 보고하기로 되어 있었다.

"애인…… 애인이라고? 여, 여자애란 말이지?"

"동성애를 부정하진 않지만 여자애야."

"아니, 그게 아니라. 아닌 건 아니지만. 너무 갑작스러워서 말이다."

아버지는 작업복 차림으로 식탁 의자에 앉았다.

먼저 작업복을 벗어 세탁기에 넣어달라고 몇 번을 말해도 버릇을 고치지 못한다. 하지만 생활비를 벌어오는 사람은 아버지다 보니 화를 낼 수도 없다.

내가 그런 심경으로 쳐다보고 있으려니 아버지가 감개

무량하게 중얼거렸다.

"그래, 너도 이제 그런 나이냐."

"그렇다고 달라지는 건 없지만. 일단 보고는 해두는 거야."

사귀기로 약속한 뒤 나와 히노는 방과 후 교실에서 여러 이야기를 했다.

"그럼 우선 너에 관해 물어도 돼?"

히노의 물음에 나는 고개를 끄덕였다. 그러자 히노는 메모장 대신 스마트폰을 꺼내 진짜 이것저것 묻기 시작했다.

"먼저 생일은?"

"2월 25일."

"응, 2월 25일이란 말이지. 어? 그럼 르누아르랑 생일이 같네?"

"모르는데. 그렇구나."

"응, 그래. 가족 구성을 물어봐도 될까?"

"아버지랑 둘이 살아."

"그렇구나."

"왜 납득한 표정이야?"

"도루 넌 나이에 비해 야무져 보이니까."

"야무진가? 중3 때 고무줄을 손목에 끼운 채로 학교에 간 적이 있어서 한동안 별명이 엄마였는데."

"와, 그런 거 좋다. 중3 때 별명은 엄마였다."

"그것도 메모하게?"

"해야지. 혈액형은?"

"AB형."

"아하, 어울린다."

"어울리다니 뭐가? 그러는 넌?"

"……AB."

"아하, 어울리는데."

"엥, 어째 업신여기는 느낌이네."

"업신여기는 거 아냐. 다른 질문은?"

"존경하는 사람은?"

"……니시카와 게이코."

"실례지만 누구신데?"

"마니악한 순수문학 작가."

"그 사람이 어디가 좋은데?"

"위생감이 있는 점."

"위생감? 청결감이 아니라?"

"청결감은 가짜로 꾸밀 수 있지만 위생감은 꾸밀 수 없다고 생각해."

"도루, 너 역시 재미있는 애네."

그 뒤로도 히노는 여러 가지를 물었다. 취미, 좋아하는 연예인, 영화, 장소, 개를 좋아하는지 고양이를 좋아하는지, 휴일에는 뭘 하는지, 좋아하는 음식 등.

가끔은 나도 질문했는데 히노는 대체로 대답해주었다. 그 애는 개를 좋아하고, 공원을 좋아하고, 단것이라면 사족을 못 쓴다고 했다. 평범한 여자애라는 느낌이었다.

석양이 깔릴 무렵이 되자 히노는 무슨 생각에선지 이런 제안을 했다.

"그럼 애인스러운 일을 해볼까."

히노가 말하는 애인스러운 일은 스마트폰으로 우리 둘의 사진을 찍는 것이었다.

주황색 교실을 배경으로 찍은 사진은 히노가 즐겁게 손가락으로 브이 자를 그리고, 나는 쑥스러움에 괴상한 표정을 짓고 있는 우스꽝스러운 모습이었다.

내 전화가 피처폰이라는 것을 알리고 연락처를 교환했다. 히노가 사진을 보내줬다. 배경 화면으로 등록하겠다는 것을 내가 거절했다.

둘 다 전철로 통학하는 터라 역까지 같이 걸어갔다.

히노는 즐겁게 자기 그림자를 따라갔다.

학교 근처 역에서 같은 방향으로 나는 세 정거장, 히노
는 네 정거장 간다는 것을 알았다. 앞으로는 되도록 같이
하교하기로 했다.

전철을 탄 시간은 10분도 안 됐지만, 나란히 앉아 잡담
을 하는 기분은 뭐라 말할 수 없이 간지러웠다.

그렇게까지 자세한 이야기는 하지 않았지만, 저녁을 먹
으며 아버지에게 여자친구에 관해 간단히 말했다. 히노가
비밀로 하라고 했으니 유사 연애라는 말은 하지 않았다.

빈 카레라이스 그릇을 앞에 두고 아버지가 눈을 감았
다. "크아아" 하고 뭔지 잘 알 수 없는 탄성을 지르는가 싶
더니, 갑자기 거실 옆에 있는 아버지 방으로 갔다.

우리 집은 넓다고는 할 수 없다. 그런 우리 집에서 어렵
게 마련한 간소한 불단 앞에 앉아 아버지가 세상을 떠난
어머니에게 보고했다.

"도루한테 여자친구가 생겼어. 여자애 이야기라곤 생전
하질 않아서 걱정했는데 다행이지."

"제발 어머니한테 이상한 거 의논하고 보고하고 그런
거 안 하면 안 될까?"

"이상한 게 아니지. 너한테 여자친구가 생긴 건 너희 어머니한테 보고해야 할 좋은 소식이잖냐. 게다가 사나에가 있었으면 분명히…… 어, 음."

자기가 누나 말을 꺼내놓고 자기가 주춤했다.

켕기는 데가 있어서 그럴 것이다. 말은 하지 않지만 아버지는 자신이 능력이 없어서 딸이 사라졌다고 생각하는 부분이 있었다.

"이상한 소리 그만하고 가끔은 상 치우는 것 좀 도와줘요."

"아, 응, 그래. 그래, 가자."

저녁을 먹고 난 다음에는 각자 시간을 보낸다.

상을 치우고 나서 빨래를 개고 교복과 손수건을 다리고 있으려니 아버지가 목욕을 마치고 나왔다. 목욕물이 식기 전에 나도 목욕하기로 했다.

누나는 아버지가 싫어서 나간 게 아니다. 뭐든 다 이야기하는 우리 집에서 누나는 아버지에게만 말하지 않은 게 있었다. 그것과 상관있다.

머리를 감고 몸을 씻은 뒤, 비록 다리는 뻗을 수 없어도 내게는 익숙하고 안심되는 우리 집 욕조에서 몸의 힘을 풀었다.

오늘은 여러 가지 일이 있었다. 내일도 그럴까.

나 자신을 놀라게 하는 일은 내 인생에서 없을 줄 알았다. 그런데도 어제 그때 나는 히노의 제안에 '그래'라고 대답했다.

놀랐다. 내게 그런 일이 가능할 줄이야. 내가 나를 놀라게 할 수 있을 줄이야.

여자친구를 사귀기 시작했다고 누나에게 보고하면 어떤 반응을 보일까.

쓴웃음을 짓고, 얼마 있다 욕조에서 나왔다. 탈의실에서 머리와 몸을 꼼꼼히 닦고 트렁크스를 입었다. 문득 거울에 비친 인물을 바라봤다.

약간 너무 살이 없는, 신경질적일 듯한 내가 있었다.

4

여자친구가 생겼다고 일상이 극적으로 변하는 것은 아니었다.

이튿날도 여느 때처럼 학교에 갔다.

나도 모르게 전철 안에서, 통학로에서, 현관 입구에서

히노나 와타야를 찾고 있었다.

신선했다. 내 생활에 새로운 사람이 등장한다는 게.

교실에서는 시모카와와 이야기했다. 시모카와는 다음 주 주말이면 이사한다. 오래 알고 지낸 사이는 아니지만, 히노나 와타야와는 반대로 내 생활에서 누가 사라진다는 게 섭섭했다.

그건 익숙한 감정일 텐데도.

"있지, 잠깐 의논할 게 있는데."

시모카와는 늘 문제나 이야깃거리를 갖고 있어 그걸 내게 이야기한다.

"역시 살을 좀 빼는 게 좋을까."

참고로 이 이야기는 세 번째로 하는 것이다. 나는 여느 때처럼 부정했다.

"아냐, 잘 생각해봐, 시모카와. 일반 서민은 군살 같은 거 있을 수 없다고."

"하지만 미국에선 살찐 사람은 자기 관리를 못 하는 거라고 생각하나 보던데."

"미국인이 생각하는 비만이랑 일본인이 생각하는 비만은 많이 다르다더라. 그쪽에선 넌 뚱뚱한 축에 속하지도 않을걸."

내 말에 시모카와는 자기 배를 쳐다봤다.

"시모카와 네가 살을 빼고 싶은 거면 응원은 하겠지만, 무리할 필요는 없지 않을까."

"으음."

"게다가 살이 좀 붙어 있어야 폼 나는 대사도 있거든."

"예를 들면?"

"스테이크 1킬로쯤은 당신을 생각하는 마음으로 금세 소화되지. 여기 고기 추가."

"와일드하네."

"당신이 살쪘다고? 어디가? 내 눈에 당신은 날씬한 레이디인데."

"와일드하면서 신사인걸."

"요람에서 무덤까지는 아니지만, 잘 먹겠습니다부터 잘 먹었습니다까지 남기지 않고 먹는 인생을 당신한테 맹세하겠어."

"뭔 소리인지 모르겠지만 멋있는데. 그래, 와일드한 포동이가 되면 되겠구나."

이건 절대로 시모카와를 갖고 장난치는 게 아니다. 시모카와는 뭐든 너무 심각하게 생각하는 경향이 있어서 침울해하곤 한다. 그런 일을 막기 위해 되도록 긍정적인 말을 해주는 것이다.

그로부터 얼마 동안 시모카와의 얼굴 표정이 약간 멋있어졌다.

살쪘기에 여자애에게 할 수 있는 말을 찾으려다가 자신이 여자애와 교류가 없다는 사실을 깨닫자 점심시간에 영양 만점인 도시락을 앞에 두고 하늘을 우러러봤다.

"가미야, 너한테 많이 배우기는 하지만 결국 사람은 행동을 해야 한다는 뜻이네."

"뭐? 갑자기 무슨 소리야?"

나는 도시락을 열다 말고 물었다. 오늘 아침 일로 혹시 상처를 받은 걸까 걱정됐다. 그러나 시모카와의 표정은 평온했다.

"아니. 좀 있으면 전학 가니까 알 수 있는 일이 꽤 있단 말이지. 넌 늘 내 기운을 북돋워 주는 말을 해줬어. 하지만 그건 사실 굉장히 운이 좋은 일이거든. 나 스스로 행동하고 용기를 내서 여자애들하고도 친하게 지내보면 좋았을 텐데."

후회 어린 발언을 하면서도 시모카와는 어딘지 모르게 개운한 말투로 말했다.

그런 그를 보며 나는 미소를 지었다.

"전학 가선 친한 여자애들을 많이 만들어. 새로운 환경은 자기가 새로워질 기회이기도 하니까."

"그럼 너한테도 소개할게. 아차, 그럼 히노가 화내려나?"

시모카와는 나와 히노가 유사 연애를 한다는 사실을 모른다.

즐겁게 이야기하는 시모카와에게 나는 모호한 미소를 지었다.

학교가 끝난 뒤 나는 어제처럼 교실에서 히노를 기다리기로 했다.

시모카와는 "그럼 내일 또"라고 손을 들어 인사한 다음 교실에서 나갔다.

동작이 하도 자연스러워서 나도 아무렇지 않게 "그래, 내일"이라고 대답하고 말았다.

잡지를 보다가 깨달았다.

시모카와는 오늘 혼자다. 잡지를 도로 덮었다.

괴롭힘을 당하는 게 아닌가 걱정돼서 신발장을 향해 달려갔다. 열어보니 시모카와의 실내화는 있었지만 신발은 없었다.

학교 내에서 화장실 같은 데로 끌려가지는 않은 것 같았다.

그래도 신경이 쓰여 신발을 갈아 신고 현관을 나섰다. 저 앞에 교문을 향해 느긋하게 걸어가는 시모카와의 뒷모습이 보였다.

숨을 휴 내쉬었다. 누가 어깨를 끌어안고 어디로 데려가는 것도 아닌 듯했다.

그렇게 현관 앞에 우두커니 서 있는데 뒤에서 누가 말했다.

"뭘 뛰고 난리냐?"

목소리만으로도 누군지 알 수 있었다.

돌아보자 녀석이 있었다. 시모카와를 괴롭히던 그룹의 주범이다. 히노에게 고백하도록 시킨 녀석이기도 하다.

"그렇게 걱정되냐, 저 뚱땡이가?"

"친구인데 당연하지."

짜증스러운 어조로 대꾸하자 녀석은 업신여기듯이 웃었다.

"친구냐."

그러고는 나를 똑바로 쳐다보더니 오늘 점심시간에 담임과 학생 지도 교사에게 시모카와에 관해 주의를 받았다고 말했다. 그건 내가 모르는 이야기였다.

"시모카와 녀석, 우리가 돈 뜯는 걸 녹음했더라."

"녹음……? 시모카와가?"

"그래, 두 번째나 세 번째려나."

남 일처럼 말하는 녀석의 어조는 어딘지 체념한 것같이 건조했다.

"배짱도 행동력도 없는 시모카와가 일러바칠 줄은 꿈에도 몰랐는데 말이지. 진짜 웃기는 일이지. 학생 지도 녀석이 이제 와서 이야기한 이유를 물었더니 시모카와가 뭐라고 대답했을 것 같냐? 자기는 상관없지만 자기가 가고 나서 만에 하나라도 우리가 너나 다른 녀석한테 돈을 뜯지나 않을까 걱정돼서 용기 내 이야기했다더라."

녀석의 이야기에 따르면 시모카와는 어제 어머니가 전학 수속을 밟으러 학교에 왔을 때 함께 인사한 뒤 혼자 남아 담임과 학생 지도 교사에게 이야기한 모양이다.

놀라 말이 나오지 않았다. 시모카와가 거기까지 생각해 줬을 줄이야.

"그런 짓을 했는데 언젠가 이렇게 되는 건 당연하잖아. 대체 왜 그랬는데? 왜 그런 짓을 한 건데? 너도 노력해서 이 학교에 들어왔을 거 아냐."

내 물음에 녀석은 웃었다.

어딘지 모르게 슬퍼 보였다.

"글쎄다…… 모르겠네. 공부도 조금은 자신이 있었는데 언제부터 아무렇지도 않게 땡땡이칠 수 있게 된 건지. 친구인 줄 알았던 놈들도 내가 시킨 거라고 배신하고 말이야. 돈 문제도 있으니까 시모카와네 집에서 경찰에 신고하기 전에 사과하라고 하더라. 시모카와는 필요 없다고 한 모양인데 돈도 돌려주라고."

녀석은 또 웃더니 "아아, 진짜" 하고 중얼거렸다.

"내 인생이 왜 이렇게 시시해진 거지? 응, 가미야?"

나는 뭐라고 대답해야 할지 알 수 없어서 그저 꼼짝 않고 쳐다봤다.

녀석은 훗 웃더니 교문으로 걸어갔다.

시모카와를 쫓아가는 걸까. 자포자기해서 폭력을 휘두르려는 걸까.

그런 생각이 들었지만 녀석이 그렇게까지 바보는 아니라고 고쳐 생각했다.

녀석도 원래는 노력해서 희망을 품고 이 학교에 들어왔을 것이다.

지금은 잠깐 사는 방식을 헷갈렸을 뿐…….

교실로 돌아오니 아무도 없었다. 당연히 시모카와도 없다. 자리에 앉아 쓸 일이 거의 없는 휴대폰을 가방에서 꺼냈다. 시모카와에게 전화할까 했지만 통화 버튼을 누르기 전에 그만뒀다.

시모카와도 생각이 있어 한 일이다. 먼저 이야기를 꺼낼 때까지 모르는 척하는 게 나을 것이다.

잡지를 펴고 멍하니 바라보고 있으려니 어제 못지않게 느닷없이 히노가 나타났다.

"아, 있다, 남자친구님."

아직은 눈에 익지 않은 얼굴을 보고 조금은 힘이 생겼다. 나를 만나러 와주는 여자애가 있다는 게 어쩐지 기분이 이상했다.

"그 말에 난 뭐라고 대답해야 하는 건데?"

쓴웃음을 지으며 묻자 히노는 잠시 생각했다.

"오우, 마이 허니?"

"외국 영화에서도 요샌 별로 그런 말 안 하더라."

"그렇군, 남자친구님은 마이 허니는 취향이 아니란 말이지."

"그걸 메모한단 말이야?"

히노가 스마트폰으로 메모하는데 뒤에서 어이없다는

듯한 목소리가 들려왔다.

"하여튼 참, 너희 그렇게 몰랑몰랑한 대화를 하는 거야?"

와타야가 얼굴을 내밀었다. 심하게 단 사탕을 먹은 듯한 표정이었다. 히노와 와타야가 함께 있는 모습은 몇 번 봤지만, 이렇게 셋이 이야기하는 것은 처음이었다.

"오늘은 와타야도 같이 왔네."

"응. 너희가 좀 신경 쓰여서."

와타야는 그렇게 대답하고는 교실 문턱을 넘어 내 책상을 향해 걸어왔다.

히노는 그 뒤를 따르며 나를 또 빤히 쳐다봤다.

"왜?"

"어? 아, 응. 아니, 그냥. 아무것도 아냐. 아하하하."

"그보다 미녀가 둘이나 왔는데 좀 더 기쁜 표정을 지어야 하는 거 아냐?"

어제도 이야기하고 알았는데, 와타야는 약간 붙임성이 없기는 해도 꾸밈없는 성격인 듯했다.

"미인은 사흘이면 익숙해진다는 말 몰라?"

농담으로 대꾸하자 와타야는 예상 밖이었는지 "오오?" 하고 감탄하고는 즐겁게 입꼬리를 올렸다.

"익숙해지는 게 아니라 싫증 나는 거 아냐? 애초에 말을 나눈 지 아직 사흘도 안 됐다고. 마오리랑도 어제 처음 제대로 이야기한 거 아니었어?"

와타야의 말에 히노가 명랑하게 대답했다.

"맞아. 어제 서로 자기 이야기를 했어."

"저런. 예를 들면 무슨 이야기?"

히노는 내가 아버지와 둘이 산다는 것을 배려해서인지 가족 구성을 빼고 나에 관해 이야기했다. 그러면서 와타야도 AB형이라는 사실이 밝혀졌다.

"이런 이런, 괴짜 세 명이 모인 느낌이네."

와타야가 어딘지 모르게 즐겁게 말했다.

"하지만 이즈미, 사람 셋이 모이면 문수보살의 지혜라고 하잖아."

"이렇게 셋이면 문수보살한테 민폐도 그런 민폐가 없을걸. 보살님도 쓴웃음 지으시겠다."

경쾌하게 말을 주고받는 모습에서 두 사람이 친하다는 게 느껴졌다.

히노는 뭐든 즐겁게 이야기하고 와타야는 쿨하게 대꾸했다.

"그리고 도루는 니시카와 게이코란 작가를 좋아한대."

"뭐?" 와타야의 얼굴에 놀란 빛이 번졌다. "니시카와 게이코? 웬 마니악? 그리고 아까부터 궁금했는데 그 잡지, 《문예계》지? 가미야, 문학 소년이니?"

그러고는 내가 펴놓고 있던 잡지 이야기를 하기 시작했다. 《문예계》는 일본을 대표하는 순수문학 잡지 중 하나인데, 여기에 실린 신인 작가의 작품은 유명한 아쿠타가와상의 심사 대상이 되기도 한다.

내가 좋아한다고 한 니시카와 게이코의 작품도 이 잡지에 실리곤 하는데, 설마 니시카와 게이코나 이 잡지를 아는 동급생이 있을 줄은 몰랐다.

"아니, 그런 건…… 문학 소년은 아니고. 그보다 와타야는 어떻게 니시카와 게이코랑 이 잡지를 아는 거지?"

정기적으로 받는 용돈이 없는 내게는 매달 생활비를 절약해 남는 돈으로 잡지나 책을 사는 게 낙이었다. 이 잡지는 아버지도 읽기 때문에 돈은 반씩 부담하지만.

잡지를 들어 묻자 와타야는 태연하게 대답했다.

"아, 응, 난 순수문학을 엄청 좋아하거든. 프랑스 영화라든지 일본 영화, 요새는 러시아 영화도 좋아해. 그런, 대다수한테는 아무래도 상관없는, 아주아주 개인적이고 음침한 거."

같은 또래에 그런 사람이 있을 줄은 몰랐던 터라 다시 한번 놀랐다.

한편 시야 끄트머리에서는 히노가 또 스마트폰으로 메모를 하려 하고 있었다.

"히노, 내가 문학 소년이라고 쓰지 마."

"아닌 거야? 알았어. 문학 소년이라고 불리는 걸 싫어하는 문학 소년이라고 쓸게."

"어째 내가 되게 배배 꼬인 인간 같은데."

오늘은 이렇게 셋이 방과 후를 보내기로 하고 장소를 옮기기 위해 일단 학교에서 나왔다. 역으로 가는 길에 나와 와타야가 나란히 걸으며 책이나 작가에 대해 이야기하는데 뒤에서 찰칵 소리가 들려와 나도 모르게 돌아봤다.

"히노, 사진은 왜 찍는 건데?"

히노가 스마트폰으로 나와 와타야의 뒷모습을 찍고 있었다. 내가 따지자 히노는 장난치다가 들킨 초등학생 같은 표정을 지었다.

"가미야, 그렇게 멋대가리 없는 소리는 하는 거 아니야. 남자친구 사진을 찍는데 무슨 의미가 필요해?"

그렇게 말하는 와타야는 나와 히노가 유사 연애 관계라는 사실을 모른다.

"그건 그럴지도 모르지만 아직 어색하다고 할지."

"사흘이면 익숙해져야지."

"억지 쓰지 마. 미인 둘이랑 이야기하는 것도 아직 어색한데."

와타야와 둘이서 "아까는 익숙해졌다고 했으면서" "아니, 아직 사흘 안 됐거든" 하고 교실에서 했던 이야기를 다시 하고 있으려니 히노가 "그럼 말이야"라며 제안했다.

"익숙해지기 위해서라도 친목을 다지자. 어디 가서 셋이 차라도 마시지 않을래?"

"엥, 차? 그러지 뭐."

이야기는 그 뒤 어디로 가느냐 하는 문제로 옮겨갔다. 그러나 두 사람이 제안하는 패밀리레스토랑이나 찻집은 내게 다소 벅찼다. 가진 돈에 별로 여유가 없었다.

"괜찮다니까. 내가 억지로 따라와서 둘만의 시간을 뺏는 건데 그 정도는 내가 살게. 원래는 안 되지만 아르바이트도 하니까 여유 있거든."

"아니, 그렇지만 와타야, 그런 건 별로 안 좋다고 할지."

"됐다니까."

와타야와 실랑이를 하고 있으려니 생각에 잠겨 있던 히노가 말했다.

"아, 좋은 생각이 난 것 같아. 아직 시간도 늦지 않았고."

나와 와타야가 나란히 돌아보자 히노는 생각지도 못한 말을 했다.

"아예 도루네 집에 가면 어때? 그럼 돈도 안 들잖아."

"뭐……?"

얼빠진 목소리는 당연히 내 입에서 나온 것이었다.

5

"실례합니다."

결국 단둘만 되지 않으면 괜찮나, 납득하고 우리 집에 가기로 했다.

자랑할 구석이 한 군데도 없는 평범한 임대 아파트다.

"와, 도루네 집, 진짜 깨끗하네."

그런데도 히노는 신기한 듯 실내를 둘러보며 "사진 찍어도 돼?" 하고 물었다.

"어, 응. 그러든지."

누나가 떠난 뒤로 이 집에 여자가 발을 들여놓은 것은 처음이었다.

눈에 익은 칙칙한 풍경이 살짝 화사해진 듯했다.

다만 아무리 해도 현실감이 나지 않았다. 설마 이런 일이 생길 줄이야.

일단 두 사람을 식탁 의자에 앉게 하고 나는 부엌에서 물을 끓여 홍차를 준비했다. 일주일에 세 번은 홍차를 마셔서 익숙했다.

그동안 히노와 와타야는 여자애 특유의 꺄꺄 하는 목소리로 이야기했다.

"가미야네 집은 진짜 깨끗하네. 이 시간에 가족분은 안 계신다고 했는데 어머니가 청소를 좋아하셔?"

"아니, 와타야한테는 말 안 했는데 우리 집은 아버지랑 나랑 둘이 살아서. 청소는 내 취미 같은 거고. 뭐, 어쨌거나 깨끗하게는 하고 살아."

찻잎을 우리는 시간을 재며 대답하자 히노가 자랑스레 덧붙였다.

"그렇답니다. 우리 남자친구님은 위생감을 중시하죠."

"위생감? 청결감이 아니라?"

와타야는 우리 집이 한 부모 가정이라는 이야기는 그 이상 캐묻지 않고 히노에게 물었다.

"농농, 청결감은 가짜로 꾸밀 수 있지만 위생감은 꾸밀 수 없거든. 자세히 보면 도루의 셔츠, 칼라랑 소매가 반듯하게 다려져 있잖아? 그리고 손수건도 매일 빨아서 다림질하고. 그런 눈에 띄지 않는 부분도 깨끗하게 유지하는 게 위생감이야."

"허어." 감탄하는 것 같기도 하고 어이없어하는 것 같기도 한 탄성이 와타야의 입에서 새어 나왔다. "말해보기 전엔 몰랐는데 가미야, 꽤 특이한 애구나."

"그 말, 와타야한테만은 듣고 싶지 않은데. 이제 됐다, 차 마시자."

그러는 사이에 찻잎 우리는 작업이 끝났다. 뜨거운 물을 부어 따뜻하게 데워두었던 찻잔에서 물을 따라 버리고 도기 찻주전자에서 레이디그레이를 따랐다.

베르가모트 특유의 상쾌한 감귤 향이 부엌에 감돌았다.

"변변찮은 차지만 들어."

"그건 아니지, 가미야, 녹차도 아닌데."

"아, 그런가. 홍차는 그런 말 안 하나."

두 사람의 찻잔을 먼저 식탁으로 날랐다. 이어서 세일에서 산 쿠키를 담은 흰 접시와 내 잔도 가져갔다.

누나가 있을 때부터 쓰던 것이라 식탁 의자는 세 개가 있었다. 나도 앉아 홍차를 마셨다.

오렌지와 레몬을 넣은 가향차는 마시기 쉽고 마음도 차분해진다.

"와, 맛있네. 도루, 홍차 잘 우리는구나. 향기도 참 좋은데."

맞은편에 앉은 히노가 홍차를 마시더니 놀란 듯이 반응했다.

"⋯⋯진짜네. 뭐야, 이거? 어? 이 홍차 어디 거야?"

와타야의 입에 맞은 듯해 속으로 안도의 한숨을 쉬었다.

시모카와도 맛있다고 해주었던 터라 자신은 있었지만 감상을 듣기 전까지는 긴장됐다.

"슈퍼에서 파는 싼 거야. 레이디그레이는 비싼 거 아니라도 맛있거든. 그렇지만 점핑이 좀 잘 안 됐네. 한 77점이야. 더 있으니까 사양 말고."

맛을 확인한 다음 홍차가 가득 든 찻주전자를 가지러 부엌에 갔다.

솜을 잔뜩 넣은 주전자 덮개를 씌워 식탁에 놓았다. 바느질도 누나에게 배웠기 때문에 주전자 덮개 정도는 쉽게 만들 수 있었다.

소박한 흰색 찻잔으로 홍차를 마시다가 나를 보는 두 사람의 시선을 깨달았다.

"어, 왜?"

"지금까지 몰랐는데 가미야, 어째 몰락한 귀족 같다. 묘하게 기품이 있는 부분 같은 게 특히."

"몰락했다고 하지 마. 그리고 히노 넌 냉큼 메모하지 말고."

그 뒤로도 셋이 이런저런 이야기를 하는 사이에 찻주전자와 접시가 비었다.

이내 두 사람은 우리 집을 탐사하기 시작했다. 그래봤자 방 두 개에 거실 겸 주방이 있는 평범한 임대 아파트다. 아버지 방을 보여줄 수는 없으니 볼 것도 거실과 내 방 정도다.

와타야는 책에 관심이 있는 듯 내 방 책꽂이를 흥미롭게 훑어봤다.

히노는 내 방 사진을 잔뜩 찍었다. 뭐, 상관없다.

"히노는 왜 그렇게 사진 찍는 걸 좋아하는 건데? 이 방에 뭐 찍을 게 있다고."

"그렇지 않아. 남자애 방에 들어와 본 것도 처음이고 재미있는걸."

히노와 이야기하고 있으려니 와타야가 웬 아저씨 같은 목소리로 말했다.

"오오오, 가미야 씨, 취향이 아주 훌륭하시구먼. 헌책방에 내다 팔면 돈깨나 벌 것 같은 희귀본도 제법 있는데. 어디서 이런 걸 구해오는 거야?"

"그쪽에 있는 건 아버지가 헌책방에서 산 거야. 우리 아버지, 책을 사 오면 아무 데나 막 놓는 사람이거든. 하는 수 없이 거실이랑 내 방 책꽂이에 정리해두는 거야."

두 사람에게서 감탄하는 것 같기도 하고 아닌 것 같기도 한 탄성이 흘러나왔다.

"도루, 너 역시 야무지다. 책이 이렇게 많은데 먼지도 없고."

"응, 뭐, 위생감은 중요하니까."

"우엑, 또 나왔다, 위생감."

"와타야, 제발 무슨 바퀴벌레 나온 것처럼 말하지 마."

그 뒤 어째선지 두 사람이 다림질하는 모습을 보고 싶다고 해서, 빨래를 걷어 보여줄 수 없는 남자 옷가지는 살짝 감추고 손수건과 셔츠를 다렸다.

와타야는 너무 잘해서 징그럽다고 하고, 히노는 즐겁게 동영상을 찍었다.

저녁이 되어가기에 두 사람을 가까운 역까지 배웅하기로 했다.

나가는 김에 저녁거리 장을 보자고 생각해 증정품으로 받은 에코백을 들고 함께 집을 나섰다.

"이, 이 몰락 귀족은 왜 이렇게 에코백이 잘 어울린대? 이 고등학생 대체 뭐니?"

웃음을 참는 와타야의 얼빠진 모습을 히노가 정면에서 사진으로 찍었다.

하여간 현실감이 없는 하루였다.

밤이 되어 저녁 준비를 마친 뒤 식탁에 교과서를 펴놓고 예습하는데 문 열리는 소리가 났다.

아버지가 온 것 같았다. 늦게 왔다 싶었더니 얼굴이 벌겠다. 별로 많이 마시지도 못하면서 또 어디서 한잔하고 온 모양이었다.

"아버지, 술 마시고 올 거면 미리 연락 줘야죠."

"미안하다. 너한테 애인이 생긴 게 기뻐서 말이야."

애인이 오늘 친구를 데리고 놀러 왔다고 말하자 아버지의 눈이 휘둥그레졌다.

"이런 집에 들여놨다고?"

"뭐 어때서. 아버지 방은 안 보여줬고."

"그야 그렇지. 그러고 보니까 어째…… 좋은 냄새가 나나?"

"제발 밖에서 그런 괴상한 소리는 하지 마."

한숨을 쉬며 부엌으로 가서 음식을 데워내 저녁밥을 준비했다.

식탁 의자에 앉은 아버지가 꼼짝 않고 나를 쳐다봤다.

"왜?"

"어째 너, 알아서 다 컸구나."

나는 대답하지 않고 냉장고에서 밑반찬 조림을 꺼냈다.

그 뒤 내가 말리는 것도 듣지 않고 아버지는 다시 술을 마시기 시작했다. 저녁 반찬을 안주로 발포주를 마시더니 반도 못 마시고 곯아떨어졌다.

"하여간 목욕도 안 하고."

하는 수 없이 아버지를 깨워 따뜻한 타월을 주고 몸을 닦게 했다.

그동안 아버지 방에 가서 이부자리를 폈다. 전에 그냥 뒀더니 거실 소파에서 잠이 드는 바람에 이튿날 몸이 쑤신다고 한 적이 있었다.

몸을 굽혀 자리를 펴고 있는데 몸을 가누지 못하는 가장이 나타났다.

"괜찮아? 술 세지도 않으면서 많이 마시지 마. 옷 갈아입고."

"괜찮다, 사나에, 걱정 마라. 난 괜찮다."

그 말에 순간 몸의 움직임이 멎었다. 아버지는 알아차리지 못하고 잠옷으로 갈아입고는 잠자리에 들었다.

방에서 나와 샛장지를 닫으며 나는 아버지에게 시선을 돌렸다.

많이 취했는지 아버지는 나를 누나로 착각하고 있었다.

6

"뭐, 나도 가미야랑 비슷한 느낌이랄지, 그런 집이니까 편하게 와."

내가 사용하는 정기권으로도 갈 수 있는 곳이라고 해서, 그다음 날 학교 끝나고는 와타야의 집에 놀러 가기로 했다.

낮 동안 학교는 평화로웠다. 시모카와도 학교에 와서 느긋하게 지내고, 괴롭힘을 주도했던 녀석은 그룹에서 떨어져 나와 고립되어 있었다. 아르바이트 잡지를 보는 것 같았는데 말은 걸지 않았다.

학교 끝나고 히노, 와타야를 만나 셋이 와타야 집으로

갔다. 와타야도 전철로 통학했다. 나와 히노네 집보다 학교에서 가까워 같은 방향으로 두 정거장 가서 내렸다.

와타야가 사는 아파트는 공동 현관이 자동 개폐식이었다. 자동 개폐식 공동 현관을 부러워하던 나는 고급스러운 현관에서 눈을 떼지 못했다.

"히노, 또 찍어?"

히노가 웃으며 스마트폰을 들고 그런 나를 찍고 있었다.

"남자친구님이 놀라는 모습을 동영상에 담으려고."

"얼빠진 얼굴에 데이터 낭비하지 말지? 무한정 있는 것도 아닌데."

"뭐 어때."

"너희들, 꽁냥거리지 말고 얼른 오라니까."

먼저 들어간 와타야의 재촉에 나와 히노는 엘리베이터 홀로 향했다.

와타야는 어머니와 둘이 산다고 했다.

어머니는 주로 책 장정을 작업하는 디자이너인데, 밤에는 집에서 일하지만 낮에는 이것저것 볼일이 많아 외출하는 모양이었다.

와타야는 가끔씩 아르바이트로 자료 찾기와 서류 작성, 영수증 관리 같은 일을 돕는다고 했다. 사정이 있어 아버지와는 따로 산다고 했다.

여자들만 사는 집에 들어가려니 솔직히 조금 긴장됐다.

"어쨌거나 일단 앉아."

우리 집보다 훨씬 넓은, 개방감이 있는 거실로 안내됐다. 어머니가 디자이너라 그런지 곳곳에 그림이 있고 가구나 장식품도 하나하나 신경 쓴 티가 났다.

10층 건물 꼭대기 집에서 바라보는 하늘은 높고 빨래가……

"미안하다, 와타야. 방금 뭐가 잠깐 보였는데."

"응? 아아, 그거? 괜찮아. 난 신경 안 써. 그게 아닌가, 미안. 가미야가 신경 쓰이겠네."

그런 장면을 거쳐 나와 히노는 거실 의자에 마주 앉아 와타야가 내오겠다는 홍차를 기다렸다.

문득 오늘도 나를 유심히 쳐다보는 히노의 시선을 알아차렸다.

"왜?"

"몰락 귀족."

"그만 잊어버리라니까."

"미안. 그렇지만 그거 꽤 딱 들어맞는 키워드 같거든."

히노 나름대로 칭찬해주는 것일 수도 있지만 마냥 기뻐

할 수는 없었다. 그런 기분이 얼굴에 드러났는지 히노가
말했다.

"그런 표정 짓지 말고 더 웃어봐."

"아니, 괴상한 표정 지으려는 건 아닌데."

그렇게 말하면서도 나는 분명 괴상한 표정을 짓고 있었
을 것이다.

그런 나와는 대조적으로 히노는 오늘도 명랑하게 웃고
있었다.

"넌 늘 웃더라."

아무 의도 없이 내가 감상을 말하자 히노는 살짝 눈썹
을 치켰다가 대답했다.

"아, 응, 뭐. 사실은 늘 그런 건 아닌데. 웃을 수 있을 때
확실하게 웃어두자 싶어서. 웃을 수 없을 땐 진짜 뭘 어떻
게 해도 웃어지지 않잖아."

그런 대답이 돌아올 줄 몰랐던 터라 나도 모르게 히노
를 빤히 쳐다보고 말았다.

뜻밖이라는 듯한 내 시선을 알아차린 히노는 바로 변명
하기 시작했다.

"아, 아니, 실제 체험은 아니고 그냥 만화 같은 데서 본
거야."

"그래?"

의아하게 쳐다보자 히노는 거짓으로 웃는다는 것을 알 수 있는 표정으로 "그럼" 하고 고개를 끄덕였다.

"그럼 됐고. 그래도⋯⋯."

나는 우리 사정을 모르는 와타야에게 들리지 않도록 히노 쪽으로 몸을 내밀며 목소리를 낮추었다.

"우리는 유사 연애 관계긴 하지만 뭐 어려운 게 있으면 편히 말해줘."

"뭐⋯⋯? 아, 응."

히노의 놀란 표정을 가까이에서 바라봤다.

그때 "어이, 거기 둘"이라며 쟁반을 든 와타야가 끼어들었다.

"꽁냥거릴 거면 나 안 보는 데서 하면 안 될까?"

와타야의 말에 히노는 여느 때처럼 농담으로 대꾸했다.

"그렇지만 이즈미, 그럼 목소리는 들릴지도 모르는데?"

"헉, 얘가 어른의 농담으로 받아치네? 애인 있는 사람은 여유 있어서 좋겠어."

와타야는 홍차 쟁반을 테이블에 놓고 히노를 간질이기 시작했다. 처음에는 버티던 히노가 이윽고 간지러운 듯한 소리를 냈다.

나는 그런 두 사람을 보며 조금 전 히노가 한 말을 생각했다.

'웃을 수 없을 땐 진짜 뭘 어떻게 해도 웃어지지 않잖아.'

히노는 만화 이야기라고 말했지만 그런 것치고는 실감나게 느껴졌다. 내 착각일까.

그런 생각을 하며 와타야와 장난치는 히노를 새삼 쳐다봤다.

사람의 마음은 눈에 보이지 않는다, 들여다볼 수도 없다. 히노는 티 없이, 즐겁게 웃고 있었다.

7

시간은 소리도 없이 흘러간다. 히노와 사귄 지 일주일 이상 지났다.

그렇지만 학교 끝나고 어떻게 시간을 보내는지가 달라졌을 뿐 일상에 큰 변화가 있는 것은 아니다.

정말…… 그럴까?

요즘 들어 문득문득 히노 생각을 하곤 한다.

즐거운 표정으로 턱을 괴고 있는 모습, 끄트머리까지

생명이 깃들어 있는 듯한 아름다운 머리가 생각난다. 석양빛을 받으면 한순간 머리가 반들반들 빛난다.

나는 단순히 히노의 외모에 끌리는 걸까. 지금까지 여자를 접할 기회가 거의 없었기 때문에 그래서 그냥 착각하는 걸까.

하지만 그것만은 아니라는 생각이 들었다.

히노가 한 말이 마음에 걸렸다. 늘 웃는 얼굴을 보이는 히노가 그 뒤에 무엇을 감추고 있는지 알고 싶었다. 가능하다면 힘이 되어주고 싶었다.

"가미야, 요새 어째 정신이 딴 데 가 있는 것 같아."

그런 생각이 일상생활 속에서 문득 내 마음을 빼앗는 모양이었다.

점심시간에 시모카와와 이야기하던 중에 그런 말을 듣고 말았다.

"어? 그런가? 아닌 것 같은데."

내가 얼버무리며 웃자 시모카와가 부드러운 표정을 지었다.

"맞다, 전에도 의논했던 건데 지금도 일본어로 쓴 책을 이거저거 주문해서 모으고 있거든. 외국에서는 일본어 책을 구하기 힘드니까."

화제가 전환돼 약간 당황했지만 그 이야기는 생각났다.

"아아, 그랬지. 어때? 뭐 재미있는 책 찾았어?"

"응, 이거저거 있었는데 제일 괜찮은 건 격언집이려나. 인터넷으로도 찾아볼 수 있지만 책 쪽이 내 이 몸뚱이처럼 살이 되고 피가 될 것 같아서."

그러더니 시모카와는 자기 배를 두들겼다. 나를 웃기려고 이야깃거리를 제공해준 걸까. 시모카와의 의도대로 웃고 말았다.

"걸어 다니는 격언집이 될 수 있겠네."

"걷는 것은 누구나 할 수 있지만 발을 계속해서 내디디는 데에는 어려움이 따른다."

"모르는 격언인데? 누구 말이야?"

"평범한 먹보 시모카와의 격언. 약력. 생전에 딱히 아무것도 하지 않았다."

이거 당했는데 싶어 슬며시 웃음이 났다. 나는 순수하게 대화를 즐기기 시작했다. 외국에서 지적인 남자는 인기 있나 보더라고 말하자 시모카와는 기쁜 표정을 지었다.

"가미야, 뭐랑 기침은 숨길 수 없다는 격언 알아?"

"뭐?"

그런 말이 나오는 바람에 동요했다. 격언집은 우리 집

에도 있어 읽어본 적이 있었다. 시모카와가 말한 것은 '사랑'에 관한 항목에 들어 있었다.

사랑과 기침은 숨길 수 없다.

"재채기와 기침은 숨길 수 없다 아닌가?"

그런 말로 시치미 떼는 내게 시모카와는 "맞아"라며 미소를 지었다.

그런 식으로 학교에서는 여느 때처럼 시모카와와 이야기하고 학교가 끝나면 히노를 만났다.

문자를 보내는 습관이 없는 데다 별로 좋아하지도 않기 때문에 자주 연락 못 하는 것을 사과하자, 히노는 "신경 쓰지 마"라고 대답했다. "둘째 조건이랑도 맞으니까."

대신 방과 후 교실에서 둘이 많은 이야기를 했다.

"그럼 매일 요리를 하는구나. 나보다 잘하겠네."

"잘하는지 아닌지는 알 수 없지만 뭐, 그럭저럭."

"남자친구님 입버릇. 뭐 그럭저럭."

"또 스마트폰으로 메모하는 거야? 아니, 그게 아니라 나 그런 입버릇 없는데."

와타야의 집에 다녀온 이후 히노와 심각한 이야기는 하지 못했다. 억지로 이야기를 꺼내면 가능할지도 모르지만 그런 일은 피하고 싶었다.

우리는 연애 관계이되 연애 관계가 아니었다.

정말로 좋아하지 않는다는 조건이 붙어 있었다.

처음에는 그런 것이 전혀 문제 되지 않았다. 따져보면 애초에 내가 히노에게 폐를 끼쳤다. 히노가 무슨 생각인지는 알 수 없지만 유사 연애 관계에 불만은 없었다.

하지만 형태가 사실을 만드는 걸까, 아니면 그런 사실은 존재하지 않는 걸까. 서서히 히노와의 관계에 의해 달라져 가는 나 자신이 곤혹스럽게 느껴졌다.

히노와 방과 후를 함께 보내기 시작한 뒤 두 번째 금요일이 찾아왔다.

그다음 날은 토요일, 휴일이었다.

"히노, 휴일 말인데 6월도 됐겠다, 너만 괜찮으면 어딘가……."

"그러게 말이야, 어느새 벌써 6월이네."

히노의 표정이 약간 흐려졌다.

그러더니 금세 여느 때 같은 웃는 얼굴로 돌아와 물었다.

"아, 미안. 휴일 말이지? 도루는 요번 주에 무슨 약속 있어?"

"응, 일요일엔 시모카와란 친구가 이사 가니까 배웅하러 갈 건데."

시모카와 이야기는 이미 히노에게 한 적 있었다.

원래는 두 사람을 만나게 해주고 싶었는데 시모카와가 사양했다. 이유를 묻자 소중한 사람이 늘면 작별이 더 힘들게 느껴질 것 같아서라고 했다.

"지금은 히노랑 보내는 시간을 우선해줘. 난 이미 충분하니까."

그렇게 말하며 온화하게 미소 짓던 그는 내게 몇 안 되는 소중한 친구 중 하나다.

외국으로 전학 가서 헤어진다고 해도 영영 못 만나는 것은 아니다. 지금은 어떤 방법으로든 이어져 있을 수 있다. 앞으로도 우리는 분명 좋은 친구로 남을 것이다.

시모카와와 헤어지는 것을 아쉽게 여기면서도 지금은 히노와의 대화에 집중했다.

"토요일은 종일 괜찮은데. 어쩔래? 어디 갈래?"

예상치 못한 제안이었는지 히노는 "오?" 하고 반응했다.

"그건…… 이른바 데이트군요?"

"응, 뭐, 그런 거지. 히노 네가 싫으면 상관없고. 그냥 휴일은 어쩔까 생각한 것뿐이니까. 저번 토요일엔 네가 딴 일이 있었잖아."

"아, 응. 잠깐 병원에 가느라고. 별건 아닌데."

히노가 언뜻 시선을 피했다. 전 같으면 못 보고 넘어갔을 수도 있다.

"그나저나 데이트라. 재미있겠네. 우리 꼭 가자. 오전엔 안 되는데 괜찮을까?"

히노의 반응에 정신이 팔려서 대답이 약간 늦어지고 말았다.

"어? 아, 응. 괜찮아. 휴일인데도 오전에 일이 있어? 첫째 조건도 학교 끝날 때까지는 서로 말 걸지 말라는 거였는데."

평소 마음에 걸렸던 것을 묻자 히노는 대답을 망설였다.

"여자애는 원래 이런저런 사정이 있는 거야. 그래서 어쩔래? 어디 놀러 갈까? 도루는 휴일에 책을 읽거나 집안일을 한다고 했지?"

새삼스레 확인하니 참 재미없게 휴일을 보내는 것처럼 들렸다.

"응, 뭐. 대체로 그래."

"그리고 돈이 많이 안 드는 게 좋겠지?"

"부끄럽지만 그렇습니다."

머리를 숙여 사과하자 히노는 허둥지둥 말을 이었다.

"신경 쓰지 마. 그럼 공원은 어때? 그래도 괜찮으면 도시락은 너한테 부탁하고 난 그 뒤 찻집에서 디저트를 살게. 그럼 너도 부담이 크지 않겠지?"

고마운 제안이었다. 경제적으로나 심리적으로나.

"알았어. 뭐 먹고 싶은 거 있어?"

"음식은 가리는 거 없으니까 뭐든 다 되오이다냐. 아, 그 홍차는 마시고 싶을지도."

"알았어. 뭐든 다 되오이다냐? 전부터 생각했는데 히노는 가끔 이상한 말투를 쓰더라."

그날은 교실에서 이야기를 더 하다가 해 질 녘이 다 되어 같이 집에 갔다.

8

고대했던 토요일이 찾아왔다.

아침 일찍 집안일을 대강 끝내놓은 다음 도시락을 싸기 시작했다.

메뉴를 뭘로 할까 고민하다가 홍차에 어울리는 샌드위치를 만들기로 했다.

녹말가루를 묻힌 닭고기를 프라이팬에 구워 저칼로리

닭튀김도 만들었다.

샐러드도 필요하다. 홍차에 잘 맞으니까 과일도 간단히
준비하자.

아버지는 아침부터 방에 틀어박혀 있었다. 넉넉히 준비
한 홍차를 가져다주니 우리 집에 한 대뿐인 노트북으로 글
을 쓰고 있었다.

"또 소설 써?"

"응,《문예계》신인상 마감이 얼마 안 남았거든. 오, 뭐
냐, 향기가 좋은데?"

좌식 의자에 앉은 채 돌아본 아버지에게 찻잔을 건넸다.

소설 쓰기는 아버지의 취미이자 낙이고 어쩌면 인생 그
자체일지도 모른다. 내가 태어나기 전부터 썼다고 한다.
상은 아직 탄 적이 없었다.

아버지는 소설을 써서 생계를 잇는다는 꿈을 갖고 있었
다. 그런 핑계로 집안을 돌보지 않지만 역시 화를 낼 수는
없었다.

"오늘은 데이트하러 나가니까 점심때 집에 없어. 냉장
고에 샌드위치 있으니까 그거 드세요."

"오오, 고맙다. 데이트냐. 잠깐 기다려봐."

아버지는 일어나서 지갑을 찾아 열었다. 얼굴을 찡그리

더니 옷장을 뒤져 봉투에서 지폐를 꺼냈다.

"자, 용돈 받아라. 넌 매달 용돈을 안 받겠다고 고집을 부리지만, 그래도 고등학생인데 가계비 쓰고 남은 돈으론 아무래도 한계가 있지 않겠냐."

"괜찮아. 식비로 홍차라든지 나 좋아하는 것도 사는 데다 정기권도 사고 휴대폰을 쓰는 것만으로도 충분히 고맙다니까."

"네가 자전거 타고 학교 다니겠다는 걸 내가 막았는데 정기권은 당연하지. 휴대폰도 초저가 요금제고. 잔말 말고 이 정도는 받아둬라."

나는 아버지가 내민 만 엔 지폐를 쳐다봤다.

돈에는 힘이 있다. 사람을 행복하게 해주는 힘이다.

맛있는 것을 먹으면 얼굴에 웃음이 피고, 마음에 든 것을 생활 속에 들여놓으면 작은 기쁨이며 일상의 활력을 얻을 수 있다.

하지만 그렇기에 신중하게 쓸 필요가 있다.

"그럼 반만 쓸 테니까 나머지 반으로 오늘 뭔가 맛있는 거 해 먹어. 아버지 좋아하는 스키야키는 어때? 지금 철엔 배추는 없어도 고기는 좋은 게 있으니까."

"반이 뭐냐, 반이. 하지만 뭐, 그 정도에서 타협할까. 그럼 나머지 반으로 오늘 맛있는 거 먹자."

아버지는 그렇게 대답하고는 얼른 받으라는 듯 다시 지폐를 내밀었다.

"고맙습니다. 그럼 저녁은 기대해."

"너도 재미있게 다녀와라."

지폐를 받고 아버지에게 다시 한번 고맙다고 한 다음 방에서 나왔다. 내 방으로 돌아와 중학교 때부터 쓴 지갑에 돈을 넣었다.

자잘한 집안일을 마친 다음 누나가 애용했던 소풍 바구니를 벽장에서 꺼냈다.

튼튼한 황갈색 등나무 바구니다. 그 안에 도시락과 보온병을 담았다.

조금 이르지만 열한 시에 집을 나서기로 했다. 우리 집에서 걸어서 15분 정도 가면 큰 종합 공원이 있다. 벚나무 가로수길이 유명한 공원은 봄이면 사람들로 북적인다.

그곳 분수 앞에서 열두 시에 히노를 만나기로 했다.

자전거를 타고 갈까 하다가 바람을 맞기 싫어 걸어서 가기로 했다.

결국 약속 시간보다 30분 이상 일찍 공원에 도착했다.

사람은 있지만 붐빌 정도는 아니었다. 분수가 보이는

벤치에 앉아 바구니에서 문고본을 꺼냈다.

어렸을 때부터 휴일에 밖에서 책을 읽는 것을 좋아했다. 아마 좀 특이한 어린애였을 것이다. 밖에서 책을 읽는 것만으로도 이상하게 기분이 들떠 주위에 다른 가족들이 가득해도 별로 고독하지 않았다.

게다가 나는 알고 있었다.

책에 집중한 나머지 해 질 때까지 열중해서 읽는다. 주위가 어두워진 것을 알아차리고 놀라서 고개를 들고 불안해하고 있노라면 매번 누가 그런 나를 발견해주었다.

'역시 여기 있었구나.'

보라색이 섞인 붉은 하늘을 등지고 누가 걸어왔다.

그렇게 누나가······.

"저, 도루, 맞지?"

목소리에 얼굴을 들자 히노가 조금 긴장한 표정으로 눈앞에 서 있었다.

공원의 시계를 보니 그로부터 30분 이상 지나 있었다.

"아, 응."

"다행이다. 미안, 맨날 교복 입은 모습만 봤으니까 좀 자신이 없어서."

"아냐, 괜찮아. 나야말로 미안해, 온 것도 모르고."

그러다가 문득 여느 때와는 다른 히노의 복장이 눈에 들어왔다.

흰 셔츠를 걸치고 보드라워 보이는 소재로 된 녹색 긴 치마를 입었다.

그러고 보니 히노가 사복 입은 것을 처음 봤다.

그 모습에서 시선을 떼지 못하고 있는데 히노가 내 곁에 놓인 것을 발견했다.

"그거 도시락이야? 굉장해, 나 저렇게 제대로 된 소풍 바구니 처음 봤어."

"이거? 누나가 옛날에 바자 같은 데서 싸게 주고 산 건데."

"누나? 미안, 누나가 있단 말 들었던가? 아버지랑 둘이 산다고 한 것 같은데……."

"아, 응. 지금은 둘이 살지만 얼마 전까진 있었거든, 누나가. 죽었다든지 그런 건 아닌데……."

대답을 못 하고 있으려니 히노가 눈치채고 "그렇구나" 하고는 명랑한 목소리로 말을 이었다.

"나 배고파. 도시락 어디서 먹을래? 점심때까지 기다리게 한 건 나지만."

그렇게 말하고는 눈부시게 웃었다.

사람은 눈부시게 환한 빛을 받으면 그만큼 그림자가 뚜

렷하게 부각되어 그림자에 사로잡혀 버리는 면이 있다. 가족을 잃은 사람이 다른 행복한 가족을 지켜볼 때처럼.

하지만 히노의 밝은 분위기는 나를 쓸쓸하게 하지 않았다.

세상의 온갖 비극 중 몇십 퍼센트는 결국 자기 안의 문제일지도 모른다.

나는 히노의 웃음에 이끌려 미소 지으며 일어섰다.

그 뒤 우리는 휴일의 공원 풍경에 섞여들었다.

마침 잔디 광장 나무 밑 자리가 하나 비어 있어서 햇빛도 별로 신경 쓰이지 않았다. 소풍용 매트를 깔고 멀리서 점심을 즐기는 다른 가족들을 바라보며 도시락을 꺼냈다.

히노는 식사 전에 또 사진을 찍었다.

"야아, 맛있다. 도루, 너 굉장하다. 요리를 이렇게 잘하는구나?"

즐겁게 이야기하며 먹으니 순식간에 시간이 흘렀다.

돈 들지 않는 재료로 만든 음식이지만 입에 맞았다면 다행이다.

"사실 집에 있는 걸로 적당히 만들었으니까 진짜로 별것 아니야."

"그렇지만 맛있었어. 훌륭한 남편이 될 수 있겠다."

"히노 너도…… 음, 어떨까 모르겠네."

"왜 끝까지 긍정해주지 않는 건데?"

쓴웃음을 지었다. 상쾌한 공기를 마시며 하늘을 우러렀다.

스스로가 꼭 이야기 속 세계에 사는 사람 같았다. 기묘한 인연으로 옆에 있는 애와 이어졌다. 우리는 결코 서로 좋아하는 사이가 아닌데.

그래도 휴일을 함께 보낼 수 있는 사람이 있다는 게 고마웠다. 기뻤다.

우리는 또 그냥 그런 이야기를 하면서 웃고 감탄하고 멍하니 풍경을 바라봤다. 이윽고 침묵이 드리웠다. 적어도 나는 그 침묵이 거북하지 않았다.

"신기하네."

히노가 중얼거렸다. 내가 돌아본 것을 알아차리고 부드럽게 미소 지었다.

"왜?"

"아니, 신기해서. 진짜 신기해. 마음이 조급하지 않다고 할지, 괴롭지 않아. 말이 없어도 전혀 지루하지 않고 거북하지도 않아. 둘이서 이렇게 조용히 시간을 쌓아 올려온 것 같은 느낌까지 들어."

히노에게 보이지 않는 곳, 히노가 눈치채지 못하는 곳에서 뭔가가 떨렸다.

그 순간 나는 행복했다.

쌓아 올려온 것이 조금이라도 우리 둘 사이에 있다면 기쁠 것 같았다.

눈을 감았다. 그러면 감각의 범위가 조금 넓어진다. 그 느낌을 즐겼다.

태양의 온기, 잔디 냄새. 옆 사람의 호흡까지 느껴질 듯했다.

강한 바람이 불어와 눈을 떴다. 옆에서 그 애가 긴 머리를 붙들고 있었다.

그 짧은 시간 속에 뭔가 말하려 했다.

연애를 거짓으로 할 수 없게 된 나 자신을 깨달았다.

"널 좋아해도 될까."

그렇게 물었을 때는 이미 바람이 그쳐 있었다.

지금을 다 말하기도 전에 끝나버리는 지금 이 순간을 생각했다.

그래. 좋아하는구나. 말로 하고는 실감했다. 나는 너를……

히노가 천천히 시간을 들여 나를 돌아봤다.

"안 돼."

그 애가 말했다.

"왜?"

나는 물었다.

망설임을 떨쳐내지 못하는 것처럼 히노가 고개를 수그렸다.

"나 말이지……."

또 바람이 불었다. 히노의 긴 머리를 바람이 채가려 했다.

"병이 있어. 선행성 기억상실증이란 건데.

밤에 자고 나면 잊어버리거든. 그날 있었던 일을 전부."

바람에 뒤섞여서 그런지 그 애의 목소리가 내게 도달하기까지 시간이 걸렸다.

걸음을 뗀 두 사람

1

나는 오늘 하루를 스마트폰 알람 소리와 함께 시작했다.

멀리서 들려오는 소리에 잠에서 깨어났을 때 나는 가장 먼저 그것부터 이상하게 생각했다.

어라, 왜 알람이 울리지?

알람 소리에 깨는 게 싫어서 잘 때는 커튼을 치지 않고 아침 햇빛으로 일어나곤 했다. 그런데 스마트폰 알람 기능이 작동하고 있었다.

게다가 머리맡에 있어야 할 스마트폰이 다른 곳에 가 있었다. 침대와는 정반대 방향에 놓인 선반에 있다.

침대에서 일어나 마룻바닥을 걸었다. 어째 오늘은 좀

따뜻하네. 지금 몇 시지? 스마트폰 알람을 끄고 시간을 확인했다.

조금 의아하긴 했지만 다섯 시라는 것을 확인할 수 있었다.

……어째서 이런 시간에?

밤에 공부하고 열두 시쯤 자니까 아직 다섯 시간밖에 못 잔 셈이다. 그런데 이상하게도 몸은 충분히 잔 것처럼 느껴졌다.

알람 기능이 오류를 일으킨 듯해 한숨을 쉬다가 지금이 골든위크 중이라는 게 기억났다. 맞다. 휴일이다. 신난다.

나는 잠은 쉽게 드는데 한번 깨면 웬만하면 다시 자지 못한다. 1층으로 내려가 카페라테라도 마시자고 생각했다.

일단 불을 켰다.

'나는 사고로 기억장애를 갖고 있어요. 책상 위에 있는 수첩과 일기를 읽어보세요.'

'매일매일 전력으로.'

'좌우지간 수첩이다. 자, 책상 위를 봐라.'

바깥은 어스름에 싸여 있었다. 어슴푸레한 불빛을 밝힌 실내에서 나는 사방에 붙어 있는 종이를 발견했다.

등골에 전율이 흐르고 기묘한 감촉에 사로잡혔다.

어, 이게 뭐람…….

낯선 말이 낯익은 내 글씨로 쓰여 있었다. 그제야 아까 스마트폰을 봤을 때 든 의아함이 생각났다. 서둘러 화면을 확인했다. 날짜가 이상했다.

어제는 4월 26일이었다. 골든위크 첫날이니까 똑똑히 기억한다.

그런데 날짜가 한 달 이상 건너뛰었다. 벽에 붙은 종이에 이상한 말도 쓰여 있었다.

사고? 기억장애?

혼란에 빠져 있으려니 복도에서 발소리가 들렸다. 시선을 돌리자 문을 노크하는 소리가 났다.

대답하니 어머니가 머그잔을 얹은 쟁반을 들고 약간 엄숙한 표정으로 들어왔다. 어, 왜…… 어째서?

의문은 많았지만 먼저 벽에 붙은 종이에 관해 물었다. 그러자 어머니가 거북한 듯 대답했다.

"마오리. 넌 사고를 당했거든. 그래서 기억장애가 생긴 거야."

사고와 기억장애에 관하여 자세한 이야기를 듣고 망연했다.

그제야 생각났다. 확실히 사고가 있었다. 어제 일어난

일이다.

하지만 다른 사람들에겐 그건 어제가 아니다. 벌써 몇십 일 전이다.

말도 안 돼. 내 얼굴이 굳는 것을 알 수 있었다.

하지만 애써 전날 있었던 일을 떠올리려 해도 사고가 났던 '어제'밖에 생각나지 않았다. 거짓말이 아닐까 의심했지만 어머니가 거짓말을 할 이유도 없었다.

다시 말해 나는 정말 기억장애가 생겼다는 뜻인가.

솔직히 하나도 웃기지 않았다. 웃고 싶은데 웃을 수 없었다.

마음을 진정시키기 위해 의자에 앉아 어머니가 갖다준 카페라테를 마셨다.

좋아하는 계피가 든 카페라테는 평소처럼 마음을 진정시켜주지 못했다.

나는 떨고 있었다. 그런 나를 어머니가 괴로운 듯 쳐다봤다.

내가 매일 하는 일이라고 어머니가 가르쳐줘서 과거의 내가 쓴 수첩과 노트를 읽어보기로 했다.

나는 매일 아침 그걸 읽기 위해 일찍 일어나는 모양이다. 그 때문에 밤에는 늦어도 열 시에 잠자리에 든다.

어머니도 나에게 맞춰 생활 리듬을 바꾼 듯했다. 아래층에 있을 테니 궁금한 게 있으면 내려오라는 말을 남기고 어머니는 나를 혼자 있게 해주었다.

책상 위에 놓인 수첩으로 시선을 돌렸다.

처음 보는, 하지만 내가 좋아할 듯한 심플한 디자인의 수첩이었다. 바인더 식이라 페이지를 추가할 수 있는 데다 옆으로 조금 삐져나온 인덱스로 항목을 한눈에 알 수 있다.

어머니 말에 따르면 평소에는 스마트폰에 메모하고 필요한 것을 수첩에 정리한다고 했다. 수첩이면 데이터가 날아갈 염려가 없다고.

머뭇머뭇 수첩에 손을 뻗었다. 첫 항목은 '중요'라는 제목이 달려 있었다.

내가 사고를 당한 것, 장애의 증상, 부모님과 이즈미, 학교 선생님만 그 사실을 안다는 것 등 중요한 이야기가 쓰여 있었다.

나는 기억장애가 있다는 말을 다른 학생들에게는 하지 않은 모양이다.

이유도 쓰여 있었다.

기억장애에 관해 상의하자, 학교에서는 나라에서 정한

장애자 특례에 의해 출석 일수만 채우면 졸업을 인정해줄
수 있다고 했다.

그때 기억장애의 위험성도 지적한 모양이다.

생각지도 못했는데, 기억장애라는 소문이 퍼지는 것은
위험한 일이었다.

어떤 일이 일어나도 나는 그것을 기억하지 못한다. 잊
어버린다.

누구에게 무슨 일을 당해도 하루가 지나면…….

학교 내에 소문이 돌면 다들 나를 구경하겠다고 교실로
찾아올지도 모른다. 요즘 시대에 정보는 쉽사리 학교 밖까
지 퍼진다.

물론 세상에 나쁜 사람만 있는 것은 아니다. 좋은 사람
도 많다. 알게 되면 반 아이들은 분명 신경 써줄 것이다. 하
지만 아무에게도 말하지 않는다는 보장은 없다. 사건이 일
어난 다음에는 늦는다. 그런 공포가 하루하루 내게 정신적
부담이 될 수 있다.

의사도 최대한 스트레스를 줄이고 재미있게 지내 정신
을 안정시키는 게 중요하다고 말한 모양이다.

그런 사정이 있어·나는 이즈미를 제외하고 다른 사람들
과는 관계 맺는 걸 되도록 피하고 있다고 한다.

'중요'라고 쓴 페이지를 확인하는데 숨이 막힐 것 같았다.

활짝 열려 있던 미래가 갑자기 닫혀 어둠 속에 내버려진 기분이었다. 중간에 그만 읽고 싶어졌다. 사실의 무게에…… 마음이 꺾일 것 같았다.

하지만 외면하지 않았다. 작은 희망 비슷한 어떤 것 또한 '중요'라고 쓴 그 페이지에 있었으니까.

'이런 상태이긴 하지만 애인이 생겼어. 수첩의 '남자친구님'이라는 항목과 5월 27일 이후의 일기를 읽어봐. 남자친구님에 관해 쓰여 있어.'

수첩에 쓰인 그 말을 다시 바라보며 얼마 동안 생각에 잠겼다.

나한테 남자친구가……? 어째서? 이런 상태인데 대체 어떻게 된 거지?

용기를 내어 먼저 수첩의 '남자친구님' 페이지를 폈다.

상대방은 다른 반 남학생인 가미야 도루라고 했다. 접점이 없으니 잘 기억나지 않았다.

살빛이 희고 호리호리한 애였던 것 같다.

수첩 내용으로는 사진과 동영상도 스마트폰 전용 폴더에 있는 모양이다.

스마트폰을 보니 그 애가 맞았다. 사귀는 두 사람이 그러듯이 바짝 붙어 찍은 셀카도 있었다. 사귀게 된 경위도 수첩의 '남자친구님' 항목에 적혀 있었다.

가미야가 방과 후 갑자기 나를 건물 뒤로 불러내 고백했다고 한다. 하지만 정말 좋아하는 게 아니라 어쩐지 누가 시킨 것처럼 보였다.

여느 때 같으면 거절했을 것이다. 하지만 그때 나는 고백에 편승해보자고 생각한 모양이다. 상태는 이래도 뭔가 새로운 일을 할 수 있을지 한번 노력해보자고.

나는 그때까지 아무것도 쌓아 올리지 못하는 나 자신에게 경악하고 있었던 것 같다. 아무것도 못 한 채 하루가 그저 지나가는 것이다. 그래서 과감하게 뛰어든 모양이다.

사귀기 위한 조건이 세 개 있었다.

첫째, 학교 끝날 때까지 서로 말 걸지 말 것.

둘째, 연락은 짧게 할 것.

마지막으로 셋째, 정말로 좋아하지 말 것.

대략 그런 조건으로, 이유도 쓰여 있었다.

첫째는, 비록 상태는 이래도 나는 학교에 다니고 있으니 수첩과 일기를 읽어 나에 관해 정리할 시간이 필요하다고 생각해서다.

둘째는, 연락이 빈번히 와도 시간 관계상 답신을 할 수 없는 데다, 메시지로 전날의 나와 관련된 화제를 꺼내면 곤란하니까.

셋째는, 상태가 이래서야 어차피 언젠가는 헤어지게 된다, 그러니까 연애 감정은 갖지 말자, 유사 연애 관계로 하자, 라는 이유에서다.

이어서 가미야의 프로필을 읽었다.

생일, 가족 구성, 혈액형, 좋아하는 작가 같은 정보 그리고 어떤 사람인가 하는 것.

몰락 귀족, 엄마, 위생감을 중시하는 사람. 위생감이 뭘까 했는데 그 설명도 있었다. 청결감은 얼마든지 가짜로 꾸밀 수 있지만 위생감은 꾸밀 수 없다고 한다.

조금 감탄했다. 내가 그 애에게 살짝 관심이 생긴 것을 알아챘다.

용기 내어 노트에도 손을 내밀었다.

수첩에 중요 사항을 정리하는 한편 노트는 '일기'로 사용하나 보다.

사고 다음 날부터 지금에 이르기까지 하루하루가 일기 형식으로 쓰여 있었다. 단시간에 지금까지 있었던 일을 읽기 위해 일주일 단위로 일기 내용도 요약해두는 모양이다.

일기 쪽은 수첩과 분위기가 꽤 달랐다. 격식을 차리지

않고 자유롭게 썼다.

시간을 생각해 일단 요약된 일기를 읽어봤다. 나는 매일 이전과 다름없는 일상을, 남들에게 들키지 않도록 노력해서 살고 있는 듯했다.

남자친구님이 나타나기 전까지를 대충 확인한 다음, 드디어 남자친구님이 등장한다는 5월 27일 이후의 개별 일기를 읽기 시작했다.

'방과 후' '데이트' '남자친구님' '이즈미' '남자친구님 집' '홍차'.

내 일인데도 믿기지가 않아 시간도 잊고 열심히 읽었다.

요약된 일기에는 당연히 밝은 이야기만 있는 것은 아니었다. 낙심한 내용도 있었다. 노력해서 특별반에 들어갔는데 의미가 없어진 것, 친구 관계에 관한 것. 좀처럼 좋아질 줄 모르는 기억장애.

그런데 남자친구님이 등장한 뒤로는 긍정적이고 즐거운 내용만 적혀 있었다. 남자친구님과 이런 이야기를 했다느니, 그때 표정이 좀 귀여웠다느니. 지금의 비정상적인 나는 그냥 그런 일을 그냥 그렇게, 그런 것을 느낄 여유가 과거의 우리에게도 있었다는 데서 용기를 얻었다.

어느새 해가 떠 눈 깜짝할 새에 아침 일곱 시가 되어 있

98

었다.

직시해야 할 기억장애에 대한 공포가 아주 조금 줄어 있었다.

2층에 있는 내 방에서 거실로 내려가자 아버지가 신문을 읽고 있었다. 어제와 똑같은 듯했지만 약간 긴장한 것처럼도 보였다.

쳐다보고 있으려니 아버지가 신문을 내렸다. 빙긋 웃었다. ······혹시 매일 이런 식일까.

"아, 저, 불편을 끼쳐 죄송합니다."

머리를 숙이자 아버지가 허둥지둥 일어섰다.

"불편이라니 무슨 그런 말을 해. 안 그래, 여보? 마오리 네가 구하지 않았으면 그 애도 목숨을 잃었을지 모른다고. 넌 정말 훌륭한 일을 한 거야. 기억장애가 흔치 않기는 해도 유사한 사례가 아예 없는 것도 아니고. 시간은 걸릴지 몰라도 나을 가능성이 있어. 느긋하게 생각하자."

아침에 어머니가 해준 설명도 그렇지만 매일 아버지에게 이런 말을 시키는 건가 생각하니 죄송한 마음이 들었다. 그러나 어두운 표정을 보이는 게 제일 좋지 않다고 생각해 밝게 고개를 끄덕였다.

그 뒤 함께 아침을 먹고 방으로 돌아왔다. 수첩을 확인하니 토요일인 오늘은 열두 시부터 남자친구님과 공원에서 데이트를 한다고 했다.

데이트라고? 제법인데, 나.

무슨 옷을 입고 가나 고민하는데 스마트폰으로 전화가 왔다. 이즈미다.

"여보세요, 마오리? 오늘 가미야랑 데이트하지? 괜찮겠어?"

어제 이야기했는지 이즈미는 우리의 약속을 아는 것 같았다.

"미안해, 이즈미. 어째 성가신 일에 널 끌어들였나 보네."

"성가신 일? 아, 기억 이야기라면 신경 쓸 거 없어. 난 할 수 있는 일, 하고 싶은 일만 하고 있으니까."

이즈미의 시원스러운 말에 마음이 편해졌다.

이즈미는 성격 탓도 있어 다른 사람과 쉽게 친해지지 않는다. 하지만 친하게 지내기로 마음먹은 사람, 결과적으로 친해진 사람에게는 한없이 친절하다.

"그렇게 말해줘서 고마워. 그래서 지금 데이트에 뭘 입고 가나 고민 중인데."

"알아서 하셔."

"너무해."

"남자친구 자랑은 필요 없거든."

"자랑 아닌데."

그런 이즈미에게도 과거의 우리가 말하지 않은 사실이 있다.

과거의 우리는 가미야와 유사 연애 관계라는 이야기를 이즈미에게 비밀로 하고 있다.

벌써 충분히 성가신 일에 끌어들였지만, 남자친구님과의 관계는 내가 멋대로 정한 일이니 되도록 둘이서 대처하자 생각해서라고 한다.

이 옷 저 옷 입어본 끝에 가까스로 입을 옷을 정했다.

남은 시간에 수첩과 일기를 꼼꼼히 읽었다. 처음에는 꽤 침울했지만 나는 놀랄 만큼 쉽사리 '지금' 상황에 적응했다.

어머니에게 외출한다고 알리고 아버지에게 "잠깐 데이트하고 올게요" 하고 말하자 눈을 휘둥그렇게 떴다.

외출 준비를 마친 다음, 데려다주겠다는 아버지의 제안을 괜찮다고 웃으며 거절하고 전철과 도보를 이용해 공원으로 갔다. 공원을 향해 걸으며 생각했다.

뭐야, 꽤 멀쩡하게 해내잖아. 남자친구님에 관한 정보도 머릿속에 확실하게 들어 있다. 하늘을 올려다보자 빛이 소리가 되어 쏟아질 것처럼 날씨가 좋았다.

나는 이런 식으로 하루하루를 의외로 평범하게 살아가고 있는지 모른다.

오늘 있을 일도 수첩과 일기에 적어놓지 않으면…… 사라져버리겠지만.

약속 장소에는 사진으로 확인해둔 남자친구님인 듯한 사람이 있었다.

사복이라 두드러지지는 않지만, 빳빳하게 풀 먹인 셔츠와 새로 빤 것 같은 스니커즈, 보풀 하나 없는 검정 데님 바지에서 위생감이라는 글자가 보이는 듯했다.

"저, 도루, 맞지?"

말을 걸자 그 애는 책을 읽다 말고 고개를 들었다.

"아, 응."

"다행이다. 미안, 맨날 교복 입은 모습만 봤으니까 좀 자신이 없어서."

그렇게 변명하자 납득한 것 같았다.

기억장애에 관해서는 비밀이라 남자친구님은 모른다. 언젠가 말하게 될 날이 올까. 아니면 그보다 먼저 헤어지게 될까.

작은 감개에 마음이 흔들리다가 남자친구님 옆에 있는 소풍 바구니를 발견했다.

그 뒤 이야기하면서 남자친구님에게 누나가 있다는 사실을 새로 알았다.

바구니도 누나 것이라고 했다. 사별이 아니라고는 하는데, 쓸쓸한 표정으로 이야기하는 것을 그냥 둘 수 없어 "나 배고파"라고 하자 웃어주었다.

우리는 애인 같은 일을 했다.

녹색 양탄자가 깔린 잔디 광장으로 가서 나무 밑에 매트를 폈다.

멀리서 휴일을 즐기는 가족들을 바라보며 남자친구님이 손수 싼 도시락을 먹었다. 야채가 많은 색색의 샌드위치다. 칼로리를 낮춘 반찬도 맛있었다.

"넌 훌륭한 남편이 될 수 있겠다."

"히노 너도…… 음, 어떨까 모르겠네."

"왜 끝까지 긍정해주지 않는 건데?"

그렇게 말하며 돌아보자 남자친구님은 웃고 있었다.

어쩐 기분이 이상하다. 처음 보는 그 애는 내 앞에서 긴장을 풀고 있었다.

그것만이 아니다. 나도 아주 자연스럽게 그 앞에서 긴

장을 풀고 있는 것 같다.

어쩐지 마음이 따뜻해지고 사람은 이런 것도 가능한가 하고 놀랐다.

기억이 하루 이상 남아 있지 못해도, 눈앞에 있는 사람을 정보로만 알아도. 그 사람이 나를 알고 있고 그 사람에게 나와 함께 보낸 기억이 있으면 이렇게 부드러운 눈빛으로 나를 봐준다.

이상하게 마음이 편했다. 대화가 없어도 싫지 않았다.

"신기하네."

"왜?"

그런 마음이 말이 되어 입 밖으로 새어 나오자 남자친구님이 물었다.

일단 시선을 마주친 뒤 나는 앞을 쳐다보며 대답했다.

"아니, 신기해서. 진짜 신기해. 마음이 조급하지 않다고 할지, 괴롭지 않아. 말이 없어도 전혀 지루하지 않고 거북하지도 않아. 둘이서 이렇게 조용히 시간을 쌓아 올려온 것 같은 느낌까지 들어."

평온한 햇살을 느끼며 우리는 시간이라는 책을 읽었다.

그 가운데 나는 이런 나를 만든 신에 관해 생각했다. 신은 분명 우리 인간에게 관심이 없다. 인간의 척도를 초월

한 곳에 존재하는 신은 선도 악도 아닐 것이다.

하지만 혹시 인자한 게 아닐까. 신은······.

바람이 불어 머리가 날렸다. 머리를 붙드는데 남자친구님의 시선이 느껴졌다.

알아차렸을 때는 이미 그 애가 말하고 있었다.

"널 좋아해도 될까."

나는 천천히 그 애를 돌아봤다. 가미야 도루는 진지한 표정으로 나를 보고 있었다.

울고 싶은 심정으로 생각했다.

아니, 역시······. 신은 심술궂고 잔인하다.

2

선행성 기억상실증. 히노는 귀에 선 장애의 증상에 관해 이야기했다.

간단히 말해 새로운 기억을 축적하지 못하는 장애인 모양이다. 사고로 뇌에 충격을 받은 결과 기억을 축적하는 시스템이 다운되어 기능하지 않았다.

아침에 일어나 밤에 잘 때까지는 기억을 유지할 수 있

지만, 잠이 들어 뇌가 기억을 정리하기 시작하면 그날 하루치의 기억이 삭제된다.

다음 날 아침에는 아무것도 남아 있지 않다. 하루 전의 자기 자신으로 돌아간다.

기억의 리셋. 그게 히노가 갖게 된 장애였다.

이야기를 들으며 과거 히노가 보인 모습을 떠올렸다. 종종 스마트폰으로 메모했던 것, 사진을 찍었던 것. 그날 처음 나를 만나면 관심 어린 눈으로 바라봤던 것.

그게 모두 기억장애와 상관있었다. 그뿐만이 아니다. 세 가지 조건도 마찬가지였다.

수첩과 일기를 써서 기억을 짜 맞추고 있다는 설명을 마쳤을 때 히노는 울 것 같은 표정이었다. 나는 그런 그 애의 모습을 망연히 바라봤다.

히노는 말할 생각이 없었다고 했다. 이상한 일에 끌어들여 미안하다고도.

"이상한 일?"

내가 묻자 히노의 얼굴이 흐려졌다.

"응."

"이상한 일이라니 뭐가?"

"좋아하지도 않는데 고백했다고 네가 미안하게 생각하

는 걸 이용해서 이런 나도 뭔가 새로운 게 가능하지 않을까 하고 사귀기로 한 거."

"그것도 내 잘못이잖아. 거짓으로 고백이나 하고. 그게 오히려…… 그러니까."

뭔가 명랑한 말을 하고 싶었는데 말이 잘 나오지 않았다. 히노의 얼굴은 여전히 어두웠다.

그런 표정 짓지 않아도 되는데. 웃는 얼굴이 좋은데.

"기억장애에 관해 또 아는 사람은 있어?"

가까스로 쥐어짠 말은 그런 의문문이었다. 나는 아까부터 질문이나 부정하는 말밖에 하지 못했다. 그리고 히노는 계속 얼굴을 들지 않았다.

"응. 이즈미랑 아버지, 어머니 그리고 학교 선생님……."

아는 사람은 몇 안 되는 모양이다. 그 이유도, 기억장애에 따르는 뜻밖의 위험도 이야기해주었다. 이유를 듣고 나는 충격을 받았다.

정말 그렇다. 기억장애가 다른 사람들에게 알려지는 것은 위험한 일이었다.

히노는 이야기를 끝내고 또 고개를 수그렸다.

하지만 나는 히노가 미안해하기를 바라는 게 아니었다. 질문만 하고 싶은 것도 아니었다.

비록 가짜라곤 해도 남자친구로서 내가 뭘 할 수 있을까. 그걸 생각해 실행해야 한다.

그 답을 나는 이미 알고 있었다.

스스로 생각한 건가 싶을 정도로 답은 간단히 나왔다.

'뭐랑 기침은 숨길 수 없다는 격언 알아?'

시모카와가 한 말이 생각났다. 계기는 뭐였을까. 웃을 일이 많지 않은 생활 속에서 히노의 웃는 얼굴이 특별하게 보였기 때문에? 히노가 예뻐서? 뭔가 비밀이 있다는 것을 눈치채고? 히노를 좋아하는 마음은 홀연히 나타났다.

의식하고 나니 히노밖에 눈에 들어오지 않았다.

"오늘 일도 수첩과 일기에 써놓지 않으면 내일의 넌 모르는 거지?"

"응. 오늘 아침에 그랬던 것처럼 잠에서 깨면 전날 사고를 당한 나로 돌아가 있으니까. 써놓지 않으면…… 어, 도루?"

비로소 히노가 얼굴을 들었다.

지금까지 살면서 크고 작은 여러 감정을 겪었다.

기쁨과 고뇌, 슬픔, 평온함.

하지만 지금처럼 개운한 감정은 못 찾을 것 같다.

나는 또 나 자신을 놀라게 할 수 있었다.

너와 있으니까. 너와 있고 싶으니까.

"그럼 나한테 기억장애에 관해 이야기했다는 건 쓰지 마. 그리고 내가 널 좋아하게 된 것도."

나는 아주 조용히 말했다. 물음표는 버렸다.

히노는 놀란 얼굴이었다. 나는 억지로 웃으려 했다.

"규칙을 어긴 건 나니까. 혹시, 혹시 말인데. 히노 네가 아직 내가 가짜 남자친구라도 괜찮다고 생각한다면, 내가 널 좋아하는 건 모르는 편이 낫잖아? 병에 관해서도 원래는 가르쳐줄 생각이 없었다면, 나한테 말한 것 때문에 조금이라도 불안하다면 잊어버리는 편이 낫지. 나도 앞으로 모르는 척할 테니까. 어때?"

히노는 바로 대답하지 않았다. 표정에서 망설이는 게 느껴졌다.

"그거 어째 나한테만 좋은 거 아냐?"

"그렇지 않아. 난⋯⋯."

아주 짧은 기간 사이에 나를 바꿔버린 것에 대해 생각했다.

좋아한다는 마음을 나는 이해할 수 없었다. 다른 애들

이 연애 이야기를 하는 걸 들을 때도 있었지만 그건 나와는 먼 세상 일이었다.

그런데 지금 자연스레, 평범한 일처럼 그 애를 좋아하고 있었다.

웃는 얼굴이, 시시한 농담을 하는 점이, 자기답게 행동하면서도 남을 배려할 줄 아는 점이 좋았다. 좋아하게 된 이유는 얼마든지 있다. 첫사랑에 당황하는 기분조차 있었다.

하지만…… 그런 마음을 히노에게 다시 전할 수는 없었다. 히노에게 부담을 줄 뿐이다.

"난 너랑 사귀기 전까지 하루하루가 따분했어. 그러니까 가짜 남자친구라도 같이 있을 수만 있다면……. 오늘 일을 전부 없었던 걸로 해버리면 되지 않을까 싶거든."

멀리서 가족들이 화목하게 웃고 떠드는 소리가 들려왔다. 그 소리에서 멀리 떨어진 곳에 나와 그 애가 있었다.

거짓투성이인 나와는 달리 구름은 아무런 꾸밈도 없이 흘러가고 있었다.

"넌 그래도 괜찮아?"

시선을 내리자 히노가 나를 보고 있었다. 심각한 표정이었다.

"응, 괜찮아. 너랑 노는 것도 재미있고. 너만 괜찮다면 말이지만."

히노는 생각에 잠긴 표정을 지었다.

이 선택 때문에 언젠가 나와 이 애가 괴로워할 날이 올까. 하지만.

부디 이뤄지기를. 전해지기를.

한참 망설인 끝에 히노가 입술을 꽉 다물고 말했다.

"응…… 알았어. 그럼 오늘 일은 안 쓸게. 잊어버릴게."

잊어버린다는 말을 히노가 할 때와 다른 사람이 할 때의 의미는 크게 다르다.

정말 잊어버리는 것이다.

행동을 기록으로 남기지 않으면, 자신의 궤적을 적어놓지 않으면, 히노는.

"고마워."

"아냐. 나야말로 이것저것 부담을 줘서…… 미안해."

"별거 아냐. 예쁜 가짜 여자친구가 생겨서 나도 뭐, 기쁘고 말이지."

경박한 말로 웃기려 했지만 잘 되지 않았다.

그 뒤 우리는 종이컵에 홍차를 따라 마셨다.

기억장애에 관해 자세히 묻자 히노는 싫은 표정도 짓지

않고 가르쳐주었다.

잠을 자면 기억이 리셋되는 증상에 관해서는, 잠을 자지 않으면 그다음 날도 기억을 유지할 수 있지만 별로 의미는 없는 듯했다.

실제로 와타야와 협력해서 시험해봤는데, 사람은 잠을 자지 않으면 살 수 없다.

담임을 포함해 교사는 모두 히노의 상태를 알기 때문에 수업 시간에 시키지 않는다. 숙제도 백지로 제출한다. 시험도 치지만 낙제점을 받아도 상관없다고 했다.

기억장애라는 사실을 매일 아침 자각하는 것은 괴롭지만, 수업에 출석만 하면 고등학교는 졸업할 수 있다. 그다음 일은 아직 생각하지 않는다고 했다.

열두 시에 만났는데 조금 이르기는 해도 세 시에 헤어지기로 했다.

나는 말했다.

"꼭 수첩하고 일기에 쓰지 말아야 해. 쓰면 내가 다 알아볼 거야. 넌 꽤 표정에 드러나니까."

"응, 괜찮아."

히노는 지금까지 본 적 없는, 여린 표정을 짓고 있었다.

인생이라는 무수한 페이지 중 한 장인 오늘의 히노.

"저⋯⋯ 도루, 오늘 고마워. 역시 넌 참 다정한 사람이구나."

내가 다정하다고? 글쎄, 정말 그럴까.

"아냐, 나야말로 즐거웠어. 저⋯⋯."

내가 너를 좋아하면 널 힘들게 하는 걸까.

그렇게 물으려고 했지만 결국 묻지 못했다.

뒷말을 기다리는 히노 앞에서 고개를 흔들었다.

"아무것도 아냐. 역까지 바래다줄게."

히노를 바래다준 뒤 나는 가벼워진 바구니를 들고 집에 가려 했다.

하지만 아버지는 오늘 내 데이트에 관해 알고 있다. 집에 일찍 들어가 어두운 모습까지 보이면 아버지가 걱정할지 모른다.

다른 공원으로 가서 벤치에 앉아 책을 읽었다. 글자가 머리에 들어오지 않아 몇 번씩 같은 줄을 읽었다. 대체 얼마 동안 그렇게 머리를 공전시켰을까.

다섯 시가 되자 황혼을 알리는 음악이 들려왔다.

좀처럼 가지 않는 상점가 정육점에서 쇠고기를 사 들고 집에 갔다.

아버지는 기쁜 표정으로 쇠고기 전골을 먹으며 오늘은

진도가 많이 나갔다고 말했다.

"넌 어땠냐?"

잠깐 정색하고 말았다.

"도시락 맛있게 먹어주더라고."

그럭저럭 그렇게 대답하자 아버지는 또 기쁘게 웃었다.

"그거 잘됐구나. 너도 어서 고기를 더 먹어. 이번에 신인
상 타면 여자친구도 불러 파티하자, 도루."

아버지는 별로 세지도 않으면서 술을 마시고 일찍 잠이
들었다. 식기 등을 정리하며 나는 여러 생각을 했다.

좋아한다는 감정은 대체 어떤 의미를 갖는 걸까. 사람
은 어째서 다른 사람을 좋아하게 되는 걸까. 다른 사람을
좋아하게 된다는 게 아프고 슬픈 일일 때도 있는데.

의문에 대한 대답은 없이 설거지 소리만 그저 단조롭게
울렸다.

3

일요일은 시모카와와 작별하는 날이었다.

시모카와가 앞으로 다닐 학교는 외국에 있다. 공항에

배웅을 나갈까 했는데, 시모카와가 내 교통비를 생각해서 쾌속열차가 지나가는 근처 역에서 만나자고 해주었다.

약속 시간보다 훨씬 먼저 갔는데도 시모카와가 이미 개표구 앞에 서 있었다.

"미안, 오래 기다렸어? 일찍 왔구나."

그렇게 말을 걸자 시모카와는 머뭇거렸다. 왜 그러나 했더니 자신을 괴롭혔던 녀석의 이름을 꺼냈다.

시모카와는 표현을 골라가며 녀석에게 돈을 뜯긴 사실을 학교에 이야기했다고 말했다.

"그런데…… 아까 돈을 돌려주러 왔더라고. 학교에 이야기한 다음 날, 방과 후에 나한테 말을 시키는 거야. 세뱃돈 저금했던 거니까 필요 없다고 했는데 돈을 돌려주겠다고 하더라고. 그래서 오늘 만나기로 약속해서 일찍 온 거야. 몰래 단기로 아르바이트하고 모자란 건 형한테 빌렸대."

녀석이 조금 전까지 이곳에 있었다. 시모카와에게 돈을 돌려줬다.

이미 없다는 것을 알면서도 주위를 둘러보게 됐다.

무슨 생각이든 하고 싶은데, 어제 히노와의 일도 있어서 머리가 조금 잘 돌아가지 않았다. 교실에서 외톨이가 된 녀석이 아르바이트 잡지를 보고 있던 광경이 생각났다.

"그렇구나…… 선생님한테 이야기했구나."

학교 현관 앞에서 녀석에게 이야기를 들었다는 말은 하지 않았다.

"응. 고등학생씩이나 돼서 괴롭힘을 당한 건 내가 머리가 나쁘고 뚱뚱해서라든지 이유는 여러 가지가 있겠지만…… 창피해서 말할 수 없었어. 하지만 그 때문에 가미야 너한테까지 폐를 끼쳤고, 용기를 내려면 지금이다 싶었거든. 다만 그 애한테는 미안하게 됐어. 어울려 다니던 애들하고도 멀어진 것 같고 반에서도 고립된 모양이야."

자업자득이라고 내치지 않고 마지막까지 다른 사람에게 마음을 써주는 시모카와가 눈부셨다.

오래 알고 지낸 사이는 아니다. 그런데도 매우 소중하고 특별한 친구로 느껴졌다.

그 뒤 우리는 여느 때처럼 이야기하려고 했으나 잘 되지 않았다.

침묵을 깬 것은 시모카와 쪽이었다.

"가미야, 나랑 친하게 지내줘서 고마워."

시모카와의 말에 계속 수그리고 있던 고개를 들었다.

"넌 겸손하게 아니라고 하지만 난 네가 훌륭한 사람이

라고 생각해. 그리고 넌 가진 게 아무것도 없는 척하지만 사실은 소중한 걸 갖고 있어. 예를 들면 다정함이라든지."

나도 모르게 표정이 진지해졌다. 시모카와가 이런 식으로 이야기하는 것은 처음이었다.

"우리 아버지가 그러더라. 잘난 사람이 되는 것보다 다정한 사람이 되는 게 훨씬 쉽지 않다고. 그러니까 가미야 넌 남들이 말하는 잘난 사람보다 훨씬 훌륭해. 이런 말은 실례일지도 모르지만 고생하는데도 비뚤어지지 않았어. 이것도 아버지가 한 말인데, 고생한 사람은 대개 비굴해지거나 성격이 나빠진대. 그런데 넌 다정하거든. 아주 많이. 아주아주 많이."

그 말이 어제 헤어질 때 히노가 한 말과 겹쳤다.

'역시 넌 참 다정한 사람이구나.'

가진 게 다정함밖에 없는 거야. 다정함 말고는 가질 수 있는 게 없는 거야. 그것도 분명 아주 어중간해서 자랑할 게 못 되는 다정함.

그렇게 말하려 했지만 결국 하지 못했다.

"시모카와 넌 고생하지 말고 훌륭하고 잘난 사람이 돼줘."

내가 농담처럼 본심을 말하자 시모카와는 웃었다.

노력해보겠다고 대답했다.

"미안, 가미야. 울 것 같으니까 그만 갈게. 고마워. 짧은 기간이었지만 널 잊지 않을 거야. 같이 있어줘서 정말 고마워."

시모카와가 깨끗한 손을 내밀었다. 나는 거친 내 손을 내려다봤다. 이런 손으로 악수하면 미안할 것 같았지만 그냥 내밀었다.

"새로운 환경에서도 지면 안 돼, 시모카와."

"노력할게."

"거짓말이야. 져도 돼."

"초심이 꺾이니까 그런 말 말아 줘."

"이 기회에 다이어트도 해봐. 넌 사실 굉장히 미남이거든."

"진짜로? 응, 알았어. 그것도 노력해볼게."

부끄러운 듯 미소 짓는 시모카와의 손을 놓았다. 시모카와가 "그럼 난 이만. 가족이 공항에서 기다려서"라고 말했다. 나는 고개를 끄덕였다.

"히노랑 잘 지내고."

그 말에 약간 동요했다.

말없이 고개를 끄덕이자 시모카와는 눈을 가늘게 뜨며

미소 지었다.

시모카와가 걸음을 뗐다. 새로운 장소를 향해, 개표구 너머로 나아갔다.

시모카와는 나를 돌아보며 손을 크게 흔들었다. 나도 같이 흔들었다.

"다음번에, 다음번에 만날 때까지……"

부끄럼 타는 시모카와가 큰 소리로 말했다.

"나도 달라질게. 그래서 히노처럼 멋진 여자친구를 사 귈게. 그럼 둘이서 연애 이야기 하자."

나는 그 말에 그저 "응"이라고 대답할 수밖에 없었다.

집에 오니 키보드 치는 소리가 들렸다. 아버지는 또 소 설을 쓰는 모양이었다.

이게 내 일상이구나 하는 생각이 들어 낮은 천장을 올 려다봤다.

자잘한 집안일을 하는 사이에 점심때가 됐다. 밥 생각 은 별로 없었지만 간단한 식사 2인분을 준비해 아버지와 둘이 느릿느릿 먹었다.

낮부터 힘이 빠져 내 방 이부자리에 누웠다. 휴대폰을 보니 문자가 왔음을 알리는 불빛이 깜박이고 있었다.

시모카와인가 했는데 와타야였다.

문자를 읽지도 답신을 하지도 않았다. 그런 하루였다.

4

월요일, 2교시 쉬는 시간.

시모카와가 없는 교실이 휑뎅그렁하다고 생각하고 있
으려니 시선이 느껴졌다. 교실 밖에 부루퉁한 표정을 한
와타야가 서 있었다.

언짢은 듯 팔짱을 끼고 있다가 내 시선을 알아차리고는
손짓했다.

아무런 감상도 떠오르지 않았다. 그런 상태로 복도로
나갔다.

앞장선 와타야를 따라 우리가 처음 대화를 나눴던 복도
구석으로 갔다.

"문자는 왜 무시하는 건데?"

와타야가 멈춰 서서 돌아보며 물었다.

"미안, 문자 보냈구나. 원래 휴대폰을 잘 체크하지 않아
서 몰랐어."

"아직 안 읽었다는 거야?"

"가방 안에 있을 테니까 나중에 읽을게."

내용은 보지 않았지만 문자가 왔다는 것은 알고 있었다. 나는 왜 거짓말을 하는 걸까. 남 일처럼 그렇게 생각하고 있으려니 와타야가 관자놀이 언저리의 머리를 쓸어올렸다. 잘생긴 귀가 드러났다.

"됐어. 그럼 의미도 없고. 저, 뭐냐…… 마오리랑 무슨 일 있었어?"

나는 자연스럽게 아무 일도 없었던 것처럼 대답했다.

"히노랑? 아니? 토요일에 공원에서 데이트하고 좀 일찍 헤어졌는데. 왜, 무슨 일 있어?"

와타야가 나를 가늠하는 듯한 눈초리로 바라봤다.

"나랑 마오리는 휴일이라든지 만나지 않는 날에도 전화로 이야기하거든. 토요일 밤에도 통화했는데 마오리가 좀 이상하더라고."

"이상하다니 어디가?"

"말수가 유난히 많았어."

"히노는 원래 그렇잖아."

"아냐. 그 애는 괴로운 일이나 슬픈 일이 있으면 말수가 늘어. 그런 건 옛날부터 알 수 있었으니까 이번에도 아마 맞을 거야."

진지한 모습에서 와타야가 히노를 얼마나 소중히 여기는지 알 수 있었다.

다만 이렇게 내게 묻는 것을 보면, 히노는 우리가 연애 감정과 병에 관해 고백한 것, 내가 그것을 수첩과 일기에 쓰지 말라고 부탁한 것을 와타야에게는 말하지 않은 듯했다.

하지만 수첩과 일기는 어떨까. 정말 쓰지 않았을까.

"혹시 그렇더라도 그게 나 때문일까?"

왜 이렇게 아니꼽게 말하는 걸까. 오늘 나는 좀 이상하다. 와타야도 의아하게 생각한 듯 가볍게 눈살을 찌푸렸다.

"마오리네 집, 뭐랄까…… 마오리를 아주 아껴서, 과보호라든지 그런 게 아니라 매일 똑같다고 할지, 아무튼 가족 관계 때문은 아닐 거야. 그럼 이례적인 요소는 가미야인데."

히노의 상태를 새삼 실감했다. 조심스러운 와타야의 말에서 히노가 가진 장애를 감추고 있다는 사실이 현실로 다가왔다.

와타야가 히노의 장애를 숨기듯 나도 사실을 숨겼다.

아무 일도 없었던 척했다.

"토요일엔 그냥 별일 없었던 것 같은데. 하지만 사람 마

음은 알 수 없으니까 말이야. 히노는 오늘도 학교 끝나고
볼 거니까 넌지시 물어볼게. 와타야도 같이 볼래?"

"난…… 아냐, 그만둘게. 어째 미안. 전에도 그랬지만 나
좀 이상하지. 그래도 마오리를 만났을 때 좀 이상하면 가
르쳐줄래? 아직까지 그런 분위기는 없지만 넌 마오리 남
자친구고 직접 만나면 다를지도 모르니까."

"알았어."

2교시 쉬는 시간은 그렇게 끝났다.

다른 쉬는 시간은 특별히 할 일도 없어서 집에서 쓸 시
간을 늘리려고 숙제도 하고 예습 복습도 했다.

시모카와가 없는 쉬는 시간의 방침이 정해진 것 같다.

녀석을 보니 나처럼 혼자 펜을 놀리고 있었다.

학교가 끝났다. 나는 모두가 가버린 우리 반 교실에서
히노와 재회했다.

"아, 우리 남자친구님 찾았다."

그 애는 내가 나라는 것을 십중팔구 사진으로 확인했을
것이다. 만약 여기서 나와 비슷하게 생긴 누군가가 나인
척하면 히노는 알아차릴까.

그런 부질없는 생각을 하며 히노를 맞이했다.

"오우, 마이 허니."

"어? 그런 거 싫어하는 거 아니었어?"

히노는 그런 사소한 일까지 수첩에 적어놓나 보다. 확인하려는 뜻은 없었고 어떻게든 명랑함을 되찾으려고 한 말이었다.

"응, 분발해서 말해봤어."

"그래서 얼굴이 그렇게 굳었구나."

히노는 재미있다는 듯 대답하고는 내 얼굴을 유심히 쳐다봤다.

전에는 이 반응을 이상하게 여겼는데 이제는 아니다.

내가 같이 빤히 쳐다보자 히노가 의아한 표정을 지었다.

나는 부자연스럽지 않도록 조심하며 입꼬리를 올리고 말했다.

"토요일."

"응?"

"토요일에 고마웠어. 즐거웠어."

히노는 아주 잠깐 뜸을 들였다가 과장되게 반응했다.

"아, 응, 그러게, 나도 즐거웠어! 도시락 맛있더라. 원래는 여자친구로서 나도 도시락으로 답례하고 싶은데, 나 그런 거 잘 못해서. 미안."

"응, 그럴 것 같더라."

"엥, 너무하네."

"자기가 말해놓고."

"자기가 말하는 거랑 남이 말하는 건 의미가 다르거든요."

맑은 물처럼 꾸밈이 없는 히노의 웃는 얼굴을 보며 생각했다.

히노는 약속을 지킨 것 같다.

내가 좋아한다고 말한 것도, 히노가 자기 병을 고백한 것도 수첩과 일기에 쓰지 않았다. 아마 안심해도 될 것이다.

나는 좋아한다고 말한 적 없는 척, 히노의 병을 모르는 척한다. 일상의 작은 부자연스러움도 캐고 들지 않고 그대로 둔다.

그게 히노가 원하는 것이니까.

"그럼 남자친구님, 오늘은 어떻게 할래?"

만나면 얼마 동안 남자친구님이라고 부르는 것도 이름을 부르는 게 익숙하지 않기 때문일지도 모른다.

"여자친구님은 뭐가 하고 싶으신데요?"

"나?"

"응."

"으으음, 아, 그거! 자전거 뒤에 타보고 싶어. 애인이랑 같이 타는 거 그거 꿈이잖아."

나는 내가 약간 걱정이었다. 히노를 다시 봤을 때 여느 때처럼 대할 수 있을지 불안한 마음도 있었다. 하지만 괜한 걱정이었다.

히노의 티 없는 말에 나도 모르게 웃고 말았다. 이제 그만 접어야 한다. 주말에 있었던 일을 질질 끌면 안 된다.

그게 내가 정한 길이 아닌가. 그러면 그 애를 계속 좋아할 수 있다. 옆에 있을 수 있다.

"자전거 뒤에 타는 건 불법이니까 안 돼. 더 건전한 걸로."

"그럼 교복 입고 데이트하는 건?"

"응, 뭐, 좋아. 그럼 학교 끝나고 어디 들를까?"

"패밀리레스토랑!"

바로 튀어나온 대답에 자연히 웃음이 피었다. 딱딱하게 굳어 있던 것이 부드러워졌다.

그 애 앞에 있으면 저절로 마음이 기뻤다. 그게 틀림없는 내 감정이었다.

유사 연애 관계라 해도 다를 것은 아무것도 없었다. 내 마음이 기쁜 것. 내가 히노를 좋아하는 것. 다를 게 없다. 이 마음만 있으면 히노가 나를 좋아해주지 않아도 된다.

"선처할게요."

"아차, 아니다. 돈 드는데 괜찮아? 물론 내가 먹는 건 내가 낼 거고, 같이 가주는 데 대한 답례로 내가 사도 되는데."

"그건 괜찮아. 임시 수입이 있었거든. 그 밖엔 없어?"

"오락실에서 꽁냥거린다."

"그건 안 할 거지만 인형뽑기 같은 거 할 거면 좋아."

"수족관에 간다."

"그건 휴일에 가야겠네. 오케이."

"놀이공원에 간다든지?"

"좋은데."

"그리고 그거, 노래방!"

"와타야도 같이 가자고 하자."

"둘만이면 안 돼?"

"방에 둘만 있는 거잖아. 어째 쑥스럽다고 할지."

"몰락 귀족님은 부끄럼쟁이였구나."

"그러게, 또 뭐 없어?"

"아, 도서관 데이트라든지, 시험공부도 같이 해보고 싶을지도."

히노가 해보고 싶은 게 그렇게 많다는 사실에 나는 놀

라움을 감출 수 없었다.

히노는 밤에 잠이 들면 그날 있었던 일을 모두 잊어버린다. 하루하루를 쌓아 올릴 수 없다. 대체 얼마나 절망스러울까. 얼마나 괴로울까.

자기만 시간의 흐름에 따라가지 못하는 데다 미래까지 빼앗겼다.

그렇다면 내일의 히노가 조금이라도 일상을 즐겁게 느낄 수 있도록, 히노가 쓰는 일기를 즐거운 추억으로 가득 채워주자.

그것을 읽고 내일의 히노들이 조금이라도 용기를 얻을 수 있도록.

조금이라도 미래에 대한 공포를 덜어줄 수 있도록.

"꽤 많이 나왔네. 그럼 하나씩 해보자. 먼저 뭐부터 할까…… 그래, 기왕 하는 거, 오늘은 자전거 뒤에 타볼래?"

내가 적극적인 어조로 말하자 히노는 놀란 듯했다.

"어, 괜찮아? 그보다 너도 전철 타고 다니잖아. 자전거는 어디서 나?"

새롭고 즐거운 일상을 시작하자. 그게 바로 희망일 것이다.

안 그래, 히노?

계획이 있던 나는 평소라면 짓지 않을 표정으로 씩 웃었다.

누군가를 좋아한다는 것은 마음이 풍족해지는 일이라고 말하듯이.

5

둘이서 인적이 뜸해진 학교 자전거 보관소로 살금살금 다가갔다.

나도 히노도 학교 다닐 때 전철을 이용하니까 그곳에 우리 자전거는 없다. 하지만 전에 같은 반 애에게 들은 이야기에 따르면 우리 학교 자전거 보관소는 관리가 엉성한 모양이다.

그 때문에 상급생이 졸업하면서 두고 간 건지 누가 훔친 건지는 알 수 없지만 자물쇠도 채우지 않고 방치된 자전거가 몇 대 있다고 했다.

히노와 분담해 열심히 그런 자전거를 찾아봤다.

시간은 조금 걸렸지만 그럭저럭 찾아냈다.

"그렇지만 도루, 이거 바퀴에 바람 빠졌는데."

나는 지금 내가 할 수 있는 일은 뭐든 다 하겠다고 진심으로 생각하고 있었다.

그렇게 해서 그 애의 일기에 즐거운 일을 늘려가는 것이다.

자전거를 발견한 것까지는 좋은데 바람이 빠져 낙담한 히노에게 말했다.

"안심해, 히노. 네 남자친구가 얼마나 듬직한지 보여줄 테니까. 펑크가 난 거면 고치면 되고 그게 아니면 자전거 펌프를 빌리면 그만이야. 안 그래?"

"갑자기 웬일이래? 어째 믿음직해졌네."

나는 맡겨만 두라며 씩 웃었다.

히노와 함께 당장 조무원실에 가서 펌프를 빌려왔다.

그런데 타이어에 공기를 넣어도 금세 도로 빠졌다.

원래 펑크는 조무원에게 부탁하면 고쳐주는데, 누구 것인지도 모르고 학교 스티커도 붙어 있지 않은 자전거니 고쳐주지 않을 것이다.

그래서 내가 직접 고치기로 했다.

가위와 양면테이프가 있느냐고 묻자 히노는 "교실 선생님 책상 속에 있을 거야"라고 대답했다. 양동이는 우리 반 교실에 있다.

우리는 일단 각자의 교실로 돌아가기로 했다.

"뭘 할 건데?"

신발장에서 실내화를 꺼내 갈아 신고 둘이 복도를 종종 걸음 쳤다. 걸음걸이 못지않게 들뜬 목소리로 히노가 물었다.

"재미있는 거."

나는 입꼬리를 올리고 짤막하게 대답했다.

교실 청소도구함에서 양동이를 꺼내 들고 복도로 나왔다. 복도 중간쯤에서 히노와 합류했다. 은밀한 계획을 꾸미는 인간 특유의 웃음을 짓자 그 애도 마찬가지로 웃었다.

중간에 양동이에 물을 담아 자전거 보관소로 서둘러 돌아왔다. 바퀴에서 타이어를 벗겨내 물에 담갔다. 공기방울로 펑크 난 부분을 알 수 있다.

그동안 히노에게는 내가 쓰던 클리어파일을 일회용 반창고 크기로 잘라 한쪽 면에 꽉 차게 양면테이프를 붙여달라고 했다.

나머지는 간단하다. 작게 자른 클리어파일을 펑크 난 부분에 붙이고 양면테이프로 주위를 보강한 다음 타이어를 도로 바퀴에 끼웠다. 자전거펌프로 바람을 넣었다.

이번에는 조금 지나도 바람이 빠지지 않았다. 타이어도

강도를 유지하고 있었다.

"오오오! 솜씨 좋네! 굉장한데, 우리 남자친구님, 굉장해."

나는 으쓱거리며 손뼉을 탁탁 쳤다. 히노는 눈을 반짝이며 자전거를 보고 있었다.

가난뱅이 생활을 폼으로 하는 게 아니다. 이런 지혜는 그 밖에도 몇 개 더 있다.

"그럼 히노, 시작해볼까요."

그렇지만 즐거운 일은 자전거를 고치는 게 아니다. 그 다음이다.

내 의도를 알아챈 히노가 흐물흐물 웃었다.

"오, 그거 말이죠?"

나도 웃음을 지었다.

"네, 그거죠."

그러자 히노는 활짝 웃어 답했다.

"달려라, 달려! 야호!"

우리는 지금 통학로에서 떨어진 논두렁길에서 자전거를 달리고 있다.

내가 안장에 앉아 있는 힘을 다해 페달을 밟고 있다. 히노는 안장 뒤 짐받이에 바깥쪽으로 두 발을 모으고 걸터앉아 있다. 한 손으로 내 허리를 붙들었다.

도로교통법 위반이다. 정확히 말하자면 도로교통 규칙 위반이다.

경찰이나 학교에 걸리면 주의를 받을 것이다. 게다가 훔친 자전거일 가능성도 있다.

그렇기에 통학로를 벗어난 길을 골라 지금 이렇게 질주하고 있다.

"와아, 굉장해! 빠르다!"

히노가 흥분해서 소리쳤다.

별로 단련되지 않은 다리를 원망하면서도 온 힘을 다해 페달을 밟았다. 걱정했던 타이어도 바람이 빠지는 것 같지 않았다.

훔친 물건일지도 모르는 자전거 짐받이에 여자애를 태우고 도로를 질주한다.

그런 일을 하는 스스로에게 놀랐다. 정말이지 내가 아닌 것 같다.

돌이켜보면 나는 지금까지 살면서 쓸데없이 초연해 바보 같은 일을 한 적이 없었다.

다시 말해 무미건조하게 살아왔다.

하지만 그런 생활로는 히노의 일기를 즐겁게 만들어줄 수 없다.

그러니까 앞으로는 그 애가 바라는 일이라면 뭐든 하겠다고, 터무니없어도 하겠다고 생각했다.

누구 것인지도 모르는 자전거를 둘이 같이 타며 환성을 지른다든지.

그런 터무니없는 일을. 히노가 즐거워할 일을.

"히노, 동영상 안 찍어도 돼?"

숨찬 것을 감추며 바람 소리에 파묻히지 않도록 큰 소리로 물었다.

"뭐? 아아, 동영상! 그래!"

나중에 확인했더니 동영상은 화면이 흔들려 상태가 엉망이었다.

하지만 히노가 즐겁게 환성을 지르는 것만은 알 수 있었다.

가끔씩 내가 히죽거리는 얼굴로 뒤를 돌아보는 것도.

히노의 요청대로 도로를 몇 번씩 왕복하며 둘이 타는 자전거를 만끽한 뒤, 원래 있던 곳에 자전거를 도로 갖다 놓기로 했다.

히노는 나를 뒤에 태우고 학교까지 가겠다고 했지만 여

자애 체력으로는 한계가 있다.

학교 근처에서는 선생님에게 들킬 염려도 있으니 결국 자전거를 밀면서 갔다.

자전거를 보관소에 갖다 놓은 다음 둘이 역까지 걸어갔다. 히노는 줄곧 신나 떠들었다.

"내일은 뭐 할까?"

석양이 집으로 돌아가는 길을 물들이는 가운데 내가 묻자 히노는 가볍게 눈썹을 치켰다.

"내일?"

"내일 방과 후 말이야."

"으으음, 내일이라."

히노는 고민하듯 신음했다. 자연히 얼굴에 미소가 피었다.

"내일의 히노도 내가 즐겁게 해줄게."

조금 지나치게 대담한 발언은 히노에게 의심을 품게 할 만한 말이기도 했다.

"뭐?" 히노는 놀라 내 눈을 쳐다봤다. 내 안의 뭔가를 들여다보려고 했다. 내가 "왜?" 하고 묻자 허둥지둥 눈을 피했다.

"아, 응. 아무것도 아냐."

"어쨌든 내일 학교 끝날 때까지 생각해둬. 그때 가서 정해도 되고."

"도루, 전이랑 좀 달라진 것 같아."

그 말은 다시 말해 수첩이나 일기에 적혀 있던 내 인간성과 지금 나 사이에 차이가 생겼다는 뜻일까. 그 변화가 기뻤다.

오늘의 히노는 내가 자신의 장애를 아는 줄 꿈에도 모를 것이다.

"글쎄. 순수하게 요새 너랑 노는 게 재미있거든. 그래서 좀 달라진 것처럼 보이는 게 아닐까."

"으음, 그래? 사람은 참 흥미롭네."

감상을 말하자 히노는 스마트폰을 꺼냈다. 언뜻 보니 그 애가 하고 싶다고 말했던 일 목록이었다. 나는 시선을 떼며 말했다.

"예를 들면 내일 또 둘이서 자전거를 타도 돼."

"뭐? 이틀 연속으로 똑같은 걸 하면 네가 지루하지 않아?"

"아, 응. 그렇긴 한데."

나는 기묘한 만족감을 느끼며 웃었다.

"지루하지 않으니까 신경 안 써도 돼. 너랑 같이 하는 거면 뭐든 재미있으니까. 아무튼 네가 내일 하고 싶은 걸 하자. 좋지?"

"응!"

결국 다음 날 방과 후에도 우리는 자전거를 탔다.

오늘의 히노는 매일이 한 번뿐인 히노다.

히노는 둘이 같이 자전거 타는 것을 처음 경험하는 일로 즐기며 어제처럼 웃었다.

자전거를 고치는 수고가 줄어든 만큼 편한 것도 있었고 이틀 연속이라도 히노와 함께라면 싫증 나지 않았다.

사흘 연속이 됐을 때는 놀랐지만, 어제 일기를 읽은 오늘의 히노가 또 하고 싶어진 것일지도 모른다. 그건 그것대로 기뻤다.

유일하게 다른 점은 그날은 와타야도 같이 있었다. 우리가 환성을 지르며 자전거 타는 모습을 어이가 없다는 듯, 그러면서도 따뜻하게 지켜봤다.

와타야가 웃으며 이런 말을 했다.

"어이, 거기 불량소년이랑 불량소녀, 자전거 뒤에 타는 건 도로교통 규칙 위반이다. 당장 내려!"

그러자 히노가 큰 소리로 대답했다.

"우리 협상해요!"

"뭔데, 조건을 말해봐!"

"이즈미도 태워줄 테니까 못 본 척해주세요!"

"네 이놈, 뇌물을 쓰겠다는 거냐. 뇌물죄로 잡아가주마. 하지만 그 협상에 응하지 못할 것도 없지."

히노가 나와 교대해 자전거 안장에 앉고 와타야가 짐받이에 앉았다. 페달을 밟기 시작했는데 속도가 나지 않았다.

"마력이 부족한데, 히노." 돌아와 숨을 고르는 히노를 보며 나도 모르게 말했다. "당근이라도 앞에 늘어뜨려 볼까?"

그러자 히노가 숨을 몰아쉬면서 즐겁게 대답했다.

"허, 헉, 자, 자기 여자친구한테 뭔 소리래, 얘가?"

그 뒤 와타야의 부탁으로 내가 자전거를 운전하게 됐다. 와타야는 뒤에서 환성을 질렀다.

잠시 쉬고 회복한 듯한 히노가 즐거운 목소리로 항의했다.

"외도 현장을 목격, 외도 현장을 목격. 거기 불량소년이랑 불량소녀, 지금 당장 자전거에서 내려라!"

"마오리, 미안. 이 몰락 귀족은 내가 접수할게. 사랑의 도피행은 아무도 못 말리는 법, 야호!"

"도루, 대대손손 저주할 줄 알아!"

나는 히노의 저주를 들으며 즐겁게 웃었다.

하늘을 올려다보니 이야기책에서 잘라낸 그림처럼 노을빛으로 불타고 있었다.

6

그 주는 방과 후에 자전거를 타며 즐기고 토요일에 셋이 수족관에 가기로 했다.

약속 장소는 시내다. 터미널 역 앞에 있는 시계탑에서 오후 한 시에 만나기로 했다.

노선 때문에 터미널 역을 거쳐야 하지만 수족관은 그곳에서 지하철로 15분 거리에 있었다.

수족관 부지 안에는 도시락을 먹을 수 있는 큰 광장도 있다고 한다.

점심을 느지막이 먹게 되겠지만 그건 각자 알아서 조정하기로 하고, 도시락 3인분을 준비해 약속보다 30분 이상 일찍 터미널 역에 도착했다.

역에서 바로 연결되는 쇼핑몰 13층에 재미있는 책이 많은 서점이 있다. 시내에 나온 김에 오랜만에 구경하고 싶었다.

소풍 바구니를 들고 이질적인 분위기를 풍기며 조금 혼잡한 대형 엘리베이터에 올라탔다. 서점이 있는 13층에 내렸다.

그런데 평소와는 달리 사람들이 곳곳에 모여 이야기하고 있었다. 다들 손에 책을 들었다. 이벤트라도 하나 생각하며 근처에 붙은 포스터를 봤다.

마음의 준비가 전혀 되지 않은 채로 그것을 보는 바람에 나는 우두커니 멈춰 섰다.

'니시카와 게이코 아쿠타가와상 후보작 발매 기념 사인회'

의미를 깨달은 순간 몸이 부르르 떨렸다.

잠깐 주저한 뒤 내 발은 곧장 서점으로 향했다.

가까이 가니 줄을 서달라고 말하는 점원의 목소리가 들렸다. 사인회는 서점 중앙 부근에서 하는 듯 사람들이 줄을 서 있었다.

이번 달 《문예계》에는 아무 이야기가 없었는데 인터넷으로 발표한 걸까.

니시카와 게이코가 있는 곳까지 서점 안을 우회해서 못

갈 것도 없었다.

쿵쿵 뛰는 심장 소리를 들으며 멀리 돌아갔다. 같은 생각을 하는 사람이 많은지 사인회 줄과는 별도로 사람이 북적였다. 인파를 헤치며 조금씩 앞으로 나아갔다.

장소와 어울리지 않는 짐을 든 나를 귀찮은 듯 쳐다보는 사람도 있었지만, 미안하기는 해도 신경 쓸 겨를이 없었다.

조금씩 확실하게 나아가 원하는 곳에 차츰 다다랐다.

사인회 장소에 들어가는 것을 막기 위해서인지 노란 테이프를 둘러친 게 언뜻 보였다. 이제 조금만 더 가면 된다. 드디어 노란 테이프 바로 앞까지 왔다. 그곳에서 나는 봤다.

작가 니시카와 게이코가, 내 누나가, 그곳에 있었다.

목이 바싹 말랐다. 누나는 긴 테이블 뒤에 놓인 접이식 의자에 앉아 줄 선 사람들이 내미는 책에 사인을 해주고 있었다. 검정 정장을 입은 여자가 곁에 있다.

책을 구입해준 사람들에게 처음 보는 미소를 짓고 있었다.

"고맙습니다."

감사의 말과 함께 책을 돌려주며 악수했다. 책을 받은 사람과 이야기를 하면 그 사람은 머리를 숙이고 만족스러운 표정으로 떠나갔다. 그런 흐름을 나는 말없이 지켜봤다.

그런데 누나가 갑자기 뭔가 깨달은 것처럼 내게 시선을 돌렸다.

"⋯⋯도루?"

이때 어떤 표정을 짓는 게 정답이었을까.

미소를 지으려다가 실패한 것 같은, 그런 멍청한 얼굴이었던 것 같다.

누나, 아니 니시카와 게이코의 사인을 받으려는 다음 사람이 앞으로 나왔다.

그래도 누나는 내게서 시선을 떼지 않았다. 곁에 있던 정장 차림의 여자가 곤혹스러운 표정으로 누나에게 말했다.

"왜 그러시죠?"

"아⋯⋯ 아, 아니에요."

주저하는 표정을 보인 뒤 누나가 줄을 선 사람들에게 웃어 보였다. "죄송합니다, 잠깐만"이라고 하더니 정장 차림의 여자에게 뭐라고 귓속말을 했다.

여자는 놀란 듯했지만 나를 보며 고개를 끄덕였다.

니시카와 게이코만 다시 사인을 시작하고 누나보다 몇 살 위인 듯한 여자가 내게 다가왔다.

"안녕. 동생이라지?"

"아…… 네. 그런데요."

"생각보다 길어져서. 한 시간 반만 있으면 끝날 것 같은데 차라도 마시면서 기다려주지 않을래? 누나가 끝나고 잠깐 이야기하고 싶은가 봐. 장소는……."

쇼핑몰 안에 있는 듯한 찻집의 이름과 위치를 가르쳐주기에 나는 고개를 끄덕였다.

"네, 그럴게요."

정장 차림의 여자는 미소를 짓더니 누나를 흘끗 봤다. 긴 테이블로 돌아가 쌓여 있는 책 중 한 권을 집더니 "받으렴"이라며 발매 중인 누나의 책을 주었다.

그러고는 다시 한번 미소를 지은 다음 사인회장으로 돌아갔다.

우리 이야기를 들은 주위 사람들이 나를 흥미롭게 쳐다봤다.

나는 그들의 시선을 떨쳐내고 노란 테이프 앞에서 벗어

났다.

한 시간 반 뒤라…….

순간적으로 그러겠다고 했지만 사실 히노와 와타야를 만나야 한다. 생각이 정리되지 않은 채 혼잡한 서점에서 나왔다. 엘리베이터를 타고 1층으로 내려왔다.

밖으로 나와 신선한 공기를 허파에 채운 다음 약속 장소인 시계탑으로 갔다.

시계를 확인하니 아직 10분 가까이 남아 있었지만, 사람들로 북적이는 그곳에 와타야가 이미 와 있었다.

"어라, 가미야? 일찍 왔네. 그게 아니라 알아? 여기 위 서점에서 니시카와 게이코가 사인회를 하더라. 서점 구경하려고 갔더니 사람이 엄청 많아서 놀랐지 뭐야."

"저…… 니시카와 게이코가 우리 누나거든."

"아, 그래? 그나저나 사람이 얼마나 많은지…… 뭐? 지금 뭐라고 했어?"

이제 와서 농담이었다고 할 수도 없어 모호하게 웃었다.

인파 속에서 우리는 말없이 서로 쳐다봤다.

"미안. 사인회가 있다는 걸 몰라서 아까 갔다가 운 좋게 이야기할 수 있었어. 좀 오랜만에 재회하는 거라. 사인회 끝나고 다시 만나기로 돼서."

말을 머뭇거리자 와타야는 내 의도를 짐작해준 듯했다.

"그래…… 뭐, 사정이 있겠지. 알았어. 우리는 신경 쓰지 말고 만나고 와."

마음 써주는 것을 고맙게 여기면서 고개를 수그렸다가 들었다.

"히노한테도 사정을 이야기할까 했는데, 머리가 혼란스럽다고 할지, 미안해서 만나기가 껄끄럽다고 할지, 그런 느낌이라. 네가 이야기해줄 수 있을까? 아, 이게 도시락이니까 괜찮으면 먹어. 3인분이라 양이 많을지도 모르니까 억지로 다 먹지 않아도 돼. 나도 누나 만나고 나서 꼭 그쪽으로 갈게."

누나 바구니를 와타야에게 건넸다. 여자애가 들기에는 무거우니 바닥에 놔도 된다고 했는데 와타야는 "괜찮아"라고 대답했다.

"마오리한테는 내가 잘 말할 테니까 걱정 마. 도시락도 우리가 맛있게 먹을게. 너희 누나가 니시카와 게이코란 거 마오리한테 말해도 돼?"

"그건 괜찮아. 어디 가서 떠들고 다닐 애도 아니고, 뭣보다 내 여자친구니까."

"여자친구란 말이지……."

뭐라 할 말이 있는 듯한 눈으로 나를 쳐다보던 와타야가 문득 표정을 누그러뜨리고는 말했다.

"처음엔 서로 장난이라든지, 그런 이유로 사귀는 건가 했는데, 가미야, 요새 어째 진짜가 된 것 같아. 응, 진짜 같아. 마오리를 기쁘게 해주려고 해. 내 눈엔 약간 너무 신경 쓰는 것 같기도 한데."

와타야가 떠보듯 말했다. 히노의 장애에 관해 아는 게 아닌가, 눈치챈 게 아닌가. 그렇게 넌지시 묻는 것 같았다.

그렇기에 나는 똑똑히 말했다.

"히노한테 말하면 안 돼."

"응? 뭔데?"

"난 진짜로 히노를 좋아해. 무슨 당연한 소리를 하냐 싶을지도 모르지만 진짜로 좋아하거든. 그러니까 내가 할 수 있는 일이면 뭐든 해주고 싶어. 아니, 해준다는 건 오만한 말이네. 하고 싶어. 히노가 기뻐할 일이면 뭐든 하고 싶어. 그렇게 생각하고 있어."

진지한 표정과 말투로 말하자 와타야는 잠시 말문이 막힌 듯했다.

"왜 그걸 마오리한테 말하면 안 되는데?"

"그야 당연히 창피하니까 그렇지."

"그런 사이도 아니잖아. 가미야, 너 혹시……."

파도처럼 밀려드는 역 앞의 잡음이 순간 사라진 듯했다.

"아는구나, 마오리에 대해서."

흔들리는 눈동자를 지닌 와타야 이즈미라는 여자애를 바라봤다.

"응, 알아."

와타야는 진의를 가늠하려는지 나를 똑바로 쳐다봤다.

"어떻게 아는 거야? 마오리가 얘기했을 리는 없을 텐데."

"아냐, 히노한테 들었어. 그런데 내가 그걸 수첩이나 일기에 쓰지 말라고 부탁했어. 오늘의 히노는…… 내가 기억 장애에 대해 안다는 걸 몰라."

와타야가 웬일로 동요하는 것을 알 수 있었다. 그런 와타야도 나와 히노가 유사 연애 관계라는 사실은 모른다. 셋째 조건 역시 알아차릴 수 없을 것이다.

"내가 안다는 것도 말하면 안 돼."

나는 웃음으로 얼버무리고는 돌아서서 엘리베이터 홀로 갔다.

오가는 많은 사람들 속에서 불특정 다수 중 한 명이 된 나를 와타야가 언제까지고 쳐다보는 듯했다.

6월 9일 (월요일)

집에서 아침: 이상 없음.

학교 조례: 기말고사. 선생님의 농담 등(특기 사항 없음).

1교시 쉬는 시간: 이즈미가 토요일의 공원 데이트에 관해 물음. 일기에 특별히 마음에 걸리는 내용은 없었지만 쓰여 있던 대로 이야기했다. 이즈미가 이상하게 생각함.

2교시 쉬는 시간: 이즈미가 나감. 아마 내 남자친구님한테 갔을 것이다. 스즈키가 학교 끝나고 뭐 하느냐고 묻길래 일이 있어서, 라고 모호하게 대답. 좀 불만스러워 보였다. 신나게 수다. 스즈키가 좋아하는 실황 동영상 등에 대해('수첩' 인물란에 추가). 이럭저럭 만회했을지도?

3교시 쉬는 시간: 이즈미한테 2교시 쉬는 시간에 대해 물어봄. 남자친구님이 얼버무린 것 같다고 대답. 역시 남자친구님을 만나러 갔던 모양이다. 하지만 내 일기에 별다른 말이 없으면 자기가 착각한 걸지도 모른다고 함.

4교시 쉬는 시간: 이즈미와 이야기. 눈 깜짝할 새에 6월이네, 나한테는 전부 눈 깜짝할 새지만, 하고 농담을 해봄. 그거 지금 두 번째거든, 하고 이즈미가 즐거운 목소리로 지적. 이 개그는 요주의('수첩' 인물란에 추가).

점심시간: 이즈미와 점심. 이즈미는 수제 BLT 샌드위치. 군침이 줄줄.

5교시 쉬는 시간: 이즈미는 요새 홍차에 빠진 모양이다. 몰락 귀족(내 남자친구님) 집에서 마신 홍차가 맛있었다고. 나도 마셔보고 싶다.

방과 후: 남자친구님 교실로 찾아감. 남자친구님이 마이 허니, 하고 창피한 듯 불렀다. 싫어하는 게 아니었느냐고 물었더니 분발했다고. 호오, 꽤 귀엽다.
남자친구님이 토요일에 고마웠다고 했다. 요리를 못한다는 내 사과에 그럴 것 같다고 대답. 무슨 그런 실례되는 말을.
그 뒤 오늘은 뭘 할까 물었더니 '여자친구님이 하고 싶은 일을 하자'라고. 자전거 뒤에 타기, 패밀리레스토랑이랑 오락실에서 교복 데이트, 노래방, 휴일에 수족관, 놀이공원. 이것저것 제안해봤는데 자전거 뒤에 타는 것만 빼고 오케이였다(단 노래방은 이즈미도 같이 가는 게 전제. 둘만 방 안에 있는 건 쑥스럽다고). 남자친구님은 임시 수입이 생겼다는 듯.

그러더니 위반 행위라 안 된다고 했으면서 오늘은 자전거 뒤에 태워주겠다고 했다. 남자친구님에 관해 정보 수정이 필요할지도. 얘 의외로 놀 줄 아네?

보관소에 방치돼 있던 자전거를 찾아냈는데 타이어의 바람이 빠져 있었다. 내가 낙담했더니 남자친구님이 말했다.

"안심해, 히노. 네 남자친구가 얼마나 듬직한지 보여줄 테니까."

좀, 아니 상당히 놀랐다.

남자친구님이 타이어 수리를 시작했다. 나도 거들었다. 가위와 양면테이프를 찾아와 클리어파일을 작게 잘랐다. 뭐지, 대체.

그런데 남자친구님은 그 클리어파일을 써서 바퀴의 구멍을 막았다. 굉장하다.

선생님이나 경찰에 들키지 않게 조금 떨어져 있는 논두렁길에서 자전거를 탔다.

남자친구님이 용써서 페달을 밟음. 재미있다. 바람이 엄청 셌다. 지금 다시 생각해도 즐겁다. 청춘이다. 아침에 맛봤던 절망이 거짓말 같았다. 최고다, 나. 장하다, 나. 남자친구님과 사귀다니 탁월한 선택이었다.

기억에 장애가 있어도 매일 이렇게 즐겁게 지낼 수 있을지 모른다. 자전거 뒤에 타는 것이 좀 무섭기도 해서 배 속 깊은 곳에서 괴상한 웃음이 튀어나왔다. 남자친구님도 웃고 있었다. 그 모습도 동영상으로 찍었다(스마트폰 '남자친구님' 폴더 참조). 자전거 타기를 만끽한 다음 자전거를 밀면서 학교로 돌아왔다. 남자친구님이 내일은 어떻게 하겠느냐고 물었다.

"내일의 히노도 내가 즐겁게 해줄게."

놀랐다. 장애에 대해 눈치챈 걸까. 아니, 아무리 그래도 그건 아니겠지. 남자친구님이 딱히 나를 이상하게 여기는 눈치는 없었다.

어째 달라졌다고 말했더니 순수하게 나랑 노는 게 재밌어서라고 대답했다. 하지 마, 네가 그렇게 웃으면 꼼짝 못 한다고.

어제까지 모르는 사람이었는데 기분이 이상하다.

일기로 보건대 매일 이 이상한 기분을 맛보고 있는 것 같다.

남자친구님이 내일도 자전거를 타고 싶으면 그러자고 했다. 이틀 연속이라도 상관없다고. 지금의 내가 유일하게 좋은 점. 새로운 일은 언제나 새롭다.

몇 번이고 새로운 일을 새롭게 즐길 수 있다.

조금 긍정적으로 생각할 수 있게 됐어. 남자친구님, 오늘도 고마워.

토요일 아침, 밥을 먹은 다음 최근 일기를 읽다가 약간 소녀스러운 내용에 창피해졌다. 내가 그렇게 들뜨고 그럴 줄 몰랐다.

다음 날 일기를 보니 그날도 나는 자전거를 타며 신나게 즐긴 모양이다. 그다음 날은 이즈미까지 불러 남자친구님과 자전거를 탔다. 매일 내가 너무나도 티 없이 즐거워하는 게 창피하면서도 웃음이 났다.

수첩에서 '남자친구님' 항목을 다시 확인한 다음, 스마트폰을 집어 미디어 폴더 목록을 열었다. 정말 '남자친구님'이라는 이름의 폴더가 있었다. 열어보니 가미야 도루를 찍은 사진과 동영상이 들어 있었다.

그중 한 동영상을 재생했다. 월요일 날짜다.

내 환성이 들리고 영상은 흔들렸다. 석양빛 풍경이 빠른 속도로 흘러갔다.

일기에 쓰인 대로 둘이 자전거를 타며 찍었을 것이다.

페달을 밟는 남자친구님이 카메라를 잠깐 돌아봤다. 내가 뭐라 말했다. 당사자가 아니라도 즐거움이 느껴졌다.

더없이 단순하고 바보스러운 동영상이다.

나는 그 동영상을 몇 번씩 반복해서 봤다. 삐뚤빼뚤 서툴게 만든 추억에 미소가 지어졌다.

하지만 도중에 문득 깨닫고 말았다. 나는 차분하게 내 감정을 인정했다.

쓸쓸함인지 동경인지 알 수 없는 감정이 마음속 깊은 곳에 흐르고 있었다.

'오늘의 나'는 그 동영상의 당사자가 아니다. 그 사실이 조금 쓸쓸하고, 즐거워 보이는 '어제의 나'에 대한 선망 비슷한 것을 느꼈다.

하지만…… 어제 못지않은 기쁨이나 즐거움이 오늘도 보장되어 있을지 모른다. 가미야 도루라는 생소한 이름의 남자애 덕분에.

살짝 입꼬리가 올라갔다.

좋아, 하고 기분을 바꾸고 외출 준비를 시작했다. 오늘은 남자친구님, 이즈미, 이렇게 셋이 수족관에 가기로 돼 있었다.

걱정하는 아버지가 근처 역까지 태워다줘 거기서부터 전철을 타고 시내로 갔다. 전철 운행 시간 때문에 약속보다 5분 일찍 도착했다.

만나기로 한 시계탑 아래 바구니를 든 이즈미가 서 있었다.

"어? 웬일이야, 이즈미? 숲속에 사는 할머니 댁에 심부름이라도 가게?"

바구니를 든 것을 보고 농담하자 평소 같으면 즉각 받아칠 이즈미가 동요한 듯 어색하게 반응했다.

"아…… 응, 사실은 그래. 사냥용 칼도 갖고 왔으니까 늑대가 변장하고 있으면 홀랑 벗겨주려고."

"털가죽을 말이지."

"올겨울 유행의 선구자가 돼볼까 해서."

다른 애들이라면 이해 불능이라고 했을 말을 평소처럼 주고받으면서도 나는 이상함을 느꼈다.

어디 아픈 걸까. 이즈미는 정신이 딴 데 팔린 것처럼 보였다.

게다가 바구니가 사진으로 본 남자친구님 것과 비슷했다.

"그거 남자친구님 거 아냐?"

"뭐? 아, 응."

이즈미는 명백히 동요하고 있었다. 이유는 곧 알 수 있었다.

"실은······ 가미야가 좀 전까지 있었는데. 개도 가족 문제가 좀 있나 봐."

이즈미가 이야기해주었다. 니시카와 게이코는 남자친구님이 좋아한다는 작가다.

"누나였구나. 난 순수문학은 잘 모르는데 유명한 사람이야?"

"올해 아쿠타가와상 후보 중에서 가장 유력해."

"헉, 진짜로?"

이즈미가 진지하게 대답했다. 그때는 이미 여느 때의 모습으로 돌아와 있었다.

"내 생각엔 그래. 이번에 나온 책도 후보에 오르고 나서 서둘러 단행본으로 낸 거겠지만, 나오기 전부터 떠들썩했거든. 자기랑 사회 사이에 존재하는 간극을 그리는 게 문학이라고 생각하는데, 그걸······."

그 뒤로도 이즈미는 작품에 관해 열변을 토했다. 이즈미는 자기 자신에게도 남에게도 엄격하다. 이즈미가 칭찬한다면 그만큼 훌륭한 작품이라는 뜻이다.

그런 작품을 쓴 사람이 남자친구님 누나라고 했다.

"되게 궁금하네. 어떤 사람일까? 사진 같은 것도 있어?"

"얼굴은 일체 노출 안 해. 신인상을 받았을 때도 잡지에 얼굴 사진은 없었으니까 사진을 싫어하는 걸까. 그래서 나도 궁금해서 보러 간 건데, 이렇게 말하면 뭐하지만 가미야랑 전혀 안 닮았어. 쿨한 미인이더라. 사인회장에서도 사람들이 엄청 열광했어. 이러다 올해 아쿠타가와상이라도 받았다간 난리가 날걸."

"그렇구나. 남자친구님 누나는 쿨한 미인에 이즈미 취향이다."

"마오리, 그런 건 제발 메모하지 마."

그런 사정이라면 하는 수 없다고 먼저 수족관으로 가기로 했다.

사실은 남자친구님 누나라는 사람을 잠깐이라도 보고 싶었지만, 사인회장이 그런 상태라면 쉽지 않을 것이다.

지하철로 15분쯤 가서 수족관에 도착했다. 중학교 때이래로 처음 온 것이고, 이즈미와 오는 것은 처음이다.

도시락부터 먹을까 물었는데 먼저 수족관을 돌아보기로 했다. 도시락이 든 바구니를 번갈아 들며 둘이 물고기를 구경하고 다녔다.

잊어가는 기억. 축적되지 않는 기억에 의미가 있을까.

부정적인 생각이 잠깐 들었지만, 색색의 물고기가 헤엄치는 광경에 동심으로 돌아가 마음이 정화되는 느낌이 들었다.

"아, 찾았다."

그렇게 감상하는 도중에 이즈미가 뭔가를 발견한 듯 큰 소리로 말했다.

시선 끝에 마치 새처럼 날개를 펄럭이며 물속을 나아가는 회색 물고기가 있었다.

"가오리? 이즈미, 가오리 좋아해?"

"응. 말한 적 없지만 나 가오리 엄청 좋아해."

뭔가 농담을 하려다가 이즈미의 진지한 표정을 보고 그만두었다. 대신 좋아하는 이유를 물어봤다.

"그렇구나. 어떤 부분이 좋은데?"

"바다의 신사. 우아하게 헤엄치는 모습."

이즈미는 짤막하게 대답하고는 어린애처럼 수조에 들러붙어 가오리를 감상했다.

그러더니 불쑥 말했다.

"대체 아버지가 어떻길래? 싫겠지만 별거 중인 아버지랑 약간 닮았거든."

이즈미가 너무나도 예뻤다. 아무것도 아니라는 표정으로 옆에 있어주지만, 기억장애가 있는 친구는 귀찮을 것이다.

일기 등에는 그에 대해 '할 수 있는 일, 하고 싶은 일만 하고 있으니까 신경 쓰지 마'라든지 '내가 하고 싶어서 하는 거야. 하기 싫어지면 안 할 테니까 그냥 그 정도야'라고 쓰여 있었다.

덕분에 마음의 부담은 덜었다. 하지만 눈앞에 있는 마음씨도 얼굴도 고운 소녀는 그런 내 심리적인 문제까지 고려하고 계산해서 말하는 것일 테다.

가볍게 둘러본 뒤 안마당처럼 트여 있는 장소로 갔다. 벤치에 앉아 조금 늦었지만 남자친구님의 수제 도시락을 먹기로 했다.

3인분이 든 탓에 바구니는 꽤 무거웠다. 남자친구님은 이걸 거뜬하게 들고 다녔을까. 남자애는 남자애네 싶다.

도시락을 열어보고 깜짝 놀랐다.

"헉, 가미야, 엄청 본격적이다."

"진짜네. 이거 저번 주보다 더 굉장할 것 같아. 사진 찍어놔야지."

색색의 고명을 얹은 초밥을 중심으로 반듯하게 담은 도시락에서 남자친구님의 성격이 보이는 듯했다. 정성스레 부친 달걀로 곱게 지단을 만들고 가게에서 샀나 의심될 정도로 본격적인 참치 절임도 있었다. 흰깨로 무친 소송채까지, 영양의 균형 또한 좋을 것 같다. 덜어 먹기 편하게 긴 젓가락과 종이 접시도 함께 들어 있었다.

둘 다 사진을 찍고 바로 덜어 먹기 시작했다. 고명이 듬뿍 들어 씹을 때마다 초밥과의 절묘한 조화를 맛볼 수 있었다. 씹는 게 좌우지간 즐거웠다.

중간에 이즈미가 사진과 함께 남자친구님에게 메시지를 보냈지만 답신은 없었다.

바구니 안에 보온병도 들어 있었다. 컵에 따르니 산뜻한 과일 향이 콧구멍을 간질였다. 아마 이게 레이디그레이라는 홍차일 것이다.

"이 향기, 어째 전에 맡아본 것 같아."

내가 중얼거리자 이즈미가 생각에 잠겼다.

"기억과 향기의 관계성이라……. 그래, 그런 건 기억나는구나."

"그 애 집에서 마신 건지 더 전에 마신 건지는 알 수 없지만."

초밥이 맛있는 데다 배도 고팠던 터라 둘이 반씩 나눠 다 먹어버리자고 이야기하면서 맛있게 먹었다.

다 먹고 나서 잘 먹었습니다 하고 다시 홍차를 마셨다.

갑자기 어린애 환성이 들려왔다. 돌아보니 조금 떨어진

곳에서 아이가 어머니의 옷소매를 끌어당기고 있었다. 아이 아버지가 그런 두 사람을 웃으며 바라봤다.

아무런 준비도 없이 솔직한 말이 입에서 흘러나왔다.

"앞으로 10년 뒤면, 20년 뒤까지는 아니겠지만 다들 결혼하겠지?"

가족을 바라보며 말하자 이즈미가 내게 시선을 돌리는 게 느껴졌다.

"나도…… 가정을 가질 수 있을까."

"갑자기 뭔 소리야?"

"미안. 내 장애는 낫는 걸까 살짝 마음이 약해져서요."

조금 겸연쩍은 마음에 웃어봤다.

이즈미는 조용히 하늘을 응시했다.

"그렇구나. 그렇지만 난 아마 결혼 안 한다고 할지, 못할 것 같으니까. 그때는 그때대로 즐겁게 지내자."

이즈미는 내게 마음을 써주는 건지 아무 일 아니라는 것처럼 대답했다.

하지만 그럴 리 없다. 이성 동성 할 것 없이 이즈미 몰래 이즈미를 좋아하는 사람은 많다. 하지만 이즈미는 표면적으로 다른 사람과 어울리기는 해도 남에게 쉽사리 마음을 열지 않는다.

그건 아버지가 별거 중이라는 가족 문제와 상관있을까.

나는 그런 심각한 생각을 얼버무리듯 농담을 했다.

"즐겁게 지내자니, 언제까지고 고등학생 기분인 나랑?"

"그 농담은 처음 듣네. 아, 재미있다."

"고마워, 이즈미. 이런 나랑 같이 있어줘서."

"정말 신경 쓰지 말라니까."

"네가 원해서 있어주는 거니까 말이지. 싫어지면 안 할 거니까 말이지."

"헉, 뭐니, 그 말. 엄청 배배 꼬인 인간 같아서 꼴사납다."

결국 답신에 이어 남자친구님이 눈앞에 나타난 것은 해가 저물기 시작할 때였다.

"미안. 오늘 약속 깨서 정말 미안해."

수족관 밖 벤치 근처에서 만났다.

처음 제대로 본 그는 숨을 몰아쉬고 있었다. 역부터 뛰어왔는지도 모르겠다.

"안 뛰어도 되는데."

내가 그렇게 말하자 남자친구님은 숨을 고르며 대답했다.

"히노, 정말 미안하다. 와타야도."

이즈미는 그런 그를 말없이 쳐다보고 있었다. 이윽고

161

하는 수 없다는 듯 숨을 크게 내쉬었다.

"괜찮아. 난 마음이 넓으니까 용서해줄게."

"그럼 마음이 좁은 난 남자친구님이랑 다음 번 데이트를 요구할게."

내가 농담처럼 한 말에 남자친구님은 부드럽게 미소 지었다.

"알았어. 히노, 다음에 우리 셋 스케줄이 맞을 때 놀이공원에라도 갈까? 내가 너희 입장료 반을 낼게."

입장료 반을 내준다는 것보다 놀러 가자는 약속이 기뻐그만 거리낌 없는 말로 대답하고 말았다.

"오, 통 크시네요."

"절반이라는 게 가미야답네. 그렇지만 그런 건 괜히 신경 안 써도 돼."

늦게 들어가면 우리 집에서 걱정하기 때문에 셋이 지하철역으로 향했다.

"아, 맞다. 오늘 도시락도 굉장히 맛있었어. 고마워."

도중에 남자친구님에게 바구니를 돌려줬다. 그는 그것을 받아들고는 조금 쓸쓸한 표정으로 또 미소를 지었다.

전철 안에서 셋이 즐겁게 수다를 떨었다.

남자친구님과 말을 주고받은 것은 그런 짧은 시간뿐이

었지만, 이상하게 마음 편하고 안심이 됐다.

8

정장 차림의 여자가 알려준 찻집은 쇼핑몰 꼭대기 층에 있었다.

거리가 내려다보이는 창가 자리로 안내됐다. 이런 곳에는 처음 와봤다.

누나를 기다리는 동안 긴장 속에 홍차를 주문하고 여자가 준 책을 읽기로 했다. 전에 잡지에서 읽은 작품이었다.

누나도 그렇고, 와타야에게 '알고 있다'라고 말한 것도 그렇고, 히노와의 약속을 깬 것도 그렇고. 갖은 생각과 감정이 뒤섞여 머릿속이 어수선해서 소설의 세계에 좀처럼 들어갈 수 없었다.

그래도 시간을 보내기 위해 계속 문장을 쳐다보다 보니 어느새 집중해서 읽을 수 있게 됐다.

언제…… 언제부터였을까.

시간 감각이 없었다. 문득 얼굴을 들자 맞은편에 누나가 앉아 있었다.

"도루, 좀 말랐니?"

내게 간결하고 우아하고 따스한 존재. 누나는 심플하지만 품위 있는 청색 셔츠를 입고 있었다. 긴 검은 머리와도 잘 맞았다.

재회의 말을 어떻게 자아내야 할지 알 수 없었다. 누나는 너무나도 자연스럽게 말을 걸었다. 나는 울 것 같은 얼굴로 미소를 지은 뒤 최대한 예사롭게 대답했다.

"그런가? 평소엔 재보지 않으니까 모르겠는걸. 키는 좀 큰 것 같지만."

"그래. 한 번쯤 해보고 싶은 말이 있는데 해도 될까?"

표정이 별로 달라지지 않는 누나가 미소를 지었다. 서두를 떼는 것도 누나답다.

"괜찮아. 뭔데?"

"잠깐 못 본 사이에 많이 컸구나. 책에 집중하면 주위가 눈에 안 들어오는 건 옛날하고 똑같지만."

쓴웃음을 지었다. 그리고 오랜만에 듣는 말씨에 가슴이 메었다.

누나는 옛날 소설 속 등장인물 같은 말씨를 쓴다.

그것도 아주 자연스럽게 쓰기 때문에 어색하지 않다. 오랜만에 맛보는 느낌이다.

"누나도 똑같네."

"그래."

들어온 지 얼마 안 됐는지 누나는 웨이터에게 홍차를 주문했다. 1년 반 만에 만나는 건데도 어제 헤어졌다가 오늘 다시 만난 사람들 같은 분위기였다.

"서점엔 우연히 온 거야?"

실제로 그랬지만 약간 당황했다.

"응. 오늘 좀…… 일이 있었거든. 그 김에, 라고 할지, 시간이 좀 남아서 서점에 가야지 했던 거야. 그런데 니시카와 게이코의 사인회를 하길래 놀랐어."

"그렇구나. 등나무 바구니를 들고 어디 가는 거였는데?"

놀리는 듯한 시선에 나는 허둥댔다.

"아니, 저, 학교 친구랑 잠깐. 그렇지만 괜찮아."

"여자애?"

"어…… 응."

"너도 다 컸구나. 그런데 정말 괜찮았던 거야? 기다리게 한 데다 계획까지 변경하게 해서 미안해."

"그건 신경 쓰지 마. 나도 누나랑 이야기하고 싶었으니까. 그런데 저 책 말이야."

거절하지 않은 내 잘못도 있으니 화제를 바꾸려고 발매

중인 책에 대해 물었다.

띠지에 '아쿠타가와상 후보작'이라고 쓰는 것만으로도 판매량이 달라지는 터라 급히 내게 됐다고 했다. 그런데 인터넷에서 출판이 화제가 되어 예상외로 사인회에 사람이 모였다고 한다.

"그렇구나. 굉장하다, 누나. 후보로 선정된 걸 잡지에서 봤을 때부터 기뻤는데. 이제 금방 꿈을 이루겠네."

감격스레 말하자 누나는 희미하게 웃었다.

"아직 받을지 어떨지도 모르는데. 게다가 최종적으로는 계속 쓰는 게 중요해. 아쿠타가와상을 수상해도 그 이상 나아가지 못하는 사람이 대부분이거든. 난 소설가로 살기로 결심했으니까 상보다 계속 쓰는 쪽이 더 중요해."

한 박자 뜸을 들인 뒤 누나는 말을 이었다.

"가족을, 도루 널 희생하면서까지 하는 일이니까."

어딘지 모르게 자조적으로 말하는 누나를 보며 나는 할 말을 잃었다.

몸이 약했던 어머니가 심장병으로 세상을 떠난 뒤, 당시 중학교 1학년이었던 누나가 집안일을 도맡아 하게 됐다.

아버지는 어머니가 돌아가신 뒤 기운을 차리지 못했고, 나는 초등학교에 갓 입학했을 때라 도움이 되기는커녕 오히려 짐만 됐다.

청소부터 빨래, 요리, 쓰레기 버리기 그리고 나를 돌보는 일까지, 누나는 집에 있어도 쉴 수 없었다.

그런 누나의 유일한 낙이 집안일을 모두 끝낸 다음 소설을 읽는 것이었다.

젊었을 때부터 작가를 지망했던 아버지의 영향으로 우리 집에는 오래된 책이 많았다. 그 책들을 읽으며 지내던 누나가 언젠가 이런 말을 했다.

"나한테 책은 읽는다기보다 찾아갈 장소야."

누나가 언제부터 소설을 쓰기 시작했는지는 모른다.

하지만 아버지와 내가 일찌감치 잠든 날이면 몰래 뭔가 쓴다는 것은 알고 있었다. 그게 중학교 3학년 때 지방 문학상 가작으로 뽑힌 것도.

그런데 누나는 그 사실을 아버지에게 말하지 않았다. 어머니를 잃은 슬픔을 극복하지 못한 아버지를 자극하고 싶지 않다는 게 이유였을 것이다.

아버지는 매우 약한 사람이었다.

소설을 쓰는 것으로 그럭저럭 사는 의미를 찾는, 그런 사람이었다.

고등학교에 들어가서 졸업할 때까지도 누나는 소설을

썼다.

학교를 졸업하자 누나는 자동차 부품을 제조하는 하청 공장 사무직으로 취직했다.

원래는 공무원이 되려고 했는데, 근처 지자체에서는 고졸자 모집이 없어 어쩔 수 없었다.

누나는 일하면서 아버지와 함께 가계를 꾸렸다. 소설을 쓸 수 있는 시간은 줄었지만 그래도 계속 썼다. 지금껏 아버지가 도전 중인《문예계》신인상에 몰래 응모해 그해 6월에 투고한 작품이 10월 최종 후보작으로 남았다.

아쿠타가와상을 위한 등용문이라고 이야기되는 상이다. 10대가 거기까지 이르는 경우는 거의 없으니 쾌거라 할 수 있었다.

수상은 하지 못했지만 담당 편집자가 생겼다. 편집자가 이것저것 조언을 해주었지만 누나가 소설을 쓸 수 있는 시간은 많지 않았다.

아침에는 일찍 일어나 집안일을 하고 출근해서 낮에는 일하고 밤에는 집에 돌아와 저녁을 준비했다. 집안일을 하고 아버지 상대를 하다 보면 하루에 한 시간 소설을 쓸 수 있을까 말까 하는 정도였을 것이다. 누나는 직장에 다니면서도 집안일을 대충 하지 않았다.

"어머니가 부탁한 일이기도 하고, 원래는 소설 쓰는 게 불필요한 일인걸."

누나는 그렇게 말하면서 휴일 남는 시간에는 시체처럼 잤다가 일어나면 집안일을 하거나 가끔씩 도서관에 갔다. 아마 소설을 썼을 것이다.

누나와 여섯 살 차이 나는 나도 그 무렵에는 중학생이 된 지 반년이 지나 있었다.

특별활동 같은 건 있었지만 그래도 조금은 누나를 도울 수 있다.

나는 당시 누나가 소설가의 길을 포기하려 했다는 것을 알고 있다. 아버지가 집에 없을 때 유선전화로 담당 편집 자와 말다툼을 한 적이 있었다.

믿을 수 없었다. 다른 사람도 아니고 누나가 통화 상대에게 감정적으로 맞대응하고 있었다.

재능이 있어도 그 때문에 가족에게 폐를 끼칠 수는 없어요, 라고 했다.

전화를 끊은 누나의 뒷모습이 지금도 똑똑히 기억난다. 고개를 수그리고 몸을 부둥켜안고 있었다. 모든 것에 절망한 듯한…… 그런 뒷모습이었다.

"소설 써."

내가 말하자 누나의 가녀린 등이 움찔했다. 누나가 천천히 돌아봤다.

"도루…… 아냐, 이제 됐어."

누나는 포기하려고 했지만 포기할 수 없는 목소리로 말했다.

"되긴 뭐가 돼. 집안일은 내가 거들게. 조금씩 배울게."

"정말로 이젠 됐어."

"그렇지 않아."

"너 왜 그래, 도루."

"누나는 내가 나쁜 짓을 하면 야단쳤지. 그러니까 나도 야단칠게. 그렇게 쉽게 포기하면 안 돼. 제발 부탁이야. 소설가가 되는 게 누나 꿈이었잖아?"

누나는 잠자코 나를 쳐다봤다. 나는 기를 쓰고 말했다.

"이 집에 꼭 계속 있을 필요도 없어. 아버지는 내가 보살펴드릴게."

보잘것없는 내 인생에 뭔가 칭찬할 점이 있다면 그 말을 할 수 있었던 것이라고 생각한다. 문제는, 나는 아직 초등학교를 졸업한 지 반년밖에 안 된 어린애였다는 것이다.

애써 참아도 눈시울이 뜨거워져 눈물이 주르르 흘렀다.

사실은 많이 무서웠다. 내 생활에서 누나가 사라진다

는 게.

그래도 누나를 응원하고 싶었다.

누나는 망설이듯 시선을 바닥으로 떨어뜨렸다가 나를 봤다.

"알았어. 그럼 같이 노력하자. 나도 소설 쓰는 걸 포기하지 않을 테니까…… 알았지?"

그 뒤로 나는 누나에게 집안일이며 요리를 하나하나 배워갔다. 위생감을 중시할 것. 그게 집안일을 할 때 누나를 지탱해주는 버팀목이기도 했다.

오후 여섯 시경에 특별활동을 끝내고 집에 오면 집안일을 거들었다.

누나의 일이 바빠지고 내가 집안일을 어느 정도 익힌 뒤로는 특별활동을 일찍 끝내고 집에 오는 길에 슈퍼에 들러 혼자 장을 보고 저녁을 준비했다. 욕실 청소도 해두었다.

퇴근하고 온 아버지에게 저녁을 차려드리고 목욕하게 했다.

그런 때는 누나가 오기를 기다리는 게 자랑스러웠다.

1년이 지나는 사이에 나는 집안일에 관한 대부분의 일을 스스로 익혔다.

누나의 부담도 줄어 쉬거나 소설을 쓸 시간이 늘었다.

우리 집에 컴퓨터는 아버지 것 하나밖에 없다. 직장에서는 사용했던 것 같지만 당시 누나는 소설을 원고지에 썼다. 그 옆에서 나도 공부를 했다.

그리고 내가 지망했던 고등학교에 합격한 겨울 끝 무렵의 어느 날.

아침에 누나가 꽤나 일찍 일어나 뭔가를 준비했다.

아버지는 아직 자고 있었다. 당시 나와 아버지는 한방을 썼다.

나중에 알았는데, 내가 중학교 3학년이 됐을 무렵부터 누나는 서서히 퇴직 준비를 했던 모양이다.

나는 아버지 옆 이부자리에 누워 천장을 바라보고 있었다. 조용히 작별을 깨달았다.

"가게?"

아버지가 깨지 않게 살며시 이부자리에서 빠져나와 현관에서 신을 신는 누나에게 말했다.

앉아 있던 누나가 일어섰다. 돌아서서 맑은 눈으로 나를 꼼짝 않고 쳐다봤다.

"도루……."

나는 이제 예전의 어린애가 아니었다. 애써 참아도 눈

물이 방울방울 흘러내리는 나이가 아니었다. 떠나보내는 입장에 적합한 말을 할 수 있었다.

"잘 다녀와."

내가 그렇게 말하자 누나는 짐을 들었다.

"응. 다녀올게. 미안해…… 정말."

"우리야말로 누나의 가능성이랑 시간을 계속 빼앗아서 미안해."

"그렇지 않아. 네가 고생할지도 모르지만……."

"중학교 1학년 때부터 혼자 해온 누나에 비하면 아무것도 아냐. 다녀와, 니시카와 게이코 씨. 응원할게. 앞으로도 쭉."

"고마워, 도루."

그날 누나는 지금껏 살던 공영 아파트를 벗어나 넓은 바깥세상으로 날아올랐다.

약 반년 뒤 니시카와 게이코라는 신인 작가의 작품이 《문예계》 신인상을 받았다.

1년 반 뒤에는 다른 작품으로 아쿠타가와상 후보로 선정됐다.

겨우 1년 반이다. 누나가 말한 '희생'이라는 단어를 부정하고 싶어서 나는 말했다.

"희생이라고 생각 안 해. 누나는 줄곧 하고 싶은 일을 할
수 없었잖아. 이제야 할 수 있게 돼서 난 기뻐. 정말 축하
해, 누나."

자신을 부끄럽게 생각하는 듯 고개를 숙이고 있던 누나
가 그 말에 얼굴을 들었다.

주저하듯 잠시 뜸을 들이다 어렴풋이 웃었다.

"고마워. 너도 좀 말랐지만 잘 지내는 것 같아 다행이야.
원래는 수상할지 말지를 떠나서 아쿠타가와상이 발표된
다음에 만날 생각이었는데……."

"오늘 아버지는 안 만나?"

"그게 나을 것 같아. 어쨌든 아직 어중간한 상태니까."

갑자기 아버지가 소설을 쓰는 뒷모습이 떠올랐다. 소설
가가 되려 했던 아버지와 소설가가 된 누나. 하지만 아버
지는 누나에 대해 모른다.

"아버지는 아직도 소설가가 되려고 하셔?"

내 생각을 읽은 것도 아닐 텐데 누나가 조금 걱정스레
물었다.

"응. 지금도 맨날 뭔가 써. 그걸 이유로 가끔 직장도 쉬
고. 그보다 누나 이야기를 해줘."

나는 애써 아버지에 대해 잊고 그 뒤로 누나와 이런저런 이야기를 했다.

주로 내가 누나에 관해 묻는 형태였다. 누나는 집을 떠난 뒤로 도쿄 서점에서 아르바이트를 하며 열심히 소설을 썼다고 했다. 사인회 때 곁에 있던 사람은 담당 편집자인데, 전부터 누나를 좋게 봐주었다.

"도루 넌? 좋아하는 여자애가 생긴 거 아냐?"

"뭐?"

1년 반이라는 시간 속에서 변하지 않은 것, 변해가는 것을 생각했다.

히노의 티 없는 몸짓과 웃음소리, 나를 빤히 쳐다보는 표정이 뇌리를 스쳤다.

그게 대화 가운데 짧은 공백으로 나타났다.

뭔가 짐작했는지 누나가 부드럽게 웃었다.

누나보다 소중한 대상이 생기려 하고 있었다. 아니, 누나만큼 소중한 대상이 생기려 하고 있었다. 그 사실을 나는 조용히, 뼈저리게 느꼈다.

"나…… 사귀는 사람이 있어. 그냥 친구 같은 거지만."

"그래. 좋은 일인데 왜."

누나는 미리 알고 있었던 듯한 표정으로 대답했다. 그

게 다음 순간 놀란 얼굴이 됐다.

"그 애, 선행성 기억상실증이라고 해서 잠이 들어 뇌가
기억을 정리하기 시작하면 그날 하루의 기억이 삭제되는
기억장애를 갖고 있거든."

누나는 잠시 말이 없었다. 보통 생각지도 못할 것이다.
자기 동생이 그런 병을 가진 여자애와 사귄다는 것은.

하지만 누나는 진지하게 답해주었다.

"그 애를 좋아하는구나. 진심으로."

"응. 매일매일 그 애를 즐겁게 해주고 싶고 같이 기뻐하
고 싶어. 그 애는 매일 일기를 쓰는데, 그 일기를 즐거운 이
야기로 채워주고 싶어. 그 애가 매일 일기를 통해 조금이
라도 긍정적으로 살 수 있도록."

내가 거기까지 말하자 누나는 눈을 감았다.

다음에 눈을 떴을 때는 다정한 눈빛으로 입가에 미소를
머금고 있었다.

"가르쳐줘서 고마워. 좀 거창할지 모르지만 너희 둘에
게 좋은 일이 많이 있기를 바랄게."

"고마워, 누나."

내가 대답하자 누나는 가볍게 웃었다. 그러고는 처음
보는 휴대폰을 꺼내 자기 번호를 표시했다.

"휴대폰이 필요하거든. 그래서 마련했어. 너만 괜찮으면 번호 교환하자."

나도 내 전화기를 꺼내 망설인 끝에 니시카와 게이코라는 이름으로 누나의 번호를 등록했다.

누나는 내 번호를 등록하고는 전화기를 든 채 고개를 수그렸다.

"너에게 아버지 보살펴드리는 일을 떠넘겨서 미안해. 아버지 관련해서 어려운 일이 있으면 언제든지 연락 줘."

"응, 고마워. 그렇지만 지금은 누나한테 제일 중요한 시기잖아. 우리는 괜찮으니까 걱정하지 마."

누나는 "꽤나 듬직해졌구나"라며 웃었다. 나도 같이 웃자 "그래도 잘됐다"라고 말을 이었다.

"너에게 소중한 사람이 생겨서. 기억장애는 쉽게 낫지 않을지도 몰라. 하지만 되도록 그 애에게 잘해줘."

누나는 부드러운 눈빛으로 나를 보고 있었다. 누나와 보낸 시간에는 다정함과 따스함이 공기나 물처럼 당연하게 있었다.

그런 기억과 감촉이 다른 사람을 생각하는 마음으로 조금이라도 이어지면 좋겠다고 생각했다.

"응, 그럴게. 그 애한테 잘해주는 것 말고도 그런 식으로 살 수 있도록 노력할게. 열심히 해볼게."

자리에서 일어섰다. 계산서에 손을 뻗으려고 하자 누나
가 막았다.

"괜찮아. 그쯤은 내가 낼게."

"그래도 돼?"

"그럼. 조금 있으면 일단락될 테니까 그때까지 아버지
를 부탁해."

함께 찻집을 나섰다. 1층 호텔 로비에 있다는 담당 편집
자를 만나 인사를 나누었다. 누나는 내일 다른 지방에 사
인회를 하러 간다고 했다.

누나와는 그 자리에서 헤어졌다. 둘 다 웃는 얼굴로 헤
어질 수 있었다.

나는 휴대폰을 꺼내 누나와 번호를 교환할 때 본 와타
야의 메시지에 답신을 보냈다. 수족관 바깥에 있는 벤치에
서 히노와 와타야를 만나기로 했다.

지하철을 타고 수족관 근처 역에 도착한 뒤 황혼 속을
걸었다.

사람은 누구나 각각 다양한 문제를 안고 있다.

하지만 그 모든 게 지금은, 지금만은 내 안에서 작아지
는 것 같았다.

이제 나는 힘없는 어린애가 아니다. 아직 어리기는 해도 아무것도 할 수 없었던 시절의 내가 아니다. 적어도 내 발로 걸을 수 있다.

만나고 싶은 사람이 있다. 그 사람을 만나러 내 발로 갈 수 있다.

도중에 조바심이 나서 뛰기 시작했다.

히노의 얼굴이 자꾸만 떠올랐다. 몸 전체가 기뻐하고 있었다.

달리기 때문인지 심장이 빠르게 고동치더니 순간 죄어드는 듯한 아픔이 느껴졌다.

비틀거릴 뻔했지만 넘어지지 않을 수 있었다. 점심도 먹지 않고 느닷없이 뛴 탓일 것이다. 그렇게 턱도 없는 행동을 하는 나 자신에 웃음이 났다. 하지만 상관없었다.

한시라도 빨리 만나고 싶은 사람이 있다. 웃으며 이야기하고 싶은 사람이 있다.

한 걸음 한 걸음이 그 사람에게로 이어졌다.

나는 다시 달리기 시작했다. 그건 내가 바라 마지않던 힘찬 충동이었다.

9

히노와 사귄 지 3주가 지나고 기말고사가 서서히 닥쳐오던 그날.

나와 히노는 방과 후 도서실에 있었다.

학생인 이상 시험은 피할 수 없다. 하지만 히노는 지식을 축적하는 게 불가능한 상태다. 기억은 모두 그날을 넘기지 못한다.

그런 것을 새삼 생각하며 노트를 펴고 공부하는 히노를 바라봤다.

"왜?"

히노가 내 시선을 알아차리고 얼굴을 들었다.

"아니, 오늘은 어째 얌전하다 싶어서."

"도서실인데 떠들겠어?"

"떠들어도 되는데."

"엥, 그러지 마. 어째…… 떠들고 싶어진단 말이야."

부끄러워하는 히노에게 미소로 답했다.

아까 여느 때처럼 교실에서 오늘 하고 싶은 일을 묻자 히노는 "그럼 오늘은 같이 공부하자"라고 대답했다.

방과 후 공부. 그것도 전에 히노가 말했던 하고 싶은 일

중에 들어 있었다.

그러자고 하고 도서실로 갔다. 책상을 사이에 두고 공부를 시작한 것까지는 좋았는데, 히노는 흘금흘금 나를 훔쳐보며 글씨를 쓰는 것과는 명백히 다르게 손을 움직이고 있었다.

애초에 노트만 있지, 교과서는 펴놓지 않았다.

이상하다고 생각한 게 방금 전이다. 참지 못하고 몸을 내밀어 노트를 들여다봤다.

즉각 히노가 허둥댔다.

"어? 아! 잠깐!"

히노의 노트에는 특징이 없는 평범한 얼굴의 청년이 그려져 있었다. 다시 말해 나다.

"너 여유 있네."

의자에 다시 앉으며 말하자 히노는 얼버무리듯 웃으며 대답했다.

"아니, 그 뭐랄까, 쉬었다 가는 건 중요하잖아."

"쉬긴 뭘, 아직 쉬었다 갈 만큼 뭘 하지도 않았으면서."

"어라? 남자친구님, 지금 야한 말 했어?"

"안 했거든. 그나저나…… 그림 잘 그리는구나."

히노가 이상한 소리를 해서 당황했지만 순수하게 놀라

는 마음도 있었다.

잠깐 봤을 뿐이지만 노트의 그림은 아마추어 솜씨 같지 않게 기술이 느껴졌다. 그런 이야기는 들어본 적 없는데 미술을 배웠나?

"어떻게 그렇게 잘 그려?"

내가 묻자 히노는 "아, 그렇구나" 하고 납득한 듯 말했다.

"말 안 했구나. 나 중학교 때 미술부였거든. 콩쿠르에서 입선한 적도 있어."

"안 어울리는데."

"헉, 그런 실례되는 말을."

농담이야, 나도 아네요, 하며 웃음을 주고받은 뒤 그림을 보여달라고 했다.

쑥스러움보다 감탄이 더 컸다.

인물화라는 걸까. 히노가 그린 그림은 확실히 미술을 배운 적이 있는 사람의 것이었다. 아마추어와는 명백히 달랐다.

"고등학교 와서 그만뒀는데 갑자기 그려보고 싶어져서."

"그래. 그림이라……."

수족관 데이트를 하지 못하고 그다음 날 일요일. 문득 히노의 기억장애에 관해 알아보자는 생각이 들었다. 아버지가 집필을 잠시 중단하고 산책을 나간 사이 컴퓨터를 빌려 인터넷에 접속했다.

기억장애를 조사하는 과정에서 기억에는 크게 '단기 기억'과 '장기 기억'이 있다는 것을 알았다.

'단기 기억'은 가령 전화를 거는 잠깐 동안 번호를 기억하는 것 같은, 단기간 유지되는 기억을 말한다.

한편 '장기 기억'은, 시험공부를 할 때처럼 어떤 것을 잊지 않도록 몇 번씩 상기시켜 기억으로 정착시킨 것이다.

선행성 기억상실증은 '장기 기억'을 새로 정착시키지 못하는 증상을 말하는데, 그렇다고 모든 장기 기억이 사라지는 것은 아니다.

자세히 살펴보면 장기 기억은 두 종류가 있다.

'서술 기억'과 '절차 기억'이다.

'서술 기억'은 말 그대로 서술할 수 있는 타입의 기억, 다시 말해 지식 등이 해당한다. 어제 뭘 했는지 같은 사실 관계도 포함되기 때문에 일반적으로 말하는 기억은 대체로 '서술 기억'이다.

그리고 내가 지금 알고 싶은 것은 후자인 '절차 기억'이다.

서술할 수 없는 타입의 기억을 가리키는데 쉬운 예로

자전거 운전을 들 수 있다.

자전거 운전은 대부분 감각에 의존한다. 이건 하루치 기억을 잃어도 뇌가 아니라 감각에 뿌리내린, 몸이 익힌 기억이기 때문에 사라지지 않는다.

상세한 조사는 하지 않아서 모르지만, 지금 히노가 하는 그림을 그린다는 행위 또한 혹시 '절차 기억'으로 분류되는 게 아닐까.

뭔가를 발견한 것 같은 기분에 나는 노트를 히노에게 돌려주며 흥분을 감추듯 말을 이었다.

"좋겠다, 그런 특기라고 할지, 취미로 할 수 있는 게 있어서."

"그런가? 어쨌거나 난 별거 아니지만."

히노는 겸손하게 말하면서도 어딘지 모르게 기뻐 보였다.

"난 책 읽는 것밖에 없으니까 부러워. 게다가 왜, 그런 건 자전거 운전처럼 일단 습득하고 나면 쉽게 잃지 않잖아?"

"……뭐? 아, 응. 그런가?"

히노는 내 발언에 어리둥절한 표정이었다. 나는 히노의 장애를 모른 채 지식을 과시하는 척하며 '단기 기억'과 '장

184

기 기억' 이야기를 했다.

그리고 그림을 그리는 데에는 지식도 중요하지만 신체 감각인 '절차 기억'도 중요하게 연관된다고 말했다.

그림은 그리면 그릴수록 실력이 좋아진다. 몸이 그것을 기억한다.

히노는 내 이야기를 다 듣고는 의식이 어디 다른 데 가 있는 듯한 표정을 지었다. 조금 걱정돼서 말했다.

"히노, 괜찮아?"

"아, 응. 미안. 좀 생각할 게 있어서. 그래…… 절차 기억 이란 말이지."

그러더니 또다시 생각에 잠긴 얼굴이 돼서는 중얼거리 듯 물었다.

"절차 기억이란 건 안 없어지나?"

"기억상실이 된 사람이 자전거 타는 법을 잊어버릴까?"

상당히 대담하게 파고드는 것을 자각하며 대답하자 히 노는 곰곰이 생각하는 표정을 지었다.

"아닐 것 같아."

"그럼 그런 거 아니겠어?"

"그런가?"

"그럼."

"그렇구나."

다음 순간, 심각한 표정이던 히노의 얼굴이 꼬깃꼬깃 구겨졌다.

'씨익'이라기보다 '꼬깃꼬깃'이라는 표현에 더 가까웠다고 생각한다. 기쁨을 감추고 싶은데 완전히 감출 수 없는 얼굴로 보였다.

그날은 별다른 일을 하지 않고 나는 숙제 프린트를 풀고 히노는 내내 노트에 그림을 그렸다.

역으로 가는 길에 이 점이 마음에 걸려 물었다.

"오늘은 이래도 되는 거였어? 별로 널 즐겁게 해주지 못한 것 같은데."

"뭐? 에이, 아냐, 아무 문제 없어. 작은, 아니, 꽤 큰 발견도 있었고. 게다가 남자친구님 얼굴 그리는 것도 즐거웠고."

큰 발견이었나.

무심코 한 이야기였지만 히노의 일상에 조금이라도 변화를 줄 수 있다면 기쁠 것 같다. 그림 그리기를 습관으로 삼아 날마다 자신을 즐겁게 한다.

결국 사람은 자기 안에 있는 게 가장 큰 힘이 된다.

그런 생각을 하면서도 입은 아무래도 상관없는 말을 읊

어냈다.

"솔직히 내 얼굴 그리는 건 안 하면 좋겠는데. 창피하잖아. 그리려면 와타야를 그리지? 와타야, 꽤 얼굴이 반듯하잖아."

그러자 히노는 "흠" 하며 짐짓 생각하는 포즈를 취했다.

"다시 말해서 남자친구님은 이즈미 같은 얼굴이 취향이란 말이지?"

"그런 말 안 했거든."

그날은 집에 오는 내내 히노에게 놀림을 받아야 했다.

그다음 날 알게 된 게 있다.

자전거를 탔을 때처럼 히노는 역시 바로 전 일기에 영향을 받는 듯했다.

그날도 히노는 도서실에서 공부하자고 하더니 내 얼굴을 그렸다.

그리고 주말이 지나 시험 준비 기간이 시작됐다.

히노는 시험은 보지만 형식적인 것일 뿐 의미는 없다.

시험 준비 기간 중에는 와타야까지 셋이서 공부할 때도 몰래 노트에 데생을 했다. 와타야도 히노가 그림을 그리기 시작한 것을 알고 있었다.

내가 권했다는 이야기도 히노에게 들어 아는 모양이었다. 지난주 교실 이동 중에 갑자기 등을 꽤 센 힘으로 얻어맞았다.

그게 와타야 나름의 칭찬이라는 것을 바로 이해할 수 있는 사람은 아무도 없을 것이다.

옆을 돌아보자 와타야가 내 등에 손을 얹은 채 의미심장하게 미소 지었다.

"그래서 가미야 넌 왜 마오리한테 기억장애 이야기를 듣고도 모르는 척하기로 한 건데?"

그리고 그 자리에서 심각한 이야기가 나올 줄은 그곳에 없는 히노도 몰랐을 것이다.

"히노가 숨기려고 하잖아. 그럼 구태여 밝힐 건 없지 않나 싶어서."

와타야는 그 말의 의미를 가늠하려는 듯 반신반의하는 시선으로 나를 쳐다봤다.

생각해보면 이건 기회이기도 했다. 나는 결심하고 와타야에게 말했다.

"실은 히노한테 들었거든. 같은 반 애들한테도 기억장애를 감추는 이유를."

그러자 와타야는 놀라 "뭐?"라고 하고는 말을 잇지 못했다. 나는 말했다.

"히노가 느끼는 불안이랑 두려움을 조금이지만 느낄 수 있었어. 무서울 만도 해. 세상에 좋은 사람만 있는 게 아니니까. 그날 기억이 남지 않는다면 무슨 짓을 해도 된다고 생각하는 사람도 적잖이 있을 거야. 괴롭히거나 폭력을 쓰는 인간한테는 딱 좋으니까 말이지. 뭘 해도 잊어버리잖아?"

긴장한 듯 와타야의 몸에 힘이 들어갔다.

"넌…… 그렇지 않다고 말할 수 있지? 마오리한테 그런 짓 안 하지?"

"그야 당연하지. 하지만 우리 반은 별로 평도 안 좋고 실제로 괴롭힘 같은 것도 있었거든. 자기 남자친구가 그런 반 학생인 데다 기억장애에 관해 안다고 하면…… 히노는 어떻게 생각할까. 역시 불안할 거야."

내 인간성이나 사귀게 된 경위에 대해 히노가 수첩과 일기에 어떻게 썼는지 나는 모른다. 하지만 나를 괴롭히던 녀석들이 억지로 고백하게 시켰다는 것 정도는 썼을 것이다.

와타야는 나와 히노의 그런 사정을 모르지만, 어쨌거나 그런 이야기는 충분히 불안을 줄 수 있다.

"그래서 이야기 안 하는 거라고?"

"응."

사실은 와타야처럼 기억장애에 대해 알고 있는 사람으로서 히노를 곁에서 도와주고 싶었다.

하지만 나와 히노는 전부터 알던 사이가 아니다. 거의 날마다 학교 끝나고 함께 시간을 보내지만 결정적으로 다르다. 나와 히노는 처음 만나는 사이인 것이다. 결코 메워지지 않는 거리를 생각하는데 와타야가 말했다.

"난 너희가 금방 헤어질 줄 알았거든. 사실은 지금도 그렇게 생각해."

신랄하게 들릴 수 있는 말을 하고도 와타야는 문득 웃었다.

"그렇지만…… 응, 지금 이야기를 듣고 조금은 널 알게 된 것 같아. 네가 좋은 사람이라 다행이야. 하지만 가미야, 너무 다 짊어지는 거 아냐? 자세한 사정은 안 묻겠지만 누나랑도 뭔가 있는 거잖아? 갑자기 쓰러지고 그럼 안 돼."

진담인지 농담인지 알 수 없는 말에 나는 모호하게 미소를 지었다.

"그땐 와타야 너한테 뒷일을 맡길게."

"엥? 널 대신하라고? 하긴 나 다카라즈카(여성만으로 이루어진 가극단)에서 남자 역도 거뜬히 해낼 것 같은 데가 있긴 하지."

"알고 보니 히노가 남자 역일지도?"

"프릴 달린 옷 입은 가미야는 안 보고 싶은데."

그 뒤로 나와 와타야는 심각한 이야기를 피했다. 정말로 문제가 생겼을 때만 연락을 주고받기로 하고 히노 앞에서는 여느 때처럼 행동했다.

방과 후 도서실에서 와타야가 자신의 얼굴을 그리려고 하는 히노에게 가볍게 항의했다.

"마오리, 내 얼굴을 그리는 건 괜찮은데 미간에 주름 잡아놓지 말아 줄래?"

"아니, 이즈미 네가 미인인 걸 새삼 확인해서 말이야. 요게 요게 진짜 싫어서."

"하여간 뭔 소리를 하는 건지. 애, 남자친구님도 뭐라 한마디 해."

와타야의 억지에 나는 아무렇지도 않게 대답했다.

"히노도 미인이잖아."

"어, 진짜야? 홀딱 반하겠어?"

"응, 싸랑해."

"아잉, 좋아라."

"둘 다 교과서 그만 읽지?"

그런 일상을 보내면서도 문득 생각하곤 했다.

지금은 이렇게 날마다 아무 일 없는 듯 학교생활을 하고 있지만 조만간 여름방학이 시작될 것이다.

그럼 히노는 어떻게 될까.

아침에 일어나 자신이 기억장애라는 사실을 안다. 수첩 등을 읽어 서서히 자신의 상태를 받아들인다. 낮이 되어도 학교에 가지 않는다.

남아도는 시간과 눈부시게 환한 햇빛 속에서 히노는 무슨 생각을 할까.

그런 때 적어도 심심풀이로 할 취미가 있다면 좋을 것이다.

제재를 정하면 어제의 자신에 이어 그림을 그리는 것도 가능할 것이다.

지금 같은 상태에서도 뭔가를 성취할 수 있다면 그 경험이 긍정적으로 작용하지 않을까.

그 주 주말에는 원래 히노를 놀이공원에 데려가고 싶었지만, 시험 준비 기간이라는 이유로 그다음 주로 미루기로 했다.

수족관에 다녀온 이후 2주 연속으로 히노와의 약속을

지키지 못한 셈이다. 그 전 주는 히노의 개인 사정과 우리 단지 반상회 일이 연달아 있었다.

얼버무리고 말하지 않았지만 히노는 검사를 받는지 한 달에 한 번 병원에 가는 듯했다.

7월이 시작됐다. 1학기 기말고사는 닷새에 걸쳐 빡빡한 일정으로 이어진다. 시험 기간 중에도 우리 셋은 도서실에 갔다. 그러면 히노는 신기한 듯 나를 보며 몰래 노트에 데생을 시작했다.

겸연쩍었지만 나는 잠자코 모델이 됐다.

시험이 끝나고 기다리던 토요일이 찾아왔다.

셋이서 놀이공원에 가 세 번 연속 롤러코스터를 타야 했다. 사실 놀이공원에는 그때 처음 갔는데 무서운 곳이었다.

힘들어하는 내가 불쌍했는지 히노가 자꾸 괜찮으냐고 묻는 바람에 이상한 소리를 하고 말았다.

"괜찮아. 이렇게 너랑 새로운 일에 도전하는 게 즐겁기도 하고 신선하거든. 언제나 널 즐겁게 해주고 싶거든. 그러니까……."

둘이 놀란 표정으로 나를 쳐다보기에 조금 허둥댔다.

"어? 왜?"

내 물음에 와타야가 뺨을 긁적이며 대답했다.

"아니, 뭐랄까…… 가미야 너 가끔 닭살 돋는 소리를 아무렇지도 않게 하더라."

얼굴이 빨개지려는 것을, 늦었지만 점심을 먹자고 제안하는 것으로 얼버무렸다. 점심을 먹고 나서는 셋이 놀이공원을 돌아다녔다. 하늘이 주황색으로 변할 무렵 여름방학이 화제에 올랐다.

특별반인 와타야는 대학 입시 준비를 시작할 텐데도 그런 이야기를 하지 않았다.

히노를 생각해서일 것이다. 어머니 일 돕기와 독서밖에 할 일이 없을 것 같다고 투덜거리는 척했다.

취미가 없는 나도 와타야와 비슷한 여름방학을 보내게 될 것 같다고 동조했다.

"히노는 그림 그릴 거야?"

대화에 끼지 않았던 히노에게 묻자 그럴 생각이라며 고개를 끄덕였다.

그러면서도 히노는 여름방학이란 말이지, 하고 중얼거렸다.

히노에게는 어제까지 봄을 앞두고 있었는데 아침에 일어나 보니 어느새 여름이 되어 있는 셈이다. 놀랐다는 말로는 다 표현할 수 없을 만큼 쓸쓸한 일일 것이다.

"그래도 너희는 좋겠네. 둘이 사귀겠다, 얼마든지 같이 놀러 갈 수도 있잖아."

대화가 뜸해진 우리 사이에 와타야가 끼어들었다. 나는 대답했다.

"셋이 또 어디 놀러 가자. 축제도 좋고, 폭죽도 터뜨리고. 그렇게 즐겁게 보내자."

황혼은 어둠과 함께 때로는 우수를 가져다준다.

내가 분위기를 밝게 하려고 그렇게 말하자 히노가 멈춰 섰다.

먼 곳을 보는 눈을 하던 그 애가 나를 돌아봤다.

"그러게."

아련하게 미소를 지었다.

여름이 바로 저 앞에 다가와 있었다.

이
여름은

언제나
한
번

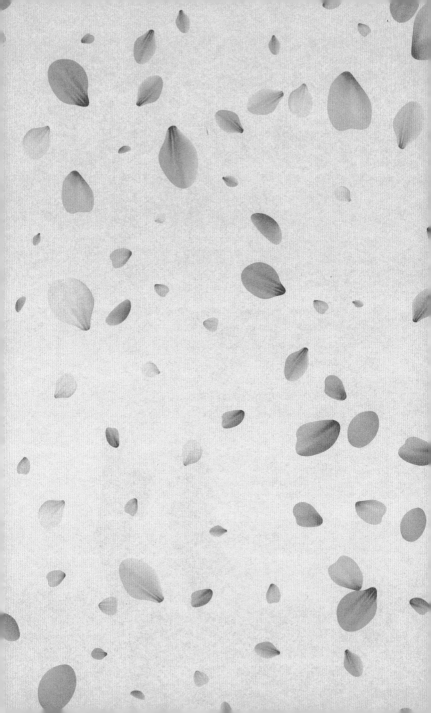

1

8월 4일 (월요일) 여름방학

집에서 아침: 이상 없음.

집에서 낮: 데생. 여름방학에 목표로 그릴 그림의 매수를 구체적으로 설정하면 어떨까. 내일의 나는 어떻게 생각할까? 간단한 정물화 데생을 세 장 완성.

오늘의 남자친구님: 네 시에 도서관으로 갔더니 학습실에서 참고서를 보며 공부하고 있었다. 이야기를 나눔.

남자친구님은 공부하는 짬짬이 날 위해 미술 관련 책을 찾아본 듯 몇 권을 소개해주었다. 소개만 해준 게 아니라 중요한 부분을 요약해서 가르쳐주었다.

그림을 잘 그리게 되는 방법에도 여러 가지가 있는데, 그중 하나가 빨리 그리는 거라고 했다.

대상을 보면서 사고가 미처 따라잡지 못할 만큼 빠른 속도로 그리는 방법으로 감각을 최대한 끌어낼 수 있다. 일반적으로 '크로키'라고 부르는 수법이다. 움직이지 않는 대상을 그리는 데생과는 달리 크로키는 사람처럼 움직임이 있는 걸 그린다.

이것저것 생각해봤다. 감각을 단련시킨다는 건 지금 내 상태에도 도움이 될 것 같다.

게다가 중학교 때 미술 선생님도 분명히 크로키가 중요하다고 했었다.

그림에 관해 한 생각은 수첩에 새 항목을 만들어서 정리하기로 했으니까 그쪽을 참고할 것(수첩 '미술' 페이지 참조).

그나저나 남자친구님은 나 때문에 이렇게 애써주는데 자기 공부는 괜찮은 걸까. 괜찮은 거냐고 물었더니 웃으면서 얼버무렸다. 좀 귀여운지도.

그 뒤 둘이 도서관 근처 문방구에 갔다. 스케치북에 비해 종이도 얇고 장수도 많은 대형 크로키북을 샀다.

기념이라고 절약가 남자친구님이 사주었다.

다음에는 내가 남자친구님한테 차라도 사주자. 내일의 나, 부탁해.

밖에서 매미가 시끄럽게 울어대는 소리가 정말 여름이 찾아왔다는 것을 알려주었다.

냉방이 없으면 쾌적하게 지낼 수 없을 만큼 더워 땀에 젖은 살이 끈적했다.

시간이 나만을 남겨두고 흘러가고 있었다.

"넌 왜 회전하는 건데, 지구."

지구에 부당한 항의를 한 뒤 나는 체념하고 다시 에어컨을 켰다.

아침에 일어났더니 여름방학 중이라 황당했다.

게다가 나는 지식을 축적할 수 없는 상태가 되어 있었다.

몰래 훔쳐보는 기분으로 오른손 셋째 손가락을 봤다.

남에게 말한 적은 없지만 나는 내 손이 마음에 들었다. 펜을 쥐는 셋째 손가락에 굳은살이 박여 있었다.

시험을 쳐서 고등학교에 들어온 뒤로도 매일 오랜 시간 펜을 쥐었다는 증거다. 노력의 증표다.

천재가 아닌 나는 차근차근 학력을 쌓는 수밖에 없다. 노력한 덕에 2학년 때는 특별반에 들어갈 수 있었다. 그런데 지금 손가락의 굳은살이 풀어져 있다.

나는 이제 노력할 수 없다. 솔직히 말해 노력해도 학력이 높아지지 않는다.

조금이지만 울고 싶은 기분이었다.

그래도 오후에는 이럭저럭 마음의 정리가 됐다. 내 상황과 친구 관계 등도 확인했다. 여름은 연애의 계절이다.

이런 내게 남자친구가 있다.

책상 위의 크로키북에는 거의 처음 보다시피 하는 청년의 얼굴이 그려져 있었다.

얼굴이 갸름한 그 청년이 내 남자친구인 모양이다.

크로키북에는 그 외에도 여러 가지가 그려져 있었다. 인물의 포즈만 그린 것도 있다.

고등학교에 들어온 뒤로 공부에 집중하기 위해 미술은 포기했는데, 어제의 우리는 여름방학이 시작된 이래로 날마다 그림을 그리는 듯했다.

굳은살이 완전히 사라지지 않는 것은 그 때문인지도 모른다.

바로 얼마 전에 샀다는 크로키북 속 그림 열몇 장에서 혁신적인 기술 향상은 보이지 않았다. 하지만 조금씩 숙달된 것은 확실했다. 거북이걸음이기는 해도 진보가 있었다.

다시 그림을 그리는 것은 남자친구님의 말과 관계가 있는 모양이었다.

어제의 우리는 '절차 기억'이라는 전문용어를 힌트로 다음과 같이 결론을 내렸다고 한다.

지금 상태로도 '절차 기억'이라는 감각적인 기억은 유지할 수 있을지도 모른다. 다시 말해 그림을 잘 그리게 될 가능성은 있다.

실제로 그렇게 됐다. 과거의 그림이 그것을 입증하고 있었다. 궁금해서 인터넷으로 검색해보니 '절차 기억'은 '기능 기억'이라고도 하는데, 그림 외에 악기 연습 같은 것도 효과가 있다고 한다.

딱히 할 일도 없으니 수첩의 '미술' 페이지를 참고해서 속사라고도 하는 크로키를 해봤다. 최근 우리가 크로키북으로 연습하는 기법이다.

노트북으로 외국 영화를 틀고 마음에 든 장면에서 정지해 등장인물을 모델로 삼았다.

사고하지 않고 손으로, 감각을 의식해서 그림을 그렸다.

매일 연필을 놀렸던 중학교 때처럼 어렵지 않게 그림을 완성했다.

처음에 비하면 역시 선의 터치 등이 확실하게 나아졌다.

나는 나날이 이런 식으로 시간을 때우고 있나. 아닌 게 아니라 즐겁다.

익숙해진 선화線畵의 궤적에 어제의 우리가 있다.

이런 상태에 있는 나도 뭔가를 계속할 수 있고 이뤄낼 수 있고 성장할 수 있다는 증거 같아서 마음이 기뻤다.

집중해서 한 장 더 그리는데 스마트폰이 번쩍였다. 이즈미에게서 온 메시지다.

'안녕, 잘 지내?'

나는 지금 그리고 있는 그림을 사진으로 찍어 이즈미에게 보냈다. 이즈미가 놀랐다.

'와, 잘 그린다! 진짜 나날이 실력이 느는걸.'

'에이, 아무리. 그래도 이거 꽤 재미있어. 심심풀이도 되고.'

'나도 뭔가 그런 미술 쪽 취미가 있으면 좋았을 텐데.'

'그러고 보니까 이즈미 그림을 본 적이 없네. 어떤 느낌인데?'

'사후 수천 년 뒤에 높은 평가를 받을 느낌이랄지.'

'미술적 평가가 아니라 고고학적 가치네.'

지금 상태에 대해 나쁜 점을 들자면 끝이 없다. 그래서 나는 일부러 좋은 점을 생각하려 했다. 그중에서도 가장 큰 게 이즈미와 이미 아는 사이였다는 점일 것이다.

이즈미와 수다를 떨다 보면 순수하게 마음이 즐겁고 편안한 게 느껴졌다.

'그건 그렇고 오늘도 가미야 만나?'

'응. 네 시에. 도서관에서 만날 거야.'

'청춘이셔.'

'이즈미는 가끔 아저씨 같더라.'

일기를 보면 여름방학에 남자친구님과 거의 매일 만나는 것 같았다.

지난번에는 미술책을 소개해주었고, 또 그 전에는 오락실에 데려가 주었다. 대생할 인형을 뽑아준 듯 그날 나는 들떠 있었다.

하지만 인형은 보이지 않았다. 그날 중으로 어딘가에 넣어둔 모양이다.

이유가 쓰여 있었다. 조금 복잡한 심정인데, 인형을 뽑아주기를 바란 것은 어디까지나 '그날의 나'다.

그다음 날, 인형과 함께 남자친구님이 그걸 뽑아주었다는 사실만 있으면 '다음 날의 나'는 곤혹스러워하거나 불만을 느낄지도 모른다.

귀찮은 인간이다 싶지만 실제로 그럴지도 모른다.

이즈미와 잠깐 메시지를 주고받은 뒤 다시 크로키를 그리기 시작했다.

도서관에서 빌려온 미술책도 읽었다. 어제의 우리가 체크한 페이지를 다시 봤다.

오늘은 시간을 의식해서 그려보자.

5분에 한 장 그리기로 하고 좋아하는 외국 영화에 등장하는 인물을 크로키로 그렸다.

5분에 한 장 그리기는 꽤 어렵다. 하지만 매일 계속하다 보면 기술은 확실하게 향상될 것 같았다.

그러는 사이에 세 시가 지나 향수를 살짝 뿌리고 나갈 채비를 갖춘 다음 자전거를 타고 도서관에 갔다. 맨살에 여름의 감촉이 들러붙었다.

우리 집에서 도서관까지 자전거로 10분도 걸리지 않는다. 남자친구님 집에서는 30분 가까운 거리라는데 거의 날마다 와주는 것 같다.

"아, 있다. 오늘은 공부하는구나."

"왔구나, 히노. 괜찮아. 걱정 안 해도 돼."

도서관에 도착해 학습실로 갔다. 크로키북에 그려져 있던 남자친구님이 있었다. 수첩에 따르면 늘 같은 장소에 같은 차림새로 있다고 하니 금방 찾을 수 있었다.

이즈미는 학교 보충수업에 참가 중이다. 그 밖에도 입시 준비를 위해 학원에 다니는 등 꽤 바쁘다.

솔직히 그림 연습을 시작하지 않았고 상대해주는 남자친구님도 없었다면 나는 미래에 대한 비관에 짓눌려 미쳐버렸을지도 모른다.

남자친구님이 공부 도구 챙기기를 기다려 둘이 자판기가 있는 1층 휴게실로 갔다.

남자친구님은 대학에 가지 않고 조금 멀어도 상관없으니 고졸을 모집하는 시청에 취직하고 싶다고 한다. 공부는 여유가 있는 것 같다.

"히노, 오늘은 뭐 하고 싶은 거 있어? 일곱 시까지는 괜찮잖아."

"그러게. 아, 그거다! 밀짚모자 보러 가고 싶을지도. 여름도 됐으니까. 그렇지만 사주는 건 안 돼, 알았지?"

내가 말하자 남자친구님은 조금 삐지면서도 흔쾌히 수락했다.

"알았어. 아쉽긴 하지만 어차피 돈도 없고. 역 앞 쇼핑몰이면 돼?"

자전거를 타고 역 앞 쇼핑몰에 가기로 하고 둘이 자전거 보관소로 이동했다.

남자친구님이 자전거 자물쇠를 푸는 것을 보다가 문득 짐받이가 눈에 들어왔다.

"뒤에 타면 아무래도 위험하겠지? 시내니까 경찰한테 걸리려나?"

이전 일기에서 둘이 즐겁게 자전거를 탔다는 것이 생각났다.

"여름방학이니까 단속은 좀 엄할지도 몰라. 그렇지만 안 되지는 않을지도."

"어, 정말?"

"응, 뭐, 한번 해보자."

남자친구님은 그렇게 말하고는 한 손으로 자전거 핸들을 잡으며 발로 스탠드를 올렸다.

그 상태로 내게 안장에 타라고 했다. 일단 시키는 대로 해봤다.

그러자 남자친구님은 두 손으로 핸들을 잡고 걷기 시작했다.

안장에 앉은 나는 자전거에 실린 채 천천히 나아갔다.

……어?

아시겠는지? 지체 높은 분을 말에 태운 상태로 기사가 고삐를 끌고 가는 것 같은, 뭐랄지 엄청나게 창피한 구도

다. 공주님 말타기라고 부르기로 했다.

　남자친구님은 자각이 없는지 아무렇지도 않게 자전거 보관소를 나서려 했다.

　"엥, 아, 아니, 잠깐."

　"왜? 뭐, 이러면 쇼핑몰까지는……."

　창피한 나머지 두 손으로 얼굴을 가리고 말았다. 낯이 뜨거워지는 것을 알 수 있었다. 화장을 좀 더 짙게 하면 낯 두껍게 있을 수 있었을까. 아니, 그럴 리 없다.

　"이, 이거, 뭐랄까, 남 앞에 이러고 나가면 안 될 것 같아."

　다행히 보는 사람은 없었다. 하지만 내가 창피해하는 의미를 비로소 깨달았는지 남자친구님은 허둥지둥 안장에서 손을 뗐다.

　자전거에 올라타 있던 나는 휘청했다.

　서둘러 발로 땅을 짚으려 했지만 안장 위치가 높아 잘 되지 않았다.

　앗, 큰일 났다, 넘어지겠어.

　그런데 남자친구님이 허리에 팔을 둘러 받쳐주었다. 반대쪽 손으로 핸들도 잡아 자전거가 쓰러지는 것을 막았다.

　결론을 말하자면 나는 남자친구님 품에 안겨 있었다.

　"앗."

"아…… 미, 미안."

남자친구님은 어쩔 줄 몰라 했지만 다음 순간 내 입에서 웃음이 새어 나왔다. 그 자세에서는 발이 땅에 닿았으므로 남자친구님의 시선을 느끼면서 밀착돼 있던 몸을 뗐다.

남자친구님은 자전거를 세우고, 나는 그 애를 응시했다.

쿡쿡하는 웃음이 배 속에서 솟았다. 참으려고 했지만 가라앉아주지 않았다. 나도 모르게 입을 막았다.

"어, 왜 그래, 히노."

안 되겠어. 더는 못 참아. 웃음을 터뜨리고 말았다.

"아, 아니, 아하하하하! 뭐니, 이 전개. 무슨 이런 진부한 러브 코미디가 다 있어. 아이고, 웃겨라. 게다가 보통은 그런 게 아니잖아. 어떻게 그렇게 창피해하지도 않고 그런 걸 하는 건데?"

남자친구님은 난처한 듯 머리를 긁적였다.

"아니…… 저, 미안해. 경찰한테 걸리지 않고 둘이 타는 방법이 뭐 없을까 생각했을 때 이거라면 괜찮겠지 싶어서. 하지만 잘 생각하면 이상하지."

남자친구님은 거기까지 말하더니 미소를 지었다.

"그러니까 말이야. 그래서 넘어질 뻔한 걸 붙잡아주다니 완전 순정만화라니까. 진짜 여름이고 고등학생이네. 하여간 정말 이런 일도 생기는구나. 깜짝 놀라서, 그런데 어쩐지 그 이상으로 너무 웃겨서."

그 뒤 우리는 계속 웃으며 각자 자기 자전거를 타고 쇼핑몰로 갔다.

구경만으로도 충분히 즐거워서 일단 찍어만 둔 뒤 그날은 아무것도 사지 않고 헤어졌다.

"그럼 히노, 내일 보자."

"응, 내일 봐."

자전거를 타고 멀어져 가는 뒷모습을 보며 생각했다.

이렇게 말하면 이상하지만, 오늘 아침의 나는 어제의 우리를 질투하고 있었다. 나는 이렇게 절망하고 있는데, 일기 속에서 과거의 우리가 즐거워 보이는 게 치사하다고 생각하고 말았다.

그 즐거운 기억을 나도 내 것으로 갖고 싶다. 즐거움을 공유하고 싶다.

지금까지 했던 것처럼 당연한 일을 당연하게…….

하지만 그런 바람직하다고는 할 수 없는 감정도, 남자친구님과 놀고 난 지금은 아무렇지 않았다.

그래, 어제의 우리는 이런 기분으로 일기를 썼던 거구나, 하고 공감할 수 있었다.

어제의 나와 공감한다는 것도 이상한 말이지만.

기묘하게도 모르는 사람일 그 애를 보고 마음이 약간 간질거렸다.

축적되지 않는 정보와 남을지도 모르는 어떤 것. 정서와 마음.

혹시 나는 그 애를 좋아하기 시작한 걸까.

아무리. 설마 그럴 리 없어. 아니, 하지만…….

쇼핑 중에 꼼짝 않고 쳐다봤더니 남자친구님은 난처한 듯 미소를 지었다.

그런 기억을 떠올리며 집으로 돌아와 저녁을 먹고 목욕했다.

일기를 썼다. 자기 전까지 남은 짧은 시간 동안 그림을 그리려고 크로키북을 폈다.

머릿속에 있는, 남자친구님이 나를 자전거에 태우고 걷던 순간을 선으로 표현했다.

나쁘지 않은 기분으로 연필을 놀렸다.

2

8월 12일, 아쿠타가와상과 나오키상의 상반기 수상작이 발표되는 날이다.

나는 아침부터 안절부절못했다.

아버지도 그런지 아침부터 신경이 예민한 것 같았다.

니시카와 게이코가 누나라는 사실을 아버지는 모른다.

그래도 아쿠타가와상 결과를 신경 쓰고 있었다. 순수문학을 좋아한다는 것 이상으로 소설가가 되고 싶은 사람으로서 동경하는 마음과 분한 마음, 약간의 시샘 비슷한 것도 있다고 생각한다.

아버지가 출근한 뒤 나는 간단히 도시락을 싸서 도서관으로 갔다.

오늘은 휴대용 라디오도 가져갔다. 아쿠타가와상 관련 속보를 가장 빨리 알 수 있는 것은 인터넷 뉴스겠지만 라디오 뉴스로도 결과를 알 수 있다.

오전 중에 수상작이 발표되지는 않는 듯했다. 순수문학을 좋아하기는 해도 아쿠타가와상 결과를 매년 실시간으로 체크하지는 않는다. 대개 이튿날 신문을 보고 알곤 했기 때문에 당일 몇 시쯤 발표되는지 알지 못했다.

점심을 먹고 나서 도서관 잡지 코너로 갔다. 니시카와 게이코의 후보작이 실린 잡지를 찾아 작품을 다시 읽었다. 대체 몇 번째 읽는 걸까.

두 시간이 순식간에 지났다. 라디오를 들을까 생각하는데 목소리가 들려왔다.

"어, 저……."

"응?"

귀에 익은 목소리에 얼굴을 들자 평소와 다른 일이 일어났다.

"히노, 웬일이야? 아직 네 시 안 됐을 텐데?"

눈앞에 히노가 망설이는 표정으로 서 있었다. 좋은 집 딸처럼 품위 있는 흰 원피스를 입고 두 손으로 큰 밀짚모자를 쥐고 있었다.

"으, 응. 오늘 너희 누나 발표하는 날이지? 같이 기다려도 될까? 스마트폰으로 속보도 금세 알 수 있고 기자회견 생중계 같은 것도 볼 수 있다나 봐."

어제의 히노에게는 오늘이 아쿠타가와상 발표일이라는 말을 하지 않았다.

자기가 알아본 걸까. 아니면 와타야가 가르쳐주었을 가능성도 있다.

일단 고개를 끄덕이고 잡지를 원래 있던 곳에 돌려놓은 다음, 히노를 따라 휴게실로 갔다.

도중에 히노가 든 밀짚모자가 또 눈에 들어왔다.

"역시 너한텐 그쪽이 더 잘 어울리네."

지난번 역 앞 쇼핑몰에서 둘이 구경했던 밀짚모자였다. 그때 히노는 두 디자인 사이에서 망설였는데 내가 권한 쪽을 어느새 산 모양이다. 선물로 사주고 싶었는데. 내가 무리할까 봐 마음을 써준 걸지도 모른다. 그런 부분도 히노답다.

그런데 히노는 어째선지 약간 동요했다.

"어? 어라? 이 밀짚모자가 뭐 있었나?"

"어⋯⋯?"

발언의 의미를 생각했다. 둘이 함께 구경했다는 사실을 히노는 잊어버린 것이었다.

그날의 즐거웠던 추억이 마음속에서 천천히 재생됐다.

자전거 보관소에서 있었던 창피한 일. 그에 이은 윈도 쇼핑.

여성용인 밀짚모자를 히노가 장난으로 내게 씌웠다. 둘이 함께 웃었다.

나에게는 소중한 추억인데 히노는 그것을 기억하지 못

했다.

그렇지만…… 그건 히노에게 당연한 일이다. 그날그날 있었던 일을 잊어버리니까.

"저기, 오늘은 역 앞 큰 화방에 가고 싶어서, 아침에 엄마가 쇼핑몰에 간다고 해서 엄마 차를 타고 갔거든. 간 김에 나도 쇼핑몰을 구경하다가 어쩐지 한눈에 쏙 들어와서, 그래서……."

거북한 듯 말하는 히노에게 나는 애써 미소를 지어 보였다.

분명 그건 히노에게도 예정에 없던 일이었을 것이다. 어쩔 수 없다.

수첩과 일기를 매일 확인하려면 시간이 걸린다.

"그렇구나. 괜찮아, 별일 아니야. 전에 쇼핑몰에 갔을 때 네가 언뜻 봤던 것 같아서. 그래서 기억에 남았던 것뿐이야. 이거 참, 통찰력이 너무 뛰어난 것도 문제네."

얼버무리려고 평소 같으면 하지 않을 말을 했다. 헌책을 팔아 밀짚모자를 사줄 수 없을까 생각했는데, 그것은 가슴속에 묻었다.

히노는 약간 불안한 표정이었지만 밀짚모자를 칭찬하자 여느 때의 히노로 돌아왔다.

도서관 휴게실에서 와타야가 우리를 기다리고 있었다.

"역시 와타야가 가르쳐줬구나. 고마워. 오늘이 아쿠타가와상 발표일이란 거 알고 모여준 거지?"

기분을 바꿔 그렇게 말하자 와타야는 조금 걱정스러운 표정으로 "아, 응" 하고 대답했다.

"갑자기 나까지 나타나서 미안. 불편한 거 아냐?"

"괜찮아. 솔직히 안절부절못하고 있었는데 오히려 잘됐지."

"그럼 다행이고. 다 같이 기다리자. 나도 어째 조마조마해서."

와타야가 수집한 정보에 따르면, 발표 시간은 매년 다르지만 인터넷으로 생방송 될 수상자 기자회견은 저녁 여섯 시에 시작한다고 했다.

아직 시간이 있어서 히노는 누나의 후보작을 읽고 나와 와타야는 두근두근하고 있었다. 와타야도 아쿠타가와상 발표를 실시간으로 기다리는 것은 처음인 모양이었다.

"도루도 이즈미도 좀 진정해."

앉았다 일어났다 괜히 자꾸 화장실에 가다가 히노에게 야단맞았다.

"아, 아무렇지도 않아. 아무렇지도 않고말고. 안 그래,

와타야?"

"으, 응. 완전 여유야."

"하여간, 뭐가 여유인데."

그래도 시간은 착실하게 지나갔다. 여섯 시 조금 전에 시끄럽지 않도록 밖으로 나가 히노의 스마트폰으로 생방송을 지켜봤다.

"아쿠타가와 류노스케 상, 나오키 산주고 상, 수상자 기자회견 생중계를 곧 시작하겠습니다."

이윽고 생방송이 시작되고 긴 테이블 뒤에 앉은 두 남자가 화면에 비쳤다. 오프닝 토크인지, 해설자라고 소개된 사람이 아쿠타가와상과 나오키상의 유래를 이야기하기 시작했다.

해설자와 진행자도 기자회견장에 있는 듯 화면에서 긴박한 분위기가 느껴졌다.

생중계 기자회견이라면 후보자는 다른 곳에서 대기하고 있는 걸까.

그곳에서 지금 누나는 무슨 생각을 하고 있을까.

그런데 아무리 기다려도 발표가 나지 않았다. 해설자 말로는 금년도 발표는 저녁 일곱 시에서 여덟 시 사이가 될 것 같다고 했다.

앞으로 한 시간 또는 두 시간 뒤라는 뜻이다. 아버지는 오늘 밖에서 먹고 온다고 했으니 저녁 준비를 할 필요는 없다.

나는 문제없었지만 도서관 폐관 시간은 저녁 일곱 시다. 장소를 옮길 필요가 있었다. 얼굴을 들어 두 사람에게 말했다.

"어쩔까? 난 패밀리레스토랑 같은 데 가도 되는데 둘 다 집에서 뭐라고 안 하실까? 뭐하면 오늘은 그만 해산해도 되고."

내 말에 와타야가 바로 반응했다.

"우리 집은 엄마밖에 없으니까 괜찮을 거야. 마오리는?"

"연락만 하면 상관없어. 기왕이면 다 같이 기다리자. 아, 그렇지만 장소는 어쩌지? 패밀리레스토랑까지 제법 멀잖아. 이즈미도 자전거로 왔을 테고, 늦으면 위험할지도."

아닌 게 아니라 와타야의 집은 우리 집보다 멀다. 어두워지기 전까지는 괜찮지만 여름밤은 위험하다.

그런데 와타야는 아무렇지 않게 말했다.

"그럼 난 마오리네 집에서 잘까? 아니, 그보다…… 마오리 방에 가미야를 몰래 들여놓으면 어때?"

"뭐?"

나도 모르게 큰 소리가 나왔다. 히노는 와타야의 제안보다 그쪽에 놀란 것 같았다.

히노의 집. 아무리 여름방학이라지만 밤에 여자애 집에 가기는 망설여졌다.

"큰 소리 내서 미안. 하지만 아무리 그래도 그건 좀⋯⋯ 역 앞 패밀리레스토랑으로 자리를 옮겼다가, 믿음직스럽지 못할지도 모르겠지만 갈 때 내가 집까지 와타야를 데려다주면 어떨까."

내 대답에도 히노는 "우웅" 하고 뭔가를 곰곰이 생각했다. 와타야는 히죽히죽 웃고 있었다. 요거 봐라.

게다가 히노는 기억장애라는 사실을 내게 숨기고 있다. 남자친구에 대해 부모님에게 어떻게 말했는지는 알 수 없지만, 내가 히노 집에 가면 일이 성가셔지지 않을까.

그런데도 히노는 결정한 것처럼 입꼬리를 올리고는 즐거운 표정으로 말했다.

"좋아! 그럼 부모님한테 안 들키게 몰래 도루를 내 방으로 데려가서 셋이 발표를 기다리자. 어때?"

나는 빳빳하게 굳었다. 거절할 수 있다면 거절하고 싶다.

그런데 와타야가 환성을 지르더니 두 사람은 이미 정해진 것처럼 떠들기 시작했다.

"뭐? 아니, 저…… 뭐라고?"

3

히노와 와타야가 우기는 바람에 히노의 집에 가게 됐다.

다만 히노의 아버지가 자식이라면 깜빡 죽는 분이라고 해서 들키지 않게 히노의 방에 들어갈 필요가 있었다. 계획은 다음과 같았다.

히노가 어머니에게 와타야를 데려간다고 연락한 다음 셋이 집으로 간다. 와타야가 거실에서 부모님께 인사드리는 동안 히노가 밖에서 기다리던 나를 안으로 들여 2층 방 앞까지 이동한다. 히노가 서둘러 방을 치우면 그다음에 내가 들어간다.

히노가 어머니에게 전화하자 여름방학 중이기도 해서 흔쾌히 허락을 받았다. 자고 가는 것도 문제없다고 했다.

"참고로…… 갈 땐 어쩌고?"

셋이 자전거를 타고 가며 묻자 와타야가 자신 있는 목소리로 대답했다.

"괜찮아. 그때도 내가 거실에서 두 분이랑 이야기할 테니까 그사이에 나가면 문제없어."

히노의 집에 도착했다. 처음 보는 히노의 집은 일률적으로 설계된 분양주택이 아닌 튼튼하게 잘 지은 집이었다.

나만 일단 근처 인도로 나와 자전거를 세우고 자물쇠를 채웠다.

그러고는 돌아와 마당 안을 엿보자 두 사람이 손을 흔들며 현관 안으로 들어갔다.

몇 분 뒤 현관문이 열렸다. 히노가 장난을 즐기는 표정으로 고개를 내밀어 손짓했다. 나는 발소리가 나지 않게 조심하며 집 안으로 들어갔다.

"신발은 들고 와."

"알았어."

히노가 목소리를 낮추고 내린 지시에 신을 벗어 손에 들었다.

문득 마음에 걸려 돌아보니 거실로 통하는 듯한 닫힌 문 너머에서 와타야의 명랑한 목소리가 들렸다. 히노의 부모님은 어떤 분들일까.

"뭐 해?"라는 히노의 말에 현실로 돌아와 뒤를 따라갔다.

2층으로 올라갔다. 히노의 방은 복도 맨 끝에 있는 모양이다.

히노가 안에서 방을 치우는 동안 문 앞에서 두근두근하며 기다렸다.

문이 열리고 히노가 또 손짓했다. 내 방보다 훨씬 넓은 방은 깔끔하게 정돈되어 있었다. 시키는 대로 버릴 예정이라는 잡지 위에 신발을 내려놓았다.

"이즈미를 데려오는 김에 먹을 걸 갖고 올 테니까 잠깐 기다려."

"아, 응. 알았어."

문이 닫히고 나는 혼자 남았다. 숨을 후우 내쉰 순간 문이 열려 움찔했다. 히노가 짓궂은 미소를 지으며 말했다.

"여긴 여자애 방이니까 말이지. 아무리 남자친구님이라도 속옷 뒤지고 그러면 안 돼."

"아, 안 그래."

히노가 나를 빤히 쳐다봤다.

"조금 정도는 괜찮아."

"안 한다니까."

완전히 갖고 노는 느낌이다.

쫓아버릴 방법이 없을까 생각하는데 히노가 또 빤히 쳐다봤다.

"있지, 도루…… 좀 이상한 거 물어봐도 돼?"

"뭔데? 이 상황에서 진짜로 이상한 질문은 하지 말아 줘."

"혹시 나 좋아해?"

"뭐⋯⋯?"

순간 온갖 감정의 움직임을 잊어버리고 말았다.

침묵 속에서 시곗바늘 소리만이 묘하게 크게 들렸다.

"왜 그런 걸 물어? 설마 셋째 조건을 잊어버린 거야?"

어떻게 대답하면 좋을지 알 수 없었다. 말투가 진지해지는 것을 막으려고 웃었지만 성공했는지 아닌지 모르겠다.

"아냐, 기억해. 그냥⋯⋯ 좀 마음에 걸려서 물어보고 싶어졌다고 할지, 뭐랄지."

"괜찮아. 난 널 정말로 좋아하지 않을 거니까."

이미 좋아하고 있다고 말할 수 있을 리 없었다.

웃음을 지으려고 볼에 힘을 주자 조금 어색한 웃음이 되고 말았다.

"그래⋯⋯ 미안해, 이상한 거 물어서."

기분 탓일까, 히노는 어딘지 모르게 쓸쓸하게 웃었다.

"괜찮아. 하지만 네가 그런 걸 신경 쓰다니 웬일이야?"

히노는 몇 초 전 자기 표정을 잊어버린 것처럼 흐물흐물 웃었다.

"아니, 뭐랄까, 네가 정말 날 좋아하는 거면 속옷 한두

개 없어지는 정도는 각오해야지 싶어서."

"안 한다니까!"

나도 모르게 크게 소리치는 바람에 허둥지둥 입을 막았다. 히노는 "편히 있어" 하고 히죽거리며 문을 닫았다. 멀어져 가는 발소리를 들으며 다시 숨을 내쉬었다.

히노를 정말로 좋아하지 않는다.

만약 그런 세계가 존재한다면 우리는 어떻게 됐을까.

나는 고백하지 않았을 테고, 히노는 자신의 장애를 털어놓지 않았을 테고, 우리는 그냥 유사 연애를 했을 것이다.

하지만 분명히 오래가지 못했을 것이다. 언젠가 헤어졌을 것이다.

그런 생각을 하는 스스로에게 쓴웃음이 나왔다.

히노를 좋아하게 된 것을 후회하지는 않았다. 이 마음이 결실을 맺지 못해도 상관없다.

홀로 남은 나는 기분을 바꾸려고 눈을 감았다.

이제 어떻게 할까. 두 사람이 돌아올 때까지 조금 시간이 있을 것 같다.

눈을 뜨고 히노의 방을 다시금 둘러봤다.

여자애 방을 너무 유심히 구경하는 것도 좋지 않지 했는데, 전에 문방구에서 함께 샀던 크로키북이 책상에 놓여 있었다.

　책상으로 다가갔다. 크로키북 옆에는 연필과 연필깎이, 작은 커터가 있었다.

　그럼 안 되는데 생각하면서도 히노에 대해 새로운 것을 알고 싶어서 크로키북을 펴봤다. 몇 페이지는 인물의 선화가 이어졌다. 그러다가 갑자기 나타난 내 얼굴에 페이지를 넘기던 손이 멎었다.

　크로키북 속의 나는 난처하게 웃고 있었다.

　여름방학 중에 히노가 내 사진을 찍은 적이 있는데, 이런 얼굴이었던 것도 같다.

　페이지를 넘겼다. 다른 페이지에서도 나는 곤란한 표정으로 웃고 있거나 옆을 보고 있었다.

　아직 완성되지 않은, 포즈만 그린 것도 있었다. 개중에는 익숙한 포즈도 있었다.

　추측이지만 아마 도서관 자전거 보관소에서 히노를 자전거에 태우고 걷는 내 뒷모습일 것이다.

　히노의 마음속에서 나는 대체 어떤 존재가 되어 있을까.

　'어? 어라? 이 밀짚모자가 뭐 있었나?'

　도서관에서 있었던 일이 생각나 가슴이 조금 쓰렸지만 의식하지 않으려 했다.

크로키북을 천천히 덮었다.

그때 책상 서랍에서 종이가 약간 삐져나온 것을 발견했다.

뭐지? 서둘러 방을 치우면서 급히 넣은 걸까.

망설였지만 이런 기회는 분명 두 번 다시 없을 것이라고 생각하니 손이 저절로 움직였다.

서랍 안에는 종이 몇 장과 함께 수첩과 노트가 들어 있었다.

종이에 히노의 글씨로 이렇게 쓰여 있었다.

'나는 사고로 기억장애를 갖고 있어요. 책상 위에 있는 수첩과'

서둘러 서랍을 닫았다. 종이가 삐져나온 것을 깨닫고 접힌 자국이 나거나 구겨지지 않도록 허둥지둥 매만졌다.

심장이 빠르게 뛰고 손이 떨렸다.

세계의 이면에는 잔인함이 숨어 있다는 생각이 갑자기 들었다. 인간이 모를 뿐 잔인함은 사방에 몰래 숨어 있다.

수첩과 일기 이야기는 그날 공원에서 들었지만 종이에 관해서는 몰랐다. 십중팔구 매일 읽도록 벽에 붙여놓았을 것이다.

히노는 그렇게 매일 자신의 증상을 직면해야 한다. 히

노의 일상 한 자락을 언뜻 본 듯했다. 히노가 보여주지 않으려고 애쓰던 것이었다.

히노는 언제나 웃는 얼굴이었다. 언제 어느 때나.

그런데 나는……

두 사람의 발소리가 들려와 긴장했다. 뭔가 다른 일을 하던 척해야겠다 싶어 근처에 있던 미술책을 폈다.

"어때, 얌전히…… 어라, 책 읽잖아. 하여간 너답네."

방으로 들어온 히노가 어이없다는 듯 말했다.

"가미야, 너 왜 더 진부한 일을 안 하는 건데?"

이어서 들어온 와타야의 말에 묻고 말았다.

"진부한 일이 뭔데?"

"마오리 속옷을 머리에 쓴다든지 주머니 가득 속옷을 쑤셔 넣어서 끈이 슬쩍 보인다든지 그런."

"끈 같은 소리 말아 줘."

어쨌거나 의심은 받지 않은 듯해서 안도의 한숨을 내쉬었다.

히노는 들고 있던 쟁반을 방 중앙에 있는 낮은 탁자 위에 놓았다.

카레를 수북이 담은 큰 그릇과 보통 사이즈로 담은 그릇이 각각 하나씩, 물컵과 스푼도 두 세트 있었다.

"배가 고프면 안 되니까 저녁 먹자. 나랑 이즈미가 큰 거 같이 먹을 테니까 도루 넌 저쪽을 먹어."

"어, 응. 그래. 고마워."

우리는 향신료가 맛을 더해주는 카레를 먹으며 히노의 노트북으로 생중계를 지켜봤다.

화면은 아까와는 달리 해설자가 아니라 어느 고급 호텔 같은 홀을 비추고 있었다. 낮은 단상 중앙에 화이트보드가 놓여 있다.

그곳에 '아쿠타가와상' '나오키상'이라고 쓴 종이가 각각 붙어 있었다. 기자인 듯한 사람들이 단상을 마주 보고 의자에 앉아 이따금 화이트보드를 보며 대기하고 있었다.

저녁 일곱 시가 조금 지났다.

카레를 다 먹고 아직 멀었나 조바심을 내며 15분쯤 기다렸다. 그러자 화면에 움직임이 생겼다.

해설자와 진행자의 목소리가 들렸다. "아, 방금, 방금 정해졌나 보네요." "오, 어느 작품이지?" 하고 떠드는 사이에 양복 차림의 남자가 화이트보드로 다가갔다.

들고 있던 종이를 아쿠타가와상이라고 쓴 종이 옆에 붙였다.

니시카와 게이코

〈잔재〉

곧바로 기자들이 바삐 움직이기 시작하고 해설자가 흥분했다.

회장에서 안내 방송이 나왔다.

"이번 아쿠타가와상은 니시카와 게이코 씨의 〈잔재〉가 수상했습니다. 곧 수상작이 수록된 책을 내오겠습니다. 니시카와 게이코 씨의 기자회견은……."

지금 이 순간의 영상을 얼마나 많은 사람이 보고 있을까.

집에서, 전철에서 또는 주점에서, 회사에서. 이 뉴스는 곧 인터넷을 통해 확산되고 내일이면 신문과 텔레비전에서 중요하게 다뤄질 것이다.

누나는 수상 소식을 듣고 어떤 심경일까. 아버지는 뭘 하고 있을까. 멍하니 화면을 바라보는데 옆에서 목소리가 들렸다.

"잘됐다…… 잘됐어! 너희 누나 굉장하다. 아쿠타가와상을 받았어."

목소리 임자인 히노에게 초점을 맞추었다.

현실감은 좀처럼 돌아와 주지 않았다.

"응, 고마워. 정말 잘됐어."

말을 잇지 못하려니 와타야가 쓴웃음을 짓듯이 말했다.

"아니, 받을 줄 알긴 했지만…… 너희 누나 이제 언론에서 엄청 뜨겠네. 어때, 동생으로서 콧대가 높아?"

나는 생각했다. 코, 피노키오, 덴구(코가 기다란 일본의 상상 속 괴물), 그게 그러니까.

"안 되겠다. 그럴싸한 말을 하고 싶은데 안 나오네."

내 대답을 듣고 두 사람이 웃었다.

나오키상 수상작도 발표됐다. 누나가 나오키상 수상자보다 먼저 회견을 가졌다.

카메라 플래시가 터지고 여러 기자가 질문을 던졌다.

누나는 그에 간결하게 대답했다. 수상 회견도 약 10분 만에 끝났다.

나는 살짝 넋이 나간 상태였다. 심장이 아직 빠르게 뛰었다. 하지만 히노의 집에 계속 눌러앉아 있는 것도 좋지 않다. 두 사람에게 고맙다고 하고 집에 가겠다고 말했다.

와타야가 히노 부모님의 주의를 끌어주는 사이에 현관 밖에서 히노와 작은 목소리로 인사를 나누었다.

"그럼 내일 또. 잘 자."

"응, 오늘 정말 고마워."

오늘 하루뿐인 히노와 어제와 이어진 내가 헤어졌다.

마당을 벗어나 돌아보니 거실일 듯한 창문의 커튼이 얼핏 흔들렸다. 히노의 아버지일까, 남자가 보고 있었던 것 같은데 확실히는 알 수 없었다.

어쩌면 들켰는지도 모르겠네……

자전거를 세운 곳으로 갔다. 외등이 비추는 자전거 앞에서 자물쇠도 풀지 않고 멍하니 있으려니 누가 다가오는 기척이 났다. 돌아보니 와타야가 자전거를 잡고 서 있었다.

"역시 넋 놓고 있었구나. 마오리네 어머니가 자꾸 데려다주신다고 해서 말리느라 혼났지 뭐야. 나도 자전거 타고 가기로 했으니까 데려다줘. 아니다, 넌 지금 위험하니까 내가 집까지 데려다줄게."

아무리 그래도 그럴 수는 없다. 와타야를 집까지 데려다주겠다고 말하고 자전거에 올라타 이야기를 하며 갔다.

무슨 이야기를 했는지는 잘 기억나지 않지만 와타야가 밝은 화제를 골라준 것 같다.

와타야의 집 앞에 도착해 와타야가 걱정해주는 소리를 들으며 그곳에서 헤어졌다.

다시 자전거에 올라타 집으로 돌아왔다. 누나 생각만 났다.

아홉 시 넘어 집에 도착했다. 아버지가 식탁 의자에 앉아 나를 기다리고 있었다.

표정이 어두웠다. 앞에는 노트북이 있었다. 발포주 캔도 있다.

불길한 예감이 들었다. 아버지가 얼굴을 들고 말했다.

"야, 도루. 니시카와 게이코가……."

나는 눈을 깜박이는 것도 잊고 아버지를 쳐다봤다.

"사나에…… 아니냐?"

4

내가 대답하지 못하자 아버지가 말을 이었다.

"오늘 아쿠타가와상 상반기 발표하는 날이었거든. 아까 궁금해서 인터넷으로 결과를 찾아봤더니 니시카와 게이코가 수상했다더라. 20대 젊은 애가 말이야. 이름은 알고 있었지. 그래서 기자회견 사진을 봤더니 아무리 봐도 사나에인 거야. 알고 있었냐? 넌 알고 있었어?"

언젠가 이런 날이 올 줄 알고 있었다. 히노의 집에서 돌아오는 길에도 그 생각이 머리 한구석에 있었다.

십중팔구 그때가 우리 부자가 진지하게 이야기를 나눌 때가 되리라는 생각도.

"응, 알고 있었어. 아버지한테는 말 안 했지만 누나는 옛날부터 소설을 썼거든. 필명이 니시카와 게이코야."

"그래…… 그랬냐. 사나에는 소설가가 되려고 이 집에서 나간 거냐. 우리를 두고 도망친 거냐."

"도망친 게 아니야. 누나는 도전한 거야."

"그게 그거지."

"의미가 전혀 달라. 자기 인생으로부터 도망친 게 아니라 자기 인생에 도전한 거니까."

아버지는 얼굴을 찡그리며 눈을 내리깔았다. 가볍게 숨을 내쉬고는 아버지 특유의 뜸을 들인 뒤 말했다.

"사나에하고 보고 지냈냐."

못 만든 영화를 보는 것처럼 현실감이 없었다. 그저 시곗바늘만이 현실을 세었다.

"정기적으로 만난 것도 연락을 주고받았던 것도 아니야. 얼마 전에 서점에서 사인회를 열었는데 그때 우연히 마주쳐서 이야기는 했어."

"그래서 사나에는 돌아오는 거냐."

"누나한테는 이제 누나 인생이 있으니까."

"왜, 셋이 사는 건 싫대?"

아버지는 얼굴을 들었지만 나와 눈을 마주치지 않고 다시 시선을 내려버렸다.

"그런 게 아니야. 누나는 오랫동안 애썼어. 중학교 1학년 때부터라고. 오랫동안 우리를 위해 애써줬잖아. 이젠 자기 인생을 살게 해줘야지."

그렇게 말하면서도 나 또한 누나가 돌아오기를 기다리고 있었다.

히노, 와타야를 만나면서 내 세계를 만들기 전까지는 그저 그것만을 바라고 있었다. 그게 내 인생이라고 믿기까지 했다.

"우리는 어쩌고?"

"그냥 이렇게 살면 되지. 나도 공무원 시험 준비하는 중이니까. 둘이서 어떻게든 살 수 있어."

"사나에는, 그 녀석은 날 업신여기는구나."

"왜 그런 식으로 생각하는데."

"아버지로서도 쓸모없고 소설가로서도, 아니, 소설가조차 아닌 날 업신여기고 깔보는 거야."

"그럴 리 없잖아."

"그럼 왜 말도 없이 나간 거야."

침묵이 흐르는 방에서 나는 아버지를 빤히 쳐다봤다.

시선을 느낄 텐데도 아버지는 나를 보려 하지 않았다.

"말하면 붙잡았을 거 아냐. 그럼 누나는 나가지 못했을 거야. 그러니까……."

"그렇다고 말도 없이 나가는 건 반칙이지. 가족인데."

가족. 나와 누나가 아버지를 필요로 할 때 아버지는 아버지의 역할을 하지 않았다.

그 말만은 하면 안 된다고, 나는 부르쥐려던 주먹을 폈다.

"맞아. 가족이야. 그러니까 누나를 축하해주자고."

"난 어렸을 때부터 그 상을, 아쿠타가와상을 타는 게 꿈이었는데. 신인상도 꽤 높은 데까지 올라갔는데."

"아버지한테 그런 피를 이어받아서 누나가 상을 탄 거야. 아버지가 산 책이 가까이에 있었으니까."

"그래, 그렇게 내 자존심을 만족시켜서 얼버무리려고 하는구나. 너도 여자친구가 생겼어. 결혼하면 떠날 거 아니냐. 날 혼자 두고."

히노의 미소 짓는 모습이 아픔과 함께 떠올랐다.

하지만 우리가 어떻게 될지는 아무도 모른다. 그 애의 기억장애도 마찬가지다.

"결혼이라니 그런 건 아직 상상도 안 돼."

"그래…… 내가 많이 취했구나."

"맞아. 지금이니까 하는 말인데 아버지는 아버지 자신한테도 취해 있어. 아내를 앞세운 자기 자신한테. 그런데도 소설에 매달리는 자기 자신한테. 소설가가 될 수 있을지도 모른다는 망상에도."

평소답지 않게 강한 어조로 말하자 아버지는 비로소 나와 시선을 마주쳤다.

얼굴을 보며 이야기하거나 농담을 주고받은 적은 있어도 눈을 똑바로 본 적은 없었다. 아버지는 현실을 직시하지 않으려 하듯 내 눈 보기를 피해왔다.

아니, 아버지만이 아니다. 나도 그렇다.

아무것도 달라지지 않고 아무것도 바꾸지 못하고 그저 도망만 쳤다.

거북한 공기가 방 안을 메우고 우리는 입을 다물었다. 우리 둘의 눈은 다시 서로 다른 곳을 향하고 있었다.

"그게 뭐냐. 나 원 참."

아버지는 발포주 캔을 들고 일어나 자기 방 쪽으로 가려 했다.

뒷모습을 바라보며 생각했다.

오늘도 나는 아무것도 바꾸지 못하나. 내일도 이대로

아무 일 없었던 척하며 도망칠 건가. 정말로 하고 싶은 말은 하지 못하고 가족의 갈등을 남긴 채. 어떻게 하면 되나. 누가 가르쳐줄 수 없나. 제발 누가······.

갑자기 히노의 모습이 다시 뇌리를 스쳤다.

오늘 밀짚모자 이야기처럼 작은 어긋남이 우리 둘 사이에 있었다.

나는 가능한 한 그것을 못 알아차린 척, 못 본 척했다.

그런 작은 일은 그 애가 가진 큰 문제에 비하면 아무것도 아니기 때문이다.

나는 매일 열심히 사는 히노의 모습을 봤다.

시간과 가능성, 미래를 빼앗긴 그 애를. 그래도 진취적으로 살려고 하는 그 애를.

아까 히노의 방에서 대체 뭘 보고 온 건가. 뭘 훔쳐본 건가. 그 애는 매일 고난과 정면에서 맞서고 있다. 그에 비해 나는 어떤가?

오늘 뭔가가 달라질지도 모르는 이 타이밍에 도망칠 건가. 그래도 괜찮은 건가?

히노와 내가, 우리가 어떻게 될지는 아무도 모른다.

그래도 나는······ 그 애 앞에서 부끄럽지 않은 인간이 되고 싶다.

나도 모르게 아버지를 쫓아가 어깨를 붙들었다.

"아버지, 우리는 달라져야 해요. 이제 도망치는 건 그만 두기로 해요."

그런 말을 들을 줄은 몰랐을 것이다. 아버지는 내 손을 뿌리치며 돌아봤다.

"난 도망치는 게 아니야. 그저 재능이 없었던 것뿐이다. 재능만 있다면 나도 당장 소설가가 될 수 있다고. 그럼 인생 설계도 새로 할 수 있어."

아버지가 나를 노려봤다. 키는 이미 내가 더 컸다.

"그럼 피하지 말고 상처 입어. 실패해봐. 그래서 거기서 배워봐."

"무슨 소리냐. 난 상처 입고 있는데."

"자기도취는 이제 그만 좀 해. 그러고 있으면 편하겠지. 자기를 비극의 주인공으로 삼아서 그걸 응모도 안 할 신인상 원고랍시고 쓰고 있으면."

그 말에 아버지의 표정에서 온갖 감정이 사라졌다.

나는 알고 있었다.

아버지는 말로는 소설가가 되겠다고 하면서도 사실 이미 포기했다는 것을.

"난, 난 그러지 않았어."

"거짓말 마."

"정말이야. 난 정말로 소설가가 되고 싶어서. 그런 인생을 계획하고 지금도⋯⋯."

"아버지, 이제 거짓말이라면 지긋지긋해. 상처 입기 싫어서 응모 안 하는 거잖아? 소설가가 되고 싶었다면서? 그럼, 그럼 상처 입는 걸 겁내지 마!"

"도루!"

아버지가 멱살을 잡았다. 우리는 가까운 거리에서 서로를 쳐다봤다.

나는 혹시 처음으로 아버지에게 손찌검을 당하는 걸까.

그래도 상관없었다. 사람은 앞으로 나아가려면 상처를 입어야 한다. 도망쳐선 안 된다. 자기도취에 빠져 상처 입기를 피하면 안 된다.

우리는 서로 눈을 피하지 않았다. 드디어 때가 됐구나 하고 각오했다.

그런데 아버지의 눈은 노여움이 아니라 애수 같은 빛을 띠고 있었다⋯⋯.

"알고 있었냐. 내가 이제 응모하지 않는 걸. 원고를 보내지 않는다는 걸."

갑자기 숨이 거칠어졌다. 아니, 아까부터 숨은 계속 거

칠었다. 그걸 지금에야 깨달았나 보다.

아버지의 손이 내 셔츠 옷깃을 놓았다.

"미안. 한 번 본 적이 있어. 아버지 방을 청소하다가. 봉투에 신인상 응모 주소까지 쓰여 있고 원고도 들었는데 보내지 않은 게 벽장에 잔뜩 있더라고. 확실한 증거는 없었지만 혹시 그럴지도 모르겠다고 생각했어. 아버지는 이미 응모를 안 하는 게 아닌가, 포기한 게 아닌가."

아버지는 나를 보지 않고 때 탄 바닥만 보고 있었다.

"그렇지만 아버지, 이걸 알아주면 좋겠어. 나랑 누나는 아버지한테 감사하고 있어. 아침부터 밤까지 일하면서 우리를 먹여 살려줬어. 지금도 아버지가 날 부양하고 있잖아. 소설가가 아니라도 아버지는 훌륭한 아버지야. 그렇지만 이제 도망치는 건 그만둬줘."

내가 하고 싶은 말은 다 했다. 이제 아버지의 반응을 기다릴 뿐이었다.

모래시계를 바라보듯 시간이 천천히 지나갔다.

얼마 동안 그렇게 둘이 말없이 서 있었을까.

아버지가 나지막이 말했다.

"이런 식으로 너하고 이야기하는 게 처음이구나."

아버지는 입꼬리를 올리며 애써 웃으려 하고 있었다.

"그러게."

"넌 요새 좀 변했어. 여자친구가 생겼다고 말했을 무렵부터."

"응…… 그럴지도 몰라. 아주 좋은 애거든."

"그래. 좋은 사람을 만나서 다행이구나. 그 뭐냐, 잘해줘라."

내가 고개를 끄덕이자 아버지는 숨을 크게 들이마셨다가 내쉬었다.

"상처 입는 걸 겁내면 안 된다…… 맞는 말이구나."

마치 아주 오랜만에 술에서 깨어난 듯한 목소리였다.

"말이 너무 심했으면 미안. 죄송해요."

"아니다…… 사과해야 할 사람은 나지. 집안일부터 시작해서 모든 걸 사나에하고 너한테 떠넘기고 난 도망치고 있었어. 게다가 응모까지 그만뒀어. 네 말대로 상처 입는 게 두려웠던 거야. 네 어머니를 잃고, 나한테 재능이 없다는 걸 아는 게 두려워서…… 계속 도망만 쳤다."

아버지가 힘이 빠진 것처럼 그 자리에 주저앉았다. 나도 망설이다가 옆에 앉았다. 아버지도 나도 어떻게 하면 좋을지 알지 못했다. 아버지는 마시다 만 발포주 캔을 가볍게 쥔 채 내려다보고 있었다.

우리 부자 같은 인물이 등장하는 소설이라면 두 사람은 어떻게 서로를 이해할 수 있을까. 현실은 픽션처럼 움직여 주지 않는다. 현실은 언제나 이렇게 건조하고 당황스럽다. 주저앉아 꼼짝도 못 한다.

그래도 현실은 계속해서 움직이고 있다.

뭔가 먹을 걸 만들까 하고 묻자 아버지는 괜찮다고 대답했다.

하나 확실한 게 있다면 우리는 중요한 이야기를 주고받았다. 그건 진보라 해야 할 것이다. 앞으로 무슨 일이 있어도 나는 도망치지 않을 것이다. 계속해서 아버지를 정면에서 대할 것이다.

아버지도 아버지 나름대로 그때 무슨 생각을 한 모양이었다.

침묵이 이어진 끝에 아버지가 "그래, 뭣 좀 만들어줄래?"라고 말했다.

나는 얼굴을 들었다. 아버지가 서툴게 웃음 지으며 말을 이었다.

"곰보 달걀이 오랜만에…… 생각나서."

아버지가 좋아하는 음식 중 하나로, 누나가 종종 만들곤 했다. 원래는 어머니 본가에서 만들던 것이라고 한다.

두부 반 모를 썰지 않고 작은 냄비에 넣은 다음 조미료
와 간장, 맛술, 설탕, 달걀 푼 것을 더해 으깨듯이 볶으면서
수분을 없앤다.

정식 명칭은 모르고 우리는 곰보 달걀이라고 불렀다.

내가 부엌에서 재빨리 그것을 만들자 아버지는 큼직한
밥그릇에 밥을 펐다.

멋쩍은 듯, 그러면서도 뭔가를 바라는 표정으로 나를
쳐다봤다.

그게 나에 대한 아버지 나름의 커뮤니케이션이었다.

하는 수 없다. 나는 밥 위에 곰보 달걀을 얹었다.

누나는 예의가 없다고 금지했지만 아버지는 누나 몰래
그렇게 먹는 것을 좋아했다. 아버지가 식탁 의자에 앉아
먹으면서 말했다.

"그 뭐냐…… 다음에 요리나 뭐나 가르쳐줘라."

나도 모르게 쳐다보자 겸연쩍게 미소 지었다.

"미안하지만 바로 단번에 사람이 바뀌지는 못해. 하지
만 나도 내내 기회를 찾고 있었거든. 그러니까……."

아버지가 또 애써 웃으려 했다.

누구나 그렇다. 좋은 사람이 되기 싫은 인간은 아무도
없다.

아버지와 나는 내내 도망만 쳤지만 나쁜 사람이 된 것은 아니다.

그저 빛을 잃었던 것뿐이다. 히노에게서 빛을 받은 지금의 나는 알 수 있다.

아버지의 어색한 웃음에 나도 웃고 말았다. 그러자 아버지가 또 웃었다.

그 뒤 둘이 함께 상을 치웠다. 열 시가 지나려 했을 때, 좀처럼 울리는 법이 없는 집 전화벨이 울렸다.

아버지는 의아하게 여기는 듯하다가 곧 뭔가 알아차린 것처럼 나를 돌아봤다. 내가 고개를 끄덕이자 긴장한 표정으로 수화기를 들었다.

"여보세요…… 아, 그래, 사나에냐."

아버지가 또 나를 봤지만 나는 모르는 척했다. 창가로 다가가 창문을 열었다. 신선한 밤공기가 들어왔다. 뒤에서는 부녀가 몇 년 만에 이야기를 나누고 있었다.

"아니, 그건 아니야. 그렇지 않아. 사과해야 할 사람은 나지. 내가 모자란 아비라. 그런 나 자신한테…… 아니, 이제 그만하자. 미안하다. 사나에, 오늘은 좋은 날이잖냐. 응, 그럼, 놀랐지. 설마 내 딸이. 그래, 응, 그래."

이윽고 아버지는 코를 훌쩍이며 감격한 듯 말했다.

"사나에, 축하한다. 정말 축하해."

몸속 깊은 곳이 떨려 말없이 하늘을 올려다봤다.

잠깐 울었다.

누나가 집에 찾아온 것은 아쿠타가와상이 발표되고 열흘 이상 지났을 때였다.

"집이 참 깨끗하네. 우리 동생은 역시 다른걸."

며칠 전 누나에게서 또 연락이 온 뒤로 아버지는 내내 들떠 있었다.

그때 그런 일이 있고 나서 이튿날 아침부터 아버지는 자진해서 집안일에 참여하기 시작했다. 요리에 도전했다가 실패하는 등 내게 조금씩 집안일을 배우고 있다.

오늘은 아침부터 열심히 청소하더니 저녁은 아버지가 하겠다고 호언했다.

우리 집 상태에 감탄하는 누나에게 나는 말했다.

"나 혼자 청소하는 게 아냐. 아버지도 거들어주거든."

누나는 정말로 놀란 표정을 지었다.

아버지가 부끄러운 듯 말을 이어받았다.

"그 뭐냐…… 여러모로 미련이 없어졌어. 요리도 청소도 해보니까 즐거운 면이 있고 말이지. 소설 쓰는 건 당분간 그만둘까 한다. 도피 수단이 아니라 나 스스로를 정면에서 대하듯 소설을 대할 수 있게 되면…… 그땐 써볼까 하는 생각도 있고. 사나에, 원하는 책이 있으면 가져가라. 초판본이든 뭐든 상관없어. 책도 좀 줄여야겠다고 생각하니까."

누나가 아버지를 쳐다봤다. 아버지는 잠깐 눈을 내리깔았다가 부끄러운 듯 웃었다.

"제가…… 제가 소설을 쓰려고 한 건 아버지 영향이에요. 소설을 쓴다는 행위는 아버지 덕분에 가까이에 있었어요. 그렇지만…… 처음엔 저도 그랬거든요. 지금의 자기 자신한테서 도망치고 싶어서 썼어요. 그런데 언제부턴가 그게 아니게 된 거예요. 자기를 확장해가기 위한 걸지도 모르겠다, 자기 자신의 새로운 말, 새로운 생각을 만나는 장소일지도 모르겠다, 그렇게 생각하게 됐어요."

누나의 말에 아버지는 입을 다물었다. 감격해서 울 것 같은 표정이었다.

그런 아버지를 쳐다보던 누나가 분위기를 바꾸려고 명랑한 말투로 말했다.

"그러네요…… 이 집은 책이 너무 많아서 위생적으로 안 좋은 면도 있었으니까 좀 가져갈까요. 그래도 돼요, 아버지?"

"그래, 그럼. 그게 좋겠다."

"괜찮으시겠어요? 저 안 봐드릴 건데."

누나의 말에 두 사람이 같은 타이밍으로 웃었다.

응어리가 그것으로 모조리 없어졌다고는 안 한다.

아버지는 아버지이기보다 소설가이기를 선택하려다가 실패했고, 누나는 아버지가 그런 것을 알면서 집안일을 전부 도맡았다가 도중에 소설가가 되기를 선택했다. 서로 그것에 죄책감을 갖고 있었다.

그래도 두 사람은 웃었다. 각자 자기 방식으로 앞으로 나아가려 하고 있었다.

우리 집은 냉방이 약해 더웠지만, 그래도 귀를 기울이면 빛이 쏟아지는 소리가 들릴 것처럼 기분 좋은 여름날이었다.

5

8월 26일 (화요일) 여름방학

집에서 아침: 이상 없음.

집에서 점심: 크로키. 외국 영화를 보며 일곱 장 완성. 깜짝 놀라게 컨디션이 좋다.

그리는 도중에도 선을 정확하게 파악하는 나 자신에 놀라고, 완성된 그림을 보며 히죽거리게 된다. 신난다고 다섯 장 더 그렸더니 손이 아팠다.

내일의 내가 불편하지 않도록 잘 마사지했다.

오늘의 남자친구님: 오늘은 남자친구님과 도서관에서 불꽃놀이 축제 이야기를 했다. 여름방학 마지막 날에 옆 도시에서 불꽃놀이 축제가 열린다.

조금 망설이다가 용기를 내서 같이 구경하러 가자고 말했더니 금세 승낙했다. 신난다.

나는 처음인데 남자친구님은 초등학생 때 누나, 아버지와 함께 간 적이 있다고 한다. 누나는 오랜만에 얼마 동안 집에 있게 됐다고.

흠. 그럼 누나도 부르면 어떻겠냐고 제안했더니 남자친구님이 살짝 당황했다. 언뜻 보면 쿨한 것 같지만 그런 부분은 꽤 귀엽다.

누나와는 의논해보기로 하고, 그 뒤 같이 서점에 갔다.

기억장애를 갖기 전에는 기억을 지워 다시 새롭게 맛보고 싶다고 생각한 작품도 있었다. 실제로 어제의 우리는 처음 보는 영화를 대여해 마음에 드는 작품을 몇 개 발견한 것 같다. 소설은 읽는 데 시간이 걸리니까 쉽지 않지만 영화나 만화라면 좋아하는 작품을 만들 수 있다. 제목을 보고 고른 만화를 몇 권 샀다.

한편, 남자친구님은 누나의 인터뷰가 실렸다는 잡지를 읽었다. 마마보이 아닌 시스터보이이네 하고 곱씹듯 말했더니 쩔쩔매며 뭐라 대답했다.

헤어질 때 남자친구님이 물었다. 오늘도 밀짚모자를 두고 왔느냐고.

나는 전에 실수한 모양이다. 둘이서 밀짚모자를 구경하러 갔던 것을 잊어버리고 있었다. 남자친구님이 선물로 사주고 싶어 했다는 것도 일기에 쓰여 있었는데, 그것도 깜박하고 확인하지 못했다. 아무것도 기억하지 못하는 채로 밀짚모자를 사고 말았다.

사실은 좀 사이즈가 안 맞아서, 하고 웃으면서 얼버무렸더니. 남자친구님이 가방에서 뭔가를 꺼냈다. 액세서리였다. 핀이 붙은 해바라기 조화다.

그 밀짚모자에 어울릴 것 같아서, 라고 쑥스러워하며 선물해주었다.

십중팔구 우리가 남자친구님을 생각해서 밀짚모자를 쓰지 않는 것을 마음 써주었을 것이다.

이 애는 어째서 이렇게 다정한 걸까.

어제의 우리가 느꼈던 것처럼 오늘의 나도 또 그렇게 느꼈다.

내가 중요한 것을 잊어도 그 애는 신경 쓰지 않고 오늘도 또 다정하게 대해준다.

자전거를 타고 멀어져 가는 남자친구님의 뒷모습을 보며 해바라기 조화를 꽉 쥐었다.

가슴이 뭔가를 호소하듯 죄어들었다.

어쩌면 그 애를 좋아하기 시작했을지도 모르겠다.

일기를 읽고 아침부터 흥분해서 안절부절못했다.

오늘은 8월 31일. 여름방학 마지막 날이다. 수첩으로 일정을 확인하니 오늘이 불꽃놀이 축제 날이었다.

어제 미리 준비해놨는지 아침에 일어나 보니 책상 위에 유카타가 개켜져 있었다. 거기에 나를 그린 발랄한 일러스트와 함께 이렇게 쓴 메모가 붙어 있었다.

'오늘의 내 몫까지 즐겁게 지내다 와!'

다시금 창밖을 내다보니 여름날 오후다운 새하얀 햇빛이 가득했다.

풍경은 꼭 변덕스러운 화가의 캔버스 같다. 어제까지 싱그러운 푸른색이 시야에 펼쳐져 있었건만 지금은 새 물감으로 덮여 있었다. 풍경이 덮어쓰기 되어 있었다.

흥분을 가라앉히고 오늘 일정을 다시 확인했다.

불꽃놀이는 저녁 일곱 시부터 시작된다.

그 전에 남자친구님과 옆 도시의 역 앞에서 네 시에 만나기로 했다. 혼잡을 피하기 위해서, 또 둘이 차분히 이야기하기 위해서인 것 같다.

이즈미는 오늘 오지 않는다. 내가 같이 가자고 해본 모양인데 '여름방학 마지막 이벤트인데 둘이서 즐기고 와'라며 사양했다고 한다.

수첩과 일기를 꼼꼼히 읽다 보니 시간이 금세 지났다. 오후 두 시에 유카타를 직접 입어봤다. 과거의 우리가 알려준 유용한 동영상을 참고했더니 혼자서도 쉽게 입을 수 있었다.

흰색 바탕에 파란 꽃이 핀 유카타는 너무 화려하지 않고 차분하다. 어머니가 입던 것을 빌렸다는데, 그래서 그런지 약간 어른스럽다.

거울 앞에서 머리를 틀어 올렸다. 가볍게 화장한 것으로 끝이면 좋겠지만 그렇게는 되지 않았다.

책상에는 유카타 외에도 역시 메모지가 붙은 해바라기 조화가 놓여 있었다.

'악센트로 해바라기를 달면 좋을지도. 남자친구님이 준 것.'

아침에 일어나니 나는 기억장애를 앓고 있었다. 어두워진 마음을 애써 달래며 수첩과 일기를 읽자 뜻밖에 남자친구가 생겼다고 했다.

내가 알지 못하는 남자친구에게 받은 선물이 있다.

여느 때 같으면 곤혹스러워했을 것이다. 이전의 나도 그랬을 게 틀림없다. 하지만⋯⋯.

해바라기 조화를 집었다. 평소에는 밀짚모자에 다는 모양인데 머리 장식으로 못 쓸 것도 없다. 머리핀으로 살짝 고정했다.

평소의 나답지 않은 패션이었다. 하지만 이상하게 나쁘지 않다는 생각이 들었다.

해바라기 조화를 어딘가 소중하게 여기는 나 자신이 있었다.

'어쩌면 그 애를 좋아하기 시작했을지도 모르겠다.'

뇌리를 스치는 일기의 낯간지러운 문장을 떨쳐냈다.

마음을 굳게 먹고 조금 이르기는 해도 집을 나서기로

했다.

소지품도 사전에 불꽃놀이 축제용으로 준비해놓은 덕에 그걸 갖고 나가기만 하면 됐다.

유카타 차림으로 자전거를 타면 위험하니 어머니가 역까지 차로 데려다주었다.

남자친구님과 만나기로 한 옆 도시 역까지 데려다주겠다고 하는 것을 창피해서 사양했다.

전철을 타고 옆 도시 역까지 갔다. 역 앞에 사람은 아직 많지 않았다. 약속 시간까지 10분 남았기에 편의점에라도 갈까 하는데 누가 불렀다.

"히노."

돌아보니 감색 유카타를 입은 호리호리한 사람이 있었다. 나를 보며 미소 짓고 있었다. 집에서 사진으로 확인한 남자친구님이다.

어라, 뭐지? 가슴이 살짝 뛴다.

"아, 저, 저기. 아, 안녕."

갑자기 말을 거는 바람에 당황하고 말았다.

그런 나를 알아차렸는지 남자친구님이 잠깐 쓸쓸한 표정을 지었다.

아, 잘못했다. 그 애 입장에서는 그냥 여자친구에게 말을 걸었을 뿐인데 설마 당황할 줄은 몰랐을 것이다.

하지만 그런 반응은 착각이었나 싶을 만큼 잠깐뿐 남자친구님은 다시 웃음을 지었다.

"유카타 잘 어울린다."

"어, 그, 그래? 고마워. 남자친구님도 아주 잘 어울려. 굉장해, 직접 입은 거야?"

"응. 그렇지만 남자 옷은 간단하니까. 오전 중에 연습했거든."

"오오…… 아니, 유카타를 입는 연습? 혹시 알몸으로?"

"넌 하여간 늘 이상한 데를 주목하더라."

어색해진 분위기도 농담으로 이겨낼 수 있었다.

얼마만큼 친해져도, 얼마만큼 마음이 통해도, 나는 그 사실을 잊어버린다.

남자친구님은 그런 내 상태를 모른다.

하지만 정말 그럴까.

"그럼 시간 될 때까지 찻집에라도 갈까? 체인점이라 미안하지만 오늘은 내가 살게."

그런 생각을 하는데 남자친구님이 다정한 목소리로 제안했다.

"오, 남자친구님답지 않은 발언인데? 하지만 유감이네

요, 오늘은 사이좋게 반씩 내기야."

"뭐, 그럼 돈은 축제를 위해 남겨둘까."

그렇게 말을 주고받으며 둘이 찻집으로 갔다.

역 앞 체인점에는 우리처럼 유카타를 입은 커플이 몇 쌍 더 있었다.

창가 자리로 안내를 받아 앉았다.

"음, 그러니까 오늘은 누나께서도 오시는 거지?"

며칠 전 내가 제안한 듯한 일을 다시 확인했다. 모처럼 누나가 집에 돌아와 있다면 함께 불꽃놀이 축제에 참가할 수 있지 않을까 생각했던 모양이다. 누나도 찬성해 축제 장소에서 잠깐 만나기로 했다.

"응, 좀 이르지만 여섯 시에 축제 장소 근처 다리에서 만나기로 했어."

"그래, 그렇구나. 좀 긴장되네요."

정말 긴장했는지도 모른다. 평소와는 다르게 말씨가 공손해졌다.

"뜻밖인데. 너도 긴장할 때가 있구나."

"그야 당연히 있죠. 예를 들면…… 어라, 최근엔 언제 긴장했지?"

곰곰이 생각하는 나를 보고 남자친구님이 웃었다.

항의하자 남자친구님은 아, 미안, 하고 사과했다.

"그렇지만 누나 만나는 건 정말 별거 아니니까. 잠깐 얼굴만 보는 정도인데 그렇게 긴장 안 해도 돼."

"응. 그렇지만 내가 제안한 거긴 해도 너희 누나 꽤 유명하잖아. 그냥 다녀도 되는 거야?"

"의외로 우리가 생각하는 것만큼 알아보진 못하나 봐. 특히 불꽃놀이 축제는 워낙 혼잡하기도 하고 머리 모양을 바꾸고 가니까 괜찮을 거래."

그 뒤로도 이런저런 이야기를 하다 보니 다섯 시 반이 지났다. 주위에 유카타를 입은 사람들이 늘어나 몇 쌍이 슬슬 가볼까 하며 일어섰다. 우리도 일어서기로 했다.

불꽃놀이 축제 장소는 그곳에서 몇 분 걸어서 가면 나오는 시내 강변이었다. 주변에는 음식점에서 제공하는 노점 외에 축제 날 보는 포장마차도 있었다. 이미 사람들로 북적였다.

불꽃놀이 축제답게 커플이 많았다. 손을 잡고 있는 이들도 있었다. 남자친구님도 눈치챈 것 같았지만 아무 말 하지 않았다.

어쩌지? 해버려? 처음이지만 싫지는 않다.

힘줄이 튀어나온 남자다운 손에 자꾸만 시선이 갔다.

"에잇."

나도 모르게 대담한 행동에 나섰다. 남자친구님이 놀란 듯한 반응을 보이며 나를 쳐다봤다. 아무렇지도 않은 척 시선을 받아냈다. 하지만 심장은 자각할 수 있을 만큼 빠르게 뛰고 있었다.

"뭐, 뭐 하는 건데, 히노?"

"아니, 뭐랄까. 놓칠까 봐. 게다가 너희 가족을 만나는데 좀 애인다운 일을 해볼까 싶어서."

"대담하네."

"어머나? 그걸 이제 아셨나요?"

말투가 빨라져 당황했다. 이런 일을 하는 나 자신이 창피했다.

하지만 오늘의 나는 오늘 하루만의 나다. 오늘이라는 이날에 후회를 남기고 싶지 않았다.

우리는 가짜가 아니라 진짜 애인처럼 손을 잡고 걸었다.

축제 장소에 가까이 갈수록 몸을 움직일 수 없을 만큼 사람이 많아졌다.

새삼스럽게 실감했다. 나는 어느새 남자친구님을 사귀어 그 애와 함께 여름의 마지막 불꽃놀이 축제를 보러 와 있었다.

"진짜 놀랄 일이네. 남자친구랑 여름 불꽃놀이 축제에 와 있구나."

"갑자기 무슨 소리야?"

뜬금없이 이상한 말을 하는 내게 남자친구님이 물었다.

"아니, 허공에 뜬 것 같은 느낌이라서 실감이 안 났는데…… 갑자기 자각이 들면서 즐거워졌다고 할지."

얼버무리듯 말하자 남자친구님은 산뜻한 표정으로 웃었다.

"같이 즐기자, 히노. 난 그런대로 믿음직스럽지 못하고 그런대로 능력도 없지만, 성실함만은 누구한테도 안 진다고 생각해."

믿음직스럽지 못하고 능력도 없다. 하지만 성실. 나도 모르게 웃음이 나왔다.

"그렇게 한심한지 믿음직스러운지 알 수 없는 말, 처음 듣네."

남자친구님이 더욱 활짝 웃고 나는 손을 꽉 쥐었다.

여름의 끝을 장식하듯 주홍빛을 서서히 잃어가는 하늘 아래 축제 장소가 화사한 색을 발하기 시작했다.

피부에 끈끈하게 들러붙는 더위도 별로 신경 쓰이지 않았다.

남자친구님 누나와 만나기로 한 다리 근처로 가자 상쾌한 바람이 불었다. "바람이 좋네" 하고 말하자 남자친구님은 부드러운 눈빛으로 나를 바라봤다.

"도루, 금세 찾았네, 다행이야."

가늘고 투명한 목소리가 들렸다.

돌아보니 엄청난 미인이 있었다. 남자친구님의 누나다. 인터넷으로 얼굴을 확인했는데 실물은 투명감이 달랐다.

"누나, 쉽게 만나서 다행이야. 어?"

남자친구님이 뭔가를 알아차린 듯했다. 시선이 향한 곳을 보니 흰 폴로셔츠를 입은 50대 정도 되는 남자가 있었다. 아는 사람과 닮은 것 같은데…….

"아버지…… 아버지도 왔구나."

"그, 그래. 그 뭐냐, 호위야. 사나에의. 유명인이니까 말이지."

두 사람의 말로 누나 옆에 있던 남자의 정체가 판명됐다.

남자친구님 아버지였다. 설마 오실 줄은 몰랐기 때문에 갑자기 긴장하고 말았다.

내 존재를 깨달은 남자친구님 아버지가 왜 그런지 순간 겁에 질린 듯했다.

"……아, 안녕하세요."

어색하게 인사하자 남자친구님 아버지도 답해주었다.

"그, 그래, 안녕."

아버지는 갑자기 주위를 두리번거리더니 가슴주머니를 탁 쳤다.

"다, 담배가 다 떨어졌으니까 잠깐 사 오마."

그렇게 말하고는 돌아서서 인파 속으로 사라졌다.

차분한 쪽빛 유카타를 입은 누나가 난처한 표정으로 남자친구님에게 웃어 보였다.

"미안. 원래는 혼자 오려고 했는데, 여자친구 이야기를 했더니 갑자기 자기도 가겠다고 해서…… 담배는 피우지도 않으면서."

남자친구님이 쓴웃음을 짓는 듯한 표정으로 대답했다.

"아냐…… 놀라기는 했지만. 아버지도 아버지 나름대로 도망치지 않고 노력하려고 하는 건지도 모르겠다는 생각이 좀 들었어. 면도까지 깔끔하게 했던데. 그냥 혼자만 집에 있는 게 서운했는지도 모르지만."

도망치지 않고 노력하려 하고 있다?

무슨 말인지 알 수 없었지만 남매간에는 의미가 통하는 듯했다. 두 사람 다 애정 어린 눈빛으로 미소를 짓고 있었다.

이윽고 남자친구님 누나가 나를 돌아봤다. 그 애와 잡은 손을 주목한 뒤 미소를 머금었다.

"안녕. 네가 도루 여자친구지?"

"아, 네! 안녕하세요. 저, 초대해주셔서…… 아, 그게 아니지. 저, 도루의 여자친구 히노 마오리예요. 잘 부탁드려요."

얼굴을 보는 정도라고는 해도 인사는 역시 긴장된다. 갈팡질팡하기는 했지만 남자친구님 아버지 때보다는 낫다. 머리를 숙여 인사하자 남자친구님 누나도 답해주었다.

"도루의 누나인 가미야 사나에야. 잘 부탁해."

남자친구님 누나의 얼굴을 다시금 보았다. 남자친구님과 닮지 않았다고 생각했는데 닮은 구석도 있었다. 부드러워 보이는 눈이 특히 똑 닮았다.

맑은 눈을 홀린 듯 보고 있으려니 남자친구님 누나가 미소를 지었다.

"그럼 인사도 했으니까 너희는 축제를 즐기고 와. 난 아버지를 찾으러 갈 테니까."

"네? 벌써요?"

내가 붙들려고 하자 남자친구님 누나가 우아한 장난기라고 부르고 싶어지는 표정을 지었다.

"마음 써줘서 고마워. 그렇지만 방해를 하고 싶진 않으니까…… 안 그래, 도루?"

"아니, 방해는 무슨……."

허둥대는 남자친구님의 반응을 따뜻한 눈빛으로 바라본 뒤, 남자친구님 누나가 작별 인사를 했다.

"조심해서 다녀와. 마오리, 그럼 또 만나자."

남자친구님 누나는 그렇게 말하고는 아버지의 행방에 짚이는 데라도 있는지 가버렸다.

긴장이 풀리면서 한숨이 새어 나왔다.

"아아, 긴장했다. 실물이 더 예쁘네, 너희 누나."

"누나는 내 자랑이야. 하고 싶은 일을 할 수 있게 돼서 누나도 좀 부드러워졌어."

그렇게 말하며 먼 곳을 응시하는 남자친구님의 옆얼굴이 어딘지 모르게 자랑스러워 보였다.

"아, 그러고 보니까 너희 아버지 무슨 일 있으셨어?"

내 물음에 남자친구님이 나를 돌아봤다.

"실은 아버지랑 약간 갈등 같은 게 있었거든. 그런데 저번에 거기에 대해서 같이 이야기했어."

남자친구님은 말했다. 가족에 대해. 아버지와의 갈등에 대해. 그리고 아버지와 누나가 화해했다는 것에 대해.

끝까지 듣고 나는 머리를 수그렸다.

"그랬구나. 우리 집에 왔다 간 날 그런 일이 있었구나."

그 애는 그렇게 매일을 쌓아가고 있다. 조금씩이라도 확실하게 앞으로 나아가고 있다.

나는 어떨까. 생각하고 있으려니 시선이 느껴졌다.

"그렇지만 히노, 내가 아버지와 터놓고 대화할 수 있었던 건 네 덕분이야."

"뭐? 난 아무것도 한 게 없는데."

이상하게 생각해 쳐다보니 남자친구님은 잠자코 웃었다. 빈말이나 거짓말이었을까. 하지만 그 애 성격을 생각하면 그건 아닐 것 같다.

그럼 정말로 내가 뭔가 할 수 있는 걸까. 남자친구님에게 받기만 하는 줄 알았는데, 조금이라도 뭔가 주고 있는 걸까. 만약 그렇다면······.

맞잡은 손에 자연히 힘이 들어갔다. 그 애도 같이 손을 꽉 잡아주었다.

"가자, 히노. 축제는 오늘뿐이니까 즐기자."

"오, 그거 좋네. 같이 즐기자."

우리는 그 뒤 흔한 축제 풍경 속에 끼어들었다.

어디에나 있는 커플처럼 신나게 떠들고 먹을 것을 양손

가득 들고 쓸모없는 것을 사며 평소라면 하지 않을 일을 즐겼다.

다코야키를 샀다. 내가 먹어보니 맛있기에 하나를 이쑤시개로 찍어 남자친구님에게 내밀었다. 그 애는 부끄러운 듯 얼굴을 돌렸다.

반응이 재미있어서 놀리자 최소한 다른 이쑤시개를 써달라나 뭐라나, 그런 말을 어물어물했다.

그 말을 듣고 깨달았다. 이거, 간접…… 내 쪽이 부끄러워졌다.

둘이서 표적 맞히기를 했다. 큰 것을 노리느라 고생하는 내 옆에서 팔다리가 긴 남자친구님은 작은 것을 건실하게 맞혔다.

남자는 꿈을 노려야 하지 않겠어? 라고 말하자 작은 행복을 모으는 것도 중요하다고 대꾸했다. 내가 쏜 다음 발이 경품이라고 쓴 패를 맞혀 운 좋게 밑으로 떨어졌다.

둘이서 기뻐 어쩔 줄 몰라 했는데, 경품은 남자친구님이 받은 것과 별 차이 없는 과자 세트였다. 하지만 그런 것도 즐거웠다.

많이 웃었다. 여름의 추억을 하루에 다 담았다.

정말로 즐거운 시간이었다. 살면서 이렇게 즐거웠던 적

이 있나 싶을 정도였다. 나는 자연히 그 애에게 이끌리고 그 애도 나를 아껴주었다.

시간이 되어 밤하늘에 폭죽이 터졌다. 그걸 강변에서 둘이 바라봤다.

전에는 많은 이들 중 하나라는 사실을 갑갑하게 여기기도 했다.

하지만 지금은 많은 이들 중 둘이라는 사실에 마음이 차분해졌다.

다른 사람들과 마찬가지로 불꽃놀이를 올려다보며 할 말을 잃고 잡은 손에 힘을 주었다.

그러다가 문득 내 감정의 행방을 생각했다.

기억이 그런 것처럼 지금 이 감정도 사라져버릴까. 뿌리내리는 일은 없을까. 어디까지나 정보로 처리되어 감정의 움직임이 축적되는 일은 없을까.

제발 남는 게 있기를.

지금의 이 감정이 내일의 나에게로 이어질 수 있기를. 잊지 않기를.

"잊어버리기…… 싫어."

어느새 내 입에서 그런 말이 흘러나왔다. 시야가 부옇게 번졌다.

어라? 어째서? 왜 이러지…… 눈물이 멈추지 않았다.

잊어버리고 싶지 않았다. 이런 소중한 시간을 잊어버리다니, 일기에만 남길 수 있다니, 그런 건 싫었다. 그렇지 않나. 인생은 언제나 한 번뿐이다. 어떤 순간도 돌이킬 수 없다. 그렇기에 사람은 그걸 소중히 한다. 보물로 삼으려고 한다.

그런 걸 기억할 수 없다니 너무한다. 너무 슬프다.

반대편 손으로 눈물을 훔치는 나를 남자친구님이 보고 있었다.

"잊지 않을 거야, 난 이날을."

그 목소리는 폭죽 터지는 소리에 묻히지 않고 또렷이 내 귀에 들렸다.

"나, 나도 잊지 않을 거야. 잊을 리 없는데…… 이상하다, 너무 즐거워서 그런가? 눈물이 그치질 않네."

그렇게 말하며 눈물을 흘리는 내 손을 남자친구님이 꼭 쥐었다.

"사람은 원래 잊어버리게 마련이야. 하지만 괜찮아. 어떤 기억도 완전히 사라지는 건 아니니까. 난 그렇게 믿어."

눈물을 참으려고 애쓰며 곁에 있는 다정한 사람을 봤다.

새삼 생각했다. 혹시 이 애는 내 기억장애를 알고 있는 게 아닐까.

알면서, 눈치챘으면서 일부러 모르는 척하는 게 아닐까.

만약…… 만약 그렇다면 나는 이제 아무것도 두려워할 게 없는지도 모른다.

손에 힘을 주며 기도했다. 부탁이에요. 다른 사람들에 게 되도록 친절하게 대할게요. 고집도 부리지 않을게요. 부모님께도 매일 감사드리면서 살게요. 그러니까 앞으로 도 이 애 옆에 있을 수 있게 해주세요. 제발, 제발 부탁이 에요.

눈물이 앞을 가린 탓인지 순간 시야에서 그 애가 사라 진 것 같았다.

불안해져 손에 힘을 주자 그 애는 그곳에 있었다. 손을 맞잡아주었다.

"괜찮아. 난 앞으로도 네 바로 옆에 있을 테니까."

그 목소리를 지워버리듯 밤하늘에 이루어질 수 없는 꿈 의 꽃이 또 피었다.

하얀
공백

1

여름방학이 끝나고 새 학기가 시작됐다.

다시 말해 마오리와 가미야가 사귀기 시작한 지 석 달이 지났다는 뜻이다.

지금도 잊을 수 없는, 5월이 끝나가던 어느 날.

지금까지 전혀 안면이 없었던 가미야가 마오리를 방과 후에 갑자기 불러냈다.

"그 애랑 사귀기로 했어."

도서실 앞에서 만난 마오리가 그렇게 말했을 때 얼마나 놀랐는지 모른다.

마오리는 기억장애가 있다. 이틀 연속으로 새로운 기억

을 축적하지 못한다. 어떤 사람을 처음 만나도 다음 날 아침이면 그 사람은 다시 모르는 사람으로 돌아간다.

그런 상태인데도 마오리가 남자친구를 사귀려 한다는 게 믿기지 않았다.

"아니, 왜?"

"고백하더라고. 그래서 사귀어볼까 하고."

"무슨 말인지 모르겠어. 이름이 뭐랬더라, 가미야? 참고로 걔한테 기억 이야기는 했고?"

"안 가르쳐줬고 가르쳐줄 생각도 없어. 하지만 이런 상태라도 뭔가 새로운 게 가능할지 모른다고 생각했더니 한번 해보고 싶어져서."

그다음 날 쉬는 시간에 만나러 가보니 가미야는 정말이지 특징이 없는 녀석이었다.

마오리에 관해 물어도 반응이 영 모호했다.

그래서 나는 금세 헤어질 줄 알았다. 고백까지 했으면서 가미야는 마오리를 그다지 좋아하는 것 같지 않았다.

그렇건만 두 사람은 내가 상상했던 것보다 훨씬 오래 사귀고 있다.

언제부터인가 가미야가 달라졌다.

처음 깨달은 것은 가미야가 마오리를 뒤에 태우고 자전

거를 타는 모습을 봤을 때였다.

곁에서 봐도 알 수 있을 만큼 가미야가 마오리를 소중히 대해주려 하고 있었다.

지금 생각하면 가미야는 그때 이미 마오리의 기억장애를 알고 있었을 것이다.

가미야는 어째서 달라진 걸까.

자기 여자친구가 기억장애라는 것을 알면 보통은 헤어지지 않을까.

2학기가 시작되고 순식간에 며칠이 지났다. 학교 끝나고 집에 가는 길에 마오리와 어깨를 나란히 하고 걷는 모습을 뒤에서 바라보고 있으려니 갑자기 가미야가 돌아봤다.

"왜? 나한테 뭐 먼지라도 붙었어?"

시치미 떼는 얼굴에 실없는 말로 맞받아쳤다.

"머리가 붙어 있어."

"그야 안 붙어 있으면 큰일이지."

"괜찮아, 남자친구님. 떨어지면 내가 멋진 머리통을 찾아줄게."

"아니, 히노. 무슨 호빵 히어로도 아니고."

마오리의 기억장애, 선행성 기억상실증은 쉽게 낫는 게 아니다.

확실한 치료법 자체가 없다. 일주일 뒤에 갑자기 나을지도 모르고 1년, 2년, 3년, 아니, 5년이 지나도 낫지 않을 수도 있다.

마오리 본인은 물론 가까이에서 도와주는 가족, 애인에게도 인내력이 필요하다.

그래도. 그래도 가미야라면 가족이나 나 이상으로 마오리를 도와줄 수 있을지 모른다.

실제로 가미야는 지금까지 마오리의 일상을 뒷받침해주었을 뿐 아니라 일상에 변화를 주기도 했다. 여름방학 중에도 거의 날마다 만났다고 들었다. 마오리에게 그림을 그리도록 권한 사람도 가미야였다.

마오리의 뇌에 기억이 축적되지 않아도 신체감각으로 남는 게 있다.

부끄럽게도 나는 그런 생각을 전혀 하지 못했다.

그림을 그리기 시작한 뒤로 마오리의 신경은 전에 비해 안정됐다. 가미야에게는 이야기하지 않았지만 마오리는 전에 정신적으로 크게 혼란을 겪은 적이 있었다.

마오리의 부모님과 나는 그게 줄곧 걱정이었다.

5월 중순의 어느 날, 마오리는 아무런 예고도 없이 학교를 결석했다.

연락해도 답이 없었다. 걱정되어 학교가 끝나고 집에 가보니 마오리의 어머니가 굳은 얼굴로 나왔다.

마오리의 기억은 매일 리셋되어도 정신 상태는 리셋되는 게 아니다.

신경전달물질 등의 영향으로 전날의 정신 상태가 계속될 때가 있다.

그날 아침, 잠에서 깬 마오리는 어머니에게 기억장애에 관해 설명을 듣고는 "어떻게 그러고 살아"라고 말했다고 한다.

"그런 상태로 살아봤자 무슨 의미가 있어?"라고.

"날 그냥 내버려 둬"라고.

그러고는 식사도 하지 않고 방에 틀어박혔다고 했다.

마오리의 어머니는 줄곧 어떤 가능성을 걱정하고 있었다. 선행성 기억상실증의 합병증으로 우울증을 앓는 사례가 있다는 말을 담당 의사에게 들었다 했다.

그럴 만도 하다. 내가 마오리 같은 상태였다면, 학교에도 가지 않고 방에 틀어박혀 장래를 비관하며 우울증을 앓거나 더 심각한 사태에 이르렀을지 모른다.

나는 마오리 어머니의 허락을 받고 마오리의 방 앞으로 갔다.

문밖에서 부르자 마오리는 내 존재를 알아차리고 "오늘은 만나고 싶지 않아"라고 말했다. "너한테 폐만 끼쳐서 미안"이라고, "하지만 오늘은 도저히 안 되겠어"라고, 그렇게 말했다.

나 자신의 무력함을 뼈저리게 깨달았다.

말을 걸고 싶었지만 어떤 말도 위로가 되어주지 못한다.

이런 때야말로 이상한 인간으로서 마오리를 웃겨줄 수 있다면 좋을 텐데.

아무 말도 할 수 없었다.

"알았어. 그럼 오늘은 그냥 갈게."

그 말만 남기고 마오리의 집에서 나왔다.

이튿날 마오리는 아침부터 기운이 없었다.

원인을 묻자, 어제의 마오리가 그날 있었던 일을 일기에 쓴 듯 내게 미안하다고, 일부러 와줬는데 미안하다고 사과했다.

내가 할 수 있는 일은 시치미 떼는 것과 힘내라며 미소 짓는 것.

그리고 학교 끝나고 둘이서 디저트를 잔뜩 먹는 것 정도였다.

그 전날 마오리와 문을 사이에 두고 이야기했을 때 말

했으면 좋았을 것이다.

오늘 있었던 일은 일기에 쓰지 않는 게 좋겠다고.

하지만 조심스러워서 그러지 못했다.

하루 늦게 케이크를 먹으며 그렇게 말하자 마오리는 울 것 같은 표정을 지었다.

"알았어. 어제 일기는 없앨게."

슬프게 그렇게 대답했다.

나는 마오리에게 영향을 주거나 일기를 즐거운 일로 채워주지 못했다.

그게 연애의 힘이라고 안이한 생각을 하지는 않는다.

그건 아니지만, 가미야는 그것을 해냈다.

실제로 지금도 마오리의 얼굴에 웃음이 피게 하고 있다.

"맞다. 또 남자친구님을 그리고 싶은데. 여름방학 중에 많이 발전했거든."

"상관없어. 히노의 그림 실력이 향상된다고 내 얼굴이 멋있어지는 것도 아니니까."

"아, 원한다면 배경에 장미꽃이라도 피워줄까? 반짝반짝하게."

"쓴웃음 짓고 있는 내 뒤로 말이야? 상상해보니까 되게 기괴한데."

기억은 축적되지 않을 텐데도 마오리는 전보다 빨리 가미야와의 관계에 익숙해져 웃음을 주고받는 것처럼 보였다.

이 두 사람은 앞으로도 이런 식으로 지낼까.

가끔 살짝 부러운 생각이 드는 것은 비밀이다.

하지만 내 생각은 시간과 더불어 현실이 되어갔다.

두 사람의 관계는 그 뒤로도 변함없이 계속됐다.

체육대회와 학교 축제가 열려도.

가을이 와서 찬바람이 불기 시작해도.

두 사람은 계속 사귀는 사이로 남았다.

계절의 변화를 느끼며 나는 그런 두 사람을 가까이에서 바라봤다.

가을로 접어들면서 마오리의 정신이 다시 불안정해졌다. 학교에는 왔지만 아침부터 우울해 보였다.

그도 그럴 것이다. 마오리에게는 어제까지 4월이었는데 아침에 일어나니 반년 가까이 지난 것이다. 그리고 학교에 왔더니 주변에서는 진로 생각을 하고 있다.

아무래도 자기 처지와 대비될 것이다.

마오리는 이럭저럭 고등학교를 졸업해도 대학에는 가지 못한다. 고등학교 2학년 4월까지의 지식으로는 한계가 있다. 전문학교에서 뭔가를 배우는 것도 쉽지 않다. 취직도 마찬가지다.

마오리는 감추고 있지만 나는 그 애가 노력가라는 것을 알고 있다.

견딜 수 없는 기분이 들 것이다. 지금까지 쌓아온 것이 허물어지는 소리를 매일 들으려면. 마오리는 시간과 미래에 홀로 버림받은 것이다.

그래도 마오리에게는 가미야가 있었다.

학교가 끝나면 가미야는 마오리 곁에서 그 애를 즐겁게 해주려 했다. 마오리는 가미야와 함께 있을 때면 아침에 우울했던 것을 잊어버린 것처럼 미소 지었다.

가미야가 없을 때도 차츰 다시 명랑하게 웃게 되었다.

나는 서서히 공부에 쫓기기 시작해 두 사람과 보내는 시간이 줄었다.

세월이 눈 깜짝할 새에 지나갔다.

고등학교 2학년 겨울이 찾아왔다. 크리스마스가 다가오자 마오리는 뜨개질을 시작했다. 하루하루의 마오리가 가미야에게 선물할 목도리를 조금씩 떴다. 가미야는 직접 구운 케이크로 마오리를 놀라게 했다.

1월 1일에는 나를 포함해 셋이 저녁에 새해 첫 참배를

드리러 갔다. 첫눈이 내린 날 방과 후 마오리와 가미야는 눈을 모아 작은 눈사람을 만들었다.

마오리는 가미야와 있을 때면 늘 웃었다. 가미야 덕에 웃는 얼굴이었다.

어떻게 그렇게까지 노력할 수 있느냐고 가끔 가미야에게 물어보고 싶어진다.

물어봤자 그 녀석은 분명 태평하게 이런 말로 대답할 것이다.

"히노를 좋아하니까."

실제로 2월 중순이 된 오늘, 셋이 놀고 나서 마오리가 간 다음 물어봤다. 그러자 그 녀석은 진지한 표정으로 예상했던 대답을 했다.

나는 '좋아한다'라는 말의 의미를 생각하지 않을 수 없었다.

옛날에 서로 깊이 사랑했던 두 사람이 사소한 일로 미워하게 되는 모습을 본 적이 있었다. 생활 패턴의 불일치라든지 금전 감각의 차이라든지 두 사람은 다양한 이유를 들었다.

하지만 그게 아니다. 그저 서로 '좋아하는' 사람이 따로 생긴 것뿐이다. 두 사람은 서서히 멀어졌다. 한쪽이 체

면과 출세를 따지는 사람이라 이혼은 하지 않고 별거하게 됐다.

서로 사랑했던 두 사람은 내 아버지와 어머니다.

그것만이 이유는 아니겠지만 나는 한동안 인간 불신에 빠졌다. 하지만 누구에게도 그런 이야기를 할 수 없었다. 의논할 수 없었다. 내 상처는 스스로 고치는 수밖에 없다. 나는 고독한 동물이었다.

중학교 때는 나도 모르는 새 냉담한 것 같다느니 무슨 생각을 하는지 모르겠다느니 주위에서 그런 말을 듣게 됐다.

실제로 그런 면도 있다고 생각한다. 그런 내게 말을 거는 사람은 많지 않았다.

그런데 고등학교에서 만난 마오리는 아무렇지도 않게 내게 말을 걸어왔다.

어째 재미있는 애인데 싶었다. 매일 이야기하다 보니 어느새 절친이라고 부를 사이가 되어 있었다. 나는 언제부터인가 인간에 대한 신뢰를 되찾았다.

'히노를 좋아하니까.'

하지만 자연스럽게 그렇게 대답하는 가미야는 나 이상으로 마오리를 좋아할 것이다.

'좋아한다'는 감각에 기인하는 말이다. 오기로 곁에 있어 준다든지 논리로 따질 수 있는 게 아니다.

누군가를 좋아하게 됐을 때, 나중에 그 이유를 말로 설명하는 것은 가능하지만 그건 좋아한다는 직감과는 거리가 있다.

인간은 '어떠어떠하니까 좋아한다'라고는 할 수 없는 것이다.

근거가 없는, 진정한 의미로 감각에 기인하는 감정이다.

"좋아한다고 타인을 위해서 뭐든 다 할 수 있는 거야? 난 그런 거 잘 모르겠어서."

자조하는 듯한 투로 묻자 가미야는 표현을 골라서 대답했다.

"뭐든 다 하는 건 아니야. 내가 할 수 있는 것만 해."

"그런가? 할 수 있는 것만 하는 것치곤 무리하는 것처럼 보이기도 하는데."

추궁하듯 계속 묻자 가미야는 황혼에 물들기 시작한 하늘을 바라봤다.

"진짜로 무리는 하지 않고 할 수도 없어. 하지만 약간 무리해서라도 할 수 있는 일이 있다면, 약간 무리해서라도 하고 싶은 일이 있다면, 그건 행복한 일이라고 생각해."

그때 본 가미야의 옆얼굴을 나는 평생 잊지 못할 것이다. 어째선지 평범하고 다정한 얼굴이 빛나 보였다.

"지금까지 내 인생은 시시했지 뭐야. 냉담한 느낌으로 뭔가를 안 것처럼 착각해서 말이지, 바보 같은 일도 엉뚱한 일도 해본 적이 없었어. 어렸을 때부터 그랬어. 분명히 사실은 나한테 자신이 없었던 걸 거야. 허약한 건 아니지만 이것저것 검사 같은 걸 한 시기도 있어서 이 말라빠진 몸에도 콤플렉스가 있었거든."

웬일로 열심히 말하던 가미야가 문득 웃었다.

"그렇지만 지금은 순수하게 히노랑 보내는 하루하루가 즐거워. 약간 무리해서라도 할 수 있는 일이 있다면 그걸 하고 싶다는 생각이 자연스럽게 들어. 히노가 나를 놀라게 하고 다시 보게 해줘. 이런 나도 조금이라도 괜찮은 사람이 되고 싶다고 자연스럽게 생각하게 해주거든."

그러더니 나를 돌아보고는 "이런 말 하면 또 창피한 소리 한다고 웃겠네"라며 미소를 지었다.

나는 고개를 흔들었다. "그렇구나" 하고 길 잃은 아이 같은 기분으로 대답했다.

"와타야 너도 히노를 좋아하니까 도와주는 거잖아?"

"그런가? 난 좀 더 건조한 느낌일 것 같은데. 마오리의 지금 상황이 좀 평범하지 않으니까. 평범하지 않은 걸 원하는 난 그게 재미있으니까, 그래서 마오리 곁에 있는 게 아닐까. 결국엔 자기 욕구야."

그런 생각과 말은 내게 어색하게 느껴졌다.

사실은 마오리가 아주 소중했다. 하지만 나는 무력해서 아무것도 못 하고……

"그런 면도 있을지 모르지만 그게 다가 아니라고 생각해."

"그런가?"

"그럼. 사실은 너도 알잖아?"

그런 이야기를 하는 사이에 겨울이 끝나가려 했다.

숨결이 싱그럽게 싹트는 것 같은 봄이 왔다.

봄방학 중에도 가끔 셋이 만나 놀았다. 벚나무 가로수 길이 유명한 공원에 함께 가서 꽃구경을 했다.

"벚꽃을 하늘이 모르는 눈이라고 부른 시인이 있었다던데."

벚꽃 밑에서 하늘을 올려다보며 가미야가 풍류 넘치는 소리를 했다.

"오오, 난 처음 듣는 것 같아. 하늘이 모르는 눈이라. 진짜 눈 비슷한 것도 같지."

감탄한 듯 대답하는 마오리를 가미야는 다정한 눈빛으로 바라보며 미소 지었다.

그 뒤 가미야는 누나가 가르쳐주었다는 오월병 이야기를 시작했다. 정신없이 분주했던 봄이 끝나면 5월은 다들 저도 모르게 늘어진다. 그게 오월병이라는 것이다.

5월이라. 5월이 되면 우리는 어떻게 될까.

하늘이 모르는 연분홍빛 눈을 올려다보며 그런 생각을 했다.

3학년으로 올라가면 나와 마오리는 다른 반이 될 것이다. 마오리가 특별반이 아니게 되기 때문이다.

봄방학이 되기 전에 가미야와 함께 학생주임 선생님과 상의해 마오리가 가미야와 같은 반이 될 수 있게 했다.

실제로 4월이 되자 나와 마오리는 각기 다른 교실에서 학교생활을 하게 됐다.

전에는 학교가 끝난 다음에야 말을 주고받았던 마오리와 가미야가, 복도에서 엿본 교실에서, 교실 이동 중에, 사이좋게 이야기하는 모습을 나는 먼발치에서 바라봤다.

그런 때도 또 '좋아한다'의 의미를 생각했다.

가미야가 가르쳐준 '절차 기억'은 감각에 기인하는 기억이다.

그럼 혹시 좋아한다는 감각도 마오리 안에서 이어지고 있는 걸까.

"깜짝 놀랐지 뭐야. 어느새 3학년은 돼 있지, 남자친구는 있지. 그 애랑 같은 반이지."

공부에 쫓기게 된 뒤로도 마오리와 밤에 잠깐씩 통화하곤 했다.

하지만 이미 알고 있었다. 고등학교 2학년을 무사히 넘긴 마오리는 앞으로도 괜찮을 것이다.

무엇보다도 가미야가 곁에 있으니까. 기억장애라는 것을 알고도 마오리를 좋아한다고 말한 그 녀석이 있으니까.

공부만 하는 나날은 시간 감각을 빼앗아갔다. 3학년은 입시 준비에 쫓겨 순식간에 끝난다고 하더니 매일 그것을 실감했다.

대학 입시의 승패를 결정하는 여름이 오더니 연필을 놀리는 사이에 가을이 찾아왔다. 수능을 볼 겨울이 닥쳐오고 그게 끝나면 가장 중요한 2차 시험이 있었다. 정신을 차려 보니 봄이 되어 있었다.

길고도 짧았던 고등학교 3년이 끝났다.

우리는 무사히 고등학교 졸업식을 맞이할 수 있었다. 셋이 함께.

가미야는 옆 도시 시청의 고졸자 모집 시험에 합격해 봄부터 근무하게 됐다.

그림 그리는 기술이 크게 향상된 마오리는 봄부터 일주일에 몇 차례 미술 학원에 다니면서 장애가 회복되기를 기다리기로 했다.

아무래도 상관없는 일이지만 나도 원하던 현 내 대학에 합격할 수 있을 듯했다.

졸업식 날, 마오리는 놀라면서 "믿기지 않아"라고 말했다.

하지만 그 '믿기지 않아'는 세월이 흐른 것이 아니라 그런 상태에서도 자신이 학교를 계속 다녀 졸업할 수 있었다는 사실에 대한 것이었다.

마오리는 이제 정말 괜찮을 것이다.

졸업증서를 들고 신나서 떠드는 마오리를 보고 그런 생각을 했다.

아침에 일어날 때마다 현실을, 자기 상태를 인식해야 해도.

그런 상태로도 고등학교를 계속 다녀 졸업했다는 사실이 있다면.

과거의 자신과 지금의 자신을 잇는 일기가 있다면.

매일 크로키를 그리며 지금 상태로도 그림 기술을 향상시키고 있는 자기가 있다면.

전처럼 매일 만날 수는 없겠지만 가미야가 있다면.

고등학교를 졸업하고 각자 나아갈 길을 준비하기 시작한 봄.

그날은 오랜만에 전처럼 셋이서 놀았다.

"그럼 안녕. 오늘 고마워."

손을 흔들며 개표구 너머로 사라지는 마오리를 나와 가미야가 함께 지켜봤다. 둘 다 역 앞 쇼핑몰에 볼일이 있어 마오리만 먼저 간 것이었다.

아무런 예고도 없이.

"와타야……."

"응?"

혹은 가미야는 모든 준비를 갖추고 있었을까.

"할 이야기가 있는데."

가미야가 진지한 얼굴로 나를 보고 있었다. 어조와 표정에 당혹했다.

마음속에 감추고 있었던 일을 이야기하려고 할 때 이런 분위기가 된다.

갑자기 나만 현실에 버려진 것 같은 기분이 들었지만 그래도 묻지 않을 수 없었다.

"왜, 뭔데?"

가미야는 주저하듯 잠깐 입을 열었다가 도로 다물었다. 이윽고 결심이 선 것처럼 말했다.

"나, 심장이 별로 안 좋을 수도 있어서, 그래서……."

지금까지 보이던 풍경이 갑자기 부옇게 번진 듯한 느낌이 들었다.

2

6월 9일 (월요일)

집에서 아침: 이상 없음.

학교 조례: 기말고사. 선생님의 농담 등(특기 사항 없음).

1교시 쉬는 시간: 이즈미와 토요일 이야기. 공원에 소풍을 간 것에 관해. 그날 먹은 도시락은 모두 이즈미가 준비한 것이라 다음에는 나도 노력해보겠다고 말했다. 이즈미가 웃으면서 그만두는 게 나을 거라며 상대도 하지 않았다. 분해라.

2교시 쉬는 시간: 이즈미가 나감. 아마 도서실에 갔을 것이다. 스즈키가 학교 끝나고 뭐 하느냐고 묻길래 일이 있어서, 라고 모호하게 대답. 좀 불만스러워 보였다. 신나게 수다. 스즈키가 좋아하는 실황 동영상 등에 대해('수첩' 인물란에 추가). 이럭저럭 만회했을지도?

3교시 쉬는 시간: 이즈미와 이야기. 스즈키를 비롯한 다른 아이들과 조금 서먹해지기 시작한 것에 관해. 마오리 너한테는 내가 있잖아, 하고 이즈미가 위로해주었다. 그러게, 하고 웃자 벼랑 위에 핀 꽃은 원래 쉽게 손이 닿지 않는 거야, 하고 농담을 해주었다.

4교시 쉬는 시간: 이즈미와 이야기. 눈 깜짝할 새에 6월이네, 나한테는 전부 눈 깜짝할 새지만, 하고 농담을 해봄. 그거 지금 두 번째거든, 하고 이즈미가 즐거운 목소리로 지적. 이 개그는 요주의('수첩' 인물란에 추가).

점심시간: 이즈미와 점심. 이즈미는 수제 BLT 샌드위치. 군침이 줄줄.

5교시 쉬는 시간: 이즈미는 요새 홍차에 빠진 모양이다. 그레이 백작의 부인을 위해 만든 레이디그레이란 홍차를 좋아한다고. 나도 마셔보고 싶다. 그레이라는 게 백작의 이름이었구나.

방과 후: 어머니 일 도와드리는 것도 요새는 한가해졌다며 이즈미가 앞으로 하고 싶은 일을 물었다.

자전거 뒤에 타기, 패밀리레스토랑이랑 오락실, 노래방, 휴일에 수족관, 놀이공원.

이것저것 제안해봤는데 자전거 뒤에 타는 것만 빼고 오케이였다. 그러더니 위반 행위라 안 된다고 했으면서 오늘은 자전거 뒤에 태워주겠다고 했다. 이즈미는 예나 지금이나 놀 줄 안다. 보관소에 방치돼 있던 자전거를 찾아내 이즈미가 바람 빠진 타이어를 손봤다. 쉽게 고쳤다.

선생님이나 경찰에 들키지 않게 조금 떨어져 있는 논두렁길에서 자전거를 탔다.

재미있다. 바람이 엄청 셌다. 지금 다시 생각해도 즐겁다. 청춘이다. 아침에 맛봤던 절망이 거짓말 같았다. 최고다, 나. 장하다,

나. 이즈미와 친구가 되다니 탁월한 선택이었다.

기억에 장애가 있어도 매일 이렇게 즐겁게 지낼 수 있을지 모른다.

자전거 뒤에 타는 것이 좀 무섭기도 해서 배 속 깊은 곳에서 괴상한 웃음이 튀어나왔다. 이즈미도 웃고 있었다. 자전거 타기를 만끽한 다음 자전거를 밀면서 학교로 돌아왔다.

이즈미가 내일은 어떻게 하겠느냐고 물었다. 내일도 자전거를 타고 싶으면 그러자고 했다. 이틀 연속이라도 상관없다고.

지금의 내가 유일하게 좋은 점.

새로운 일은 언제나 새롭다. 몇 번이고 새로운 일을 새롭게 즐길 수 있다.

조금 긍정적으로 생각할 수 있게 됐어. 이즈미, 오늘도 고마워.

나는 입시 학원에 가기 전에 노트북을 열고 고등학교 때 일기를 읽었다.

이날 일기를 대체 몇 번째 읽는 걸까.

일기에 적힌 나날의 기억은 아쉽지만 내게 없다. 그래도 읽다 보면 가슴이 따뜻해졌다. 일기 속에서 살아 숨 쉬며 행동하는 것은 틀림없이 나다운 나다.

내게는 학원 친구들에게는 말하지 않은 비밀이 있다.

고등학교 2학년 4월 말부터 약 3년 동안 기억장애가 있었다.

　잠을 자서 뇌가 기억을 정리하기 시작하면 그날 하루의 기억이 축적되지 않은 채 지워지는 특수한 기억장애다. 나 말고도 비슷한 사례가 더 있는 모양인데, 치료 방법이 없어 인간이 갖는 자연 치유력에 기대는 수밖에 없었다.

　다만 자연 치유력은 젊을수록 효과도 좋아서 나는 약 석 달 전 4월에 장애를 극복했다.

　전날 있었던 일을 기억할 수 있었다.

　당시 일은 지금도 똑똑히 기억난다. 전날 밤은 잠들기가 불안했다.

　아침에 일어나면 나는 그 전날 하루를 어떻게 보냈는지 기억하지 못했다.

　이런 내가 고등학교를 졸업했다는 사실은 내게 놀람과 작은 희망 같은 것을 주었다. 그렇다고 불안하지 않은 것은 아니다.

　나는 매일 아침 노트북 안의 수첩과 일기를 확인해 현재 상태와 그때까지 있었던 일을 알았다.

　부모님과 이즈미가 헌신적으로 도와준 덕에 고등학교를 졸업할 수 있었던 것, 고등학생이 되면서 그만두었던 미술을 다시 시작해서 일주일에 몇 번씩 학원에 다녔다는 것도 그렇게 해서 알았다.

기억장애를 가지고 있던 나는 정보성 기억은 축적할 수 없지만 '절차 기억'이라고 부르는 신체감각에 근거하는 기억은 축적할 수 있었던 모양이다.

그건 그림을 그리는 기술에도 해당돼서, 고등학교를 졸업한 뒤로는 가끔 이즈미를 만나 노는 한편 하루의 태반을 크로키북과 함께 보냈다고 한다.

장애에서 회복되기 전날에도 일기 등을 읽은 뒤로는 그림을 그리면서 보냈다.

원하는 선을 그릴 수 있고 사람이나 사물의 윤곽을 직감적으로 파악할 수 있다는 것은 신선한 기쁨이자 감동이었다.

그래도 밤에 잘 때는 두려웠다. 그렇다고 자지 않으면 그다음 날이 힘들 뿐이다. 겁내면서 침대에 누워 있노라니 몸이 차츰 의식을 놓았다.

이튿날 아침 일어났을 때 그래도 잘 수 있었네 하는 생각이 들었다. 얼핏 뭔가 이상하게 느껴졌지만 자고 일어난 직후에는 흔히 있는 일이려니 하고 심각하게 생각하지 않았다.

아침 햇빛을 얼굴에 받으며 자리에서 일어났다. 고등학교 때는 꽤 일찍 일어났던 모양인데 졸업한 뒤로는 아침 해와 함께 생활하는 듯했다.

잠이 덜 깬 눈으로 벽에 붙은 종이를 봤다.

'나는 사고로 기억장애를 갖고 있어요. 노트북에 있는 수첩과 일기를 읽어보세요.'

'그렇지만 학교는 졸업했다. 애썼다, 애.'

'매일매일 전력으로.'

'가족에게 감사하는 마음을 잊지 말기.'

종이들을 막연히 바라보다가 아침에 잠에서 깼을 때 받은 이상한 느낌의 정체를 깨달았다.

모두 잊어버렸어야 하는데 나는 전날 일을 기억하고 있었다.

원래는 그게 정상일 텐데도 연속되는 기억에 머릿속이 새하얘졌다.

전날 아침과 똑같이 문을 노크하는 소리가 들렸다. 어머니다. 대답하자 방으로 들어와서는 벽에 붙은 종이를 꼼짝 않고 쳐다보는 나를 의아하게 바라봤다.

나는 무슨 표정을 지어야 할지 모른 채 어머니를 돌아봤다.

"엄마, 기억장애란 게 아침이 돼서도 얼마 동안은 기억이 나는 거야? 어제 일이…… 똑똑히 기억나는데."

그렇게 말하자 어머니는 눈이 휘둥그레져서 대답하지 못했다.

전에는 그런 일이 없었다고 했다. 어머니가 부랴부랴 아버지를 불렀다. 나는 혼란에 빠진 채 전날 있었던 일을 하나하나 기억해냈다.

아버지가 오고 나서 셋이 함께 전날 있었던 일을 확인했다. 내 기억은 정상이었다.

잠을 푹 자지 못한 탓일지도 모른다고 다시 자보라고 했다.

그렇지 않아도 한번 깨면 쉽게 잠이 들지 못하는데 흥분한 탓에 더 잠이 오지 않았다. 수면 유도제도 효과가 없을 것 같았다.

어머니가 병원에 가보자며 채비를 시작하고 아버지는 회사에 오후에 출근하겠다는 연락을 한다고 방으로 돌아가려 했다.

나는 아버지에게 괜찮다고 했지만 들은 척도 하지 않았다.

중요한 일이다, 그 친구에게도 미안해서 안 된다. 아버지는 혼란스러운지 그런 알 수 없는 말을 했다.

평소에는 냉정한 부모님이 가만있을 수 없었는지 진찰 시간 30분 전에 병원에 도착했다. 우리는 차 안에서 시간이 되기를 기다렸다.

진찰이 시작되어 의사에게 지금 상황을 이야기했다. 부모님과 함께 전날 기억을 체크했다.

정밀 검사도 했지만 그다지 확실하지는 않다고 했다.

경과를 지켜보기로 하고, 다음 날 한 번 더 병원에 오기로 했다. 희망이 보였기 때문인지 집으로 가는 차 안에서 아버지도 어머니도 기뻐했다.

회복 중인지 아닌지 알 수 없었지만 아버지는 "괜찮다"며 밝게 웃었다. 그런데 그런 말투와는 달리 이따금 먼 곳을 바라보며 뭔가를 견디듯 운전대를 세게 꽉 잡았다.

다음 날은 어머니와 둘이 병원에 갔다.

나는 전날, 그 전날 일을 분명하게 기억하고 있었다.

그다음 날도, 그다음 날도, 또 그다음 날도.

"아직 단정할 수 없습니다만…… 마오리 양은 회복되고 있는 것 같군요."

의사가 그렇게 말했을 때 어머니는 손으로 입을 가리며 얼굴을 돌렸다. 소리 죽여 울고 있었다. 어머니가 우는 모습을 그때 처음 봤다.

아버지에게는 내가 전화해서 의사가 한 말을 전했다. 수화기 저편에서 "그거 봐라, 내 말이 맞았지"라며 웃던 아버지는 끝에 가서는 울먹였다.

현 내 국립대학 2학년인 이즈미에게도 알리자 바로 집으로 찾아왔다.

"마오리, 진짜 그렇구나. 기억장애가 나았구나."

"응! 잘됐지, 이즈미. 진짜 잘됐지. 실감은 하나도 안 나지만. 다 같이 짜고 날 놀래주려고 하는 게 아닌가 싶기도 하지만. 그렇잖아, 바로 며칠 전까지 나 고2였는걸. 그렇지만 시간은 분명히 지났으니까. 하지만 회복 중이라고 해서."

흥분해서 말을 잇자 이즈미는 잠깐 안타까운 표정을 지었다. 하지만 기분 탓이었을지 모른다. 다음 순간에는 웃고 있었다.

그때부터 나는 하루도 기억을 잃는 일 없이 일상생활을 하고 있다.

대학에 가려고 학원에 다니기 시작했다. 지금은 재수생이다.

주말을 제외하면 매일 학원에 다닌다. 남보다 뒤진 만

큼 만회하려고 꽤 진지하게 노력 중이다.

그래도 가끔 어떤 잔해에 마음이 흔들리듯 기억장애가 있을 당시 노트북으로 매일 썼다는 일기를 다시 읽어보곤 했다.

아까 읽은 것은 고등학교 때 일기인데, 이즈미가 자전거 뒤에 나를 태우고 시골길을 달리는 내용이었다. 뭐랄까, 여자들의 청춘 같다.

이즈미 덕분에 날마다 즐겁게 지냈나 보다. 이즈미는 대체 사람이 얼마나 착한 걸까. 응석이나 다름없는 내 말을 매일 들어주었다.

고등학교 때 썼던 스마트폰은 망가졌다고 해서 애석하게도 당시 사진과 동영상은 확인할 수 없다. 그래도 노트북의 일기는 잘 남아 있었다.

그저 존경스러울 뿐이다. 이즈미가 없었다면 나는 고등학교를 졸업할 수 없었을 것이다. 내가 새로운 인생을 살 수 있다고 믿으며 고등학교를 졸업할 때까지 이끌어준 이즈미가 고마웠다.

나는 감사하는 마음으로 일상을 살았다. 이제는 감사하는 마음을 늘 잊지 않고 기억할 수 있었다.

아침에 일어나면 전날 기억이 있는지 확인한다.

아침을 먹고 나갈 준비를 한 다음 전철을 타고 학원에 간다. 학원에서도 친구가 생겼다.

하소연도 하고 함께 웃고. 그런 당연한 일상을 당연하게 살고 있다. 나이만은 약간 먹었지만.

가끔 기분 전환으로 밤에 그림을 그린다.

전에는 미술 학원에 다녔던 모양인데 나는 미대에 갈 실력은 없다. 하지만 상관없다. 그림 그리는 게 내 기쁨이다.

그렇게 하루하루를 살다가 가을이 깊어지기 시작한 어느 일요일 아침. 방에서 처음 보는 크로키북을 발견했다. 책꽂이 뒤에 마치 숨겨둔 것처럼 놓여 있었다.

공부하다 말고 기분 전환 삼아 시작한 방 청소가 결국 대청소가 되고 말았는데, 그게 아니었다면 못 찾았을 것이다.

베란다로 나가 먼지를 털었다. 크로키북을 펴자 처음 보는 남자애가 그려져 있었다.

순간 찌르는 듯한 아픔과 함께 심장이 크게 요동쳤다.

어? 뭐지?

그렇게 생각하며 일단 크로키북을 덮었다. 심장이 여전히 빠르게 뛰고 있었다.

쿵쿵, 쿵쿵. 심장이 꼭 뭔가를 내게 열심히 말하려고 하는 듯했다.

아까 본 그림을 다시 떠올려봤다. 내 터치였다. 다시 말해 과거의 내가 그린 그림이다.

기억에 없으니 장애가 있었던 시기에 그린 게 틀림없다.

하지만 왜 그런 곳에 있었을까.

뭔가 생각날 듯한데 생각나지 않았다. 다른 사람에게 보이기 싫었던 걸까.

왜 보이기 싫지? 예를 들면?

예를 들면…… 내가 좋아했던 사람을 그린 그림이라서라든지.

어처구니가 없어서 웃었다. 기억장애가 한창이던 때 다른 사람을 좋아하게 됐을 리가 없다.

지금도 왜 그런지 다른 사람을 좋아하고 싶다는 생각이 들지 않는데.

학원에는 남학생이 많이 있다. 반에서 유명한 애, 멋있어 보이는 애도 있다. 하지만 그런 애들이 말을 걸어도 괜찮네, 관심이 가네, 하는 감정은 생기지 않았다.

그런 생각을 하면서 다시 크로키북을 폈다. 약간 믿음직스럽지 못할 것 같은, 그렇지만 깊은 다정함이 느껴지는 그런 애였다.

이상하게도 그림이 꽤 많은데도 모호하게 미소를 짓거나 겸연쩍게 웃거나 옆을 보거나 할 뿐 정면을 보며 미소 짓는 그림은 없었다.

가만히 쳐다보다 보니 다시 심장이 전에 없이 빠르게 뛰었다.

이 애는 누굴까.

여러 번 읽었지만 일기에 이런 애 이야기는 없었던 것 같다.

어머니는 알까. 하지만 어째 물어보기 쑥스럽다.

그럼 이즈미는 어떨까.

사진을 찍어 보내볼까 했지만 어차피 오늘 오후에 만나니까 그때 물어보기로 했다.

나는 다시 크로키북 속의 남자애를 쳐다봤다.

3

"나, 심장이 별로 안 좋을 수도 있어서, 그래서……."

가미야가 그런 말을 꺼냈을 때, 한순간 사고가 정지했다.

정신을 차린 뒤 가미야는 그런 농담을 할 애가 아니라

는 사실을 깨닫고 말문이 막혔다.

"그, 그래······. 그렇지만 뭐랄까, 지금 당장 어떻게 되거
나 그런 건 아니지?"

심각함을 떨쳐버리려다가 실패한 듯한 어조로 대답하
자 가미야는 가볍게 미소 지었다.

"응, 어디까지나 그럴 가능성이 있다는 건데. 실은 어제
좀 피곤했는지 쓰러졌지 뭐야."

아무런 징조도 없이 갑작스럽게 벌어진 일이라고 했다.

어제도 가미야는 도서관에서 마오리를 만났다. 그 뒤
자전거를 타고 집에 오는데 갑자기 가슴이 답답해졌다.

이상하다고 생각해 자전거를 인도 곁에 세우고 진정하
려 했는데 다리 힘이 풀렸다. 자전거 짐받이를 손으로 짚
으려다 자전거와 함께 쓰러지고 말았다.

정신이 들었을 때 가미야는 병원에 있었다.

지나가다가 가미야가 쓰러지는 것을 본 사람이 구급차
를 불렀다고 했다.

말은 이상하지만, 그냥 정신을 잃은 것뿐이라서 의식은
곧 회복됐다. 하지만 심장이 원인일 가능성도 있어서 정밀
검사를 하기로 했다.

병원 측의 일정을 고려해 이틀 뒤로 검사 날짜를 잡았

다. 내일이다.

"어머니가 심장병으로 갑자기 돌아가셨거든. 어렸을 때 이것저것 검사를 받았었어. 그때는 명확한 선천질환은 없는 것 같았고. 그런데 아버지가 놀라는 바람에 내일 잠깐 검사를 받기로 한 거야."

과거에 검사 받았다는 이야기는 전에 들은 기억이 있었다. 어머니 이야기는 처음 듣는 것이었다. 하지만 나는 애써 태연한 어조로 대답했다. 대답할 수 있었다.

"그렇구나. 아, 있잖아, 내가 할 수 있는 일이 있으면 편하게 말해줘. 그래봤자 하고 싶은 일만 하지만."

농담 같은 말에 가미야가 살짝 웃었다.

농담으로 말하자면 언젠가 마음고생으로 쓰러지지 말라고 말한 적도 있었다.

말이 현실을 불러온다고 생각하지는 않지만 그래도 동요하고 말았다.

가미야는 잠시 망설이는 표정으로 할 말을 찾았다.

그러더니 갑자기 정색했다.

"그럼…… 혹시, 혹시 말인데. 이런 건 아무도 모르는 거니까. 생각났을 때 부탁해두는 게 나을 것 같거든. 꼭 이번 일 때문은 아니고 사람이란 게 갑자기 없게 되고 그러니까."

"뭐? 애, 잠깐, 가미야, 너 무슨 말을 하는 거야."

차고 건조한 바람이 불어 얼음장 같은 감촉이 마음에까
지 스며들었다.

"혹시 내가 죽으면 히노 일기에서 날 지워주면 좋겠어."

온갖 말이 의식에서 사라져 눈앞에 있는 착한 사람을
그저 바라봤다.

가미야가 죽으면…….

"히노는 일기를 노트에 쓰고 있어. 중요한 사항을 정리
하는 수첩도 별도로 있는 것 같고. 그러니까 단순히 지우
는 게 아니라 노트북에 수첩이랑 공책 내용을 옮기고 나에
대한 것만 삭제하는 번거로운 작업이 되겠지만."

가미야가 거기까지 말을 이었을 때, 내 안에서 커다란
감정이 솟구쳤다. 그리고 그 감정에 따라 커다란 목소리가
나왔다.

"그, 그게 뭐야. 그게 뭐야."

겁에 질려 가미야의 눈을 보자 그곳만 따로 떼어낸 것
처럼 맑고 고요했다.

"중요한 일이야."

"난 그런 거 하기 싫어. 네가 직접 해."

"그러게. 진짜 그래. 이상한 말 해서 미안. 그렇지만 들어줘."

"싫어."

내가 떼쓰듯이 거부해도 가미야는 쓴웃음을 지으며 말을 이었다.

"난 기억을 잃기 전의 히노랑 접점이 거의 없으니까. 그러니까…… 혹시 내가 죽어도 일기에 등장하지 않으면 히노한테 없었던 일로 만들 수 있어."

그 말에 과거에도 비슷한 일이 있었던 게 생각났다. 마오리의 정신이 불안정했을 때다. 그때의 나날을 마오리에게 일기에서 지우게 했다.

"아닌 게 아니라 가능할지도 몰라. 하지만 가미야, 넌 그래도 괜찮은 거야?"

여자친구의 기억에서 자신이 완전히 사라지는 것을 바라는 사람이 있을까.

가미야는 나를 보며 웃었다. 슬프게 웃었다.

"난 괜찮아. 헤어졌다고 해도 되지만 히노가 찾으려 할지도 몰라. 그러다가 내가 죽은 걸 알면 정신적으로도 좋지 않을 것 같거든. 그럼 좀 번거롭기는 해도 처음부터 없었던 일로 하면 되지 않을까. 나하고의 관계를 없었던 일로 만들면 되지 않을까 싶어."

가미야가 잇는 슬픈 말들에 나는 머리를 숙이고 말았다.

"그렇지만…… 죽다니. 그런 일 없어. 괜찮아."

"응, 알아. 하지만 인간은 존재하는 것 자체가 기적이라고 생각하거든. 그렇잖아, 굉장하지 않아? 공업 제품이랑은 다르다고. 거기엔 설계도도, 숙련된 작업자도 없어. 어머니 배 속에서 자라서 세상에 툭 나와서, 그때부터, 아니 그 전부터 살아 있지. 그건 기적 같은 일이라고 생각해. 그런데 로봇처럼 설계도를 바탕으로 만든 게 아니니까 이상이 생겨도 바로 모르고 움직이지 않아도 부품을 교체해 살려낼 수 있는 것도 아냐. 어떻게 이렇게 살아 있는 건지 실은 잘 알 수 없어. 이해할 수 없고, 굉장하고, 동시에 겁나는 일이야."

가미야는 자신의 왼쪽 가슴 언저리를 바라봤다.

그때 가미야에게 무슨 말인가 할 걸 그랬다.

가미야에게 무슨 말인가 해주었어야 했다.

하지만 결국 나는 그러지 못했다. 가미야의 말에 약간, 아주 약간, 맞는 부분이 있다고 생각했기 때문이다.

불안정했을 때 마오리가 어땠는지 뇌리를 스쳤기 때문이다.

마오리의 부모님이 계속 걱정하시는 합병증도…….

"이상한 말 해서 미안."

내가 입을 다물고 있으려니 가미야가 미소를 지었다. 시간을 확인하고는 "그만 가야겠다. 그럼 다음에 또 봐"라 말하고 떠났다.

내 안에 희미한 웃음만을 남기고.

가미야 도루가 심장 돌연사로 죽은 것은 그다음 날 밤이었다.

그 사실을 나는 그날 밤 가미야의 누나에게 들었다.

검사 결과가 궁금해서 밤에 전화를 걸었다.

전화가 연결될 기미가 전혀 없었다. 전에 정말인지 아닌지는 알 수 없지만 휴대폰을 잘 안 본다고 했던 게 생각나서 하는 수 없이 끊었다.

30분쯤 뒤에 가미야의 번호로 전화가 걸려왔다.

안도하며 스마트폰을 들었다.

"아이고 참, 휴대폰은 휴대를 해야지. 검사한 건 어떻게 됐어?"

"아…… 검사 결과는, 그때는 명확한 이상을 찾지 못했어."

바로 그게 가미야의 목소리가 아니라는 것을 깨달았다. 하지만 어디서 들은 목소리이기는 했다.

"네? 아, 저, 가미야는요?"

내 물음에 맑은 목소리가 슬프게 대답했다.

"도루는…… 동생은 심장 돌연사로 세상을 떠났어."

밤 아홉 시가 조금 지났을 때였다.

내 방이 무한히 넓게, 넓게 확장되고 발밑이 꺼지는 듯한 착각이 들었다. 가미야의 누나가 수화기 저편에서 뭐라 이야기하고 있었다.

가미야는 두 시간쯤 전에 집에서 쓰러져 죽었다고 했다.

나는 이야기를 들으며 깊은 혼란에 빠졌다. 사람이 갑자기 죽었다.

어제까지 바로 곁에, 손을 뻗으면 닿을 거리에 있던 사람이 죽었다.

가미야의 누나는 자세한 이야기는 내일 다시 하자고 말했다. 내일 오후 세 시에 만나기로 약속하고 일단 전화를 끊었다.

의식 속에 밀려드는 비애의 파도 소리를 듣다 보니 어느새 그게 심장 뛰는 소리로 바뀌어 있었다.

상실뿐인 이 세상에서 나는 죽음에 무방비했다.

가미야는 갑자기 어머니를 여읜 경험이 있었다. 그래서 무방비하지 않았던가.

그런 말로 나를 놀라게 하고, 그리고……

의미도 없건만 나는 인터넷으로 심장 돌연사를 찾아보기 시작했다. 몸이 떨렸다. 뭐라도 하지 않으면 오한을 닮은 떨림에 집어 삼켜질 것 같았다.

'건강한 줄 알았던 사람이 어느 날 갑자기 사망하는 질환이 있습니다. 그중 하나가 심장 돌연사입니다. 이건 결코 다른 사람 일이 아니라 언제 어디서나 누구에게든 일어날 수 있는 일입니다. 교통사고 사망자 수보다 훨씬 많아 일본에서는 심장 돌연사로 연 약 6만 명이 사망합니다. 7.5분당 한 명이 사망하는 꼴입니다.'

'초등교육 및 중등교육에서 학교 심장 검진은 널리 시행되고 있습니다만 그런데도 수업 중 발병하는 사례가 많습니다. 과거 10년간 300명 이상이 돌연사로 사망했으며, 학교 관리 외에서는 더 많은 수의……'

'지금은 AED의 필요성이 널리 인식되어 역이나 공공시설에 설치되어 있습니다만 가정에는 그렇지 않습니다. AED에 의한 처치가 1분 늦어질 때마다 생존율은 10퍼센트 낮아지고, 구급차가 도착하기까지 8분 이상 걸리는 경우 생존율은 80퍼센트 이상 낮아집니다.'

나는 단어의 나열을 무감동하게 바라봤다.

갑자기 가미야가 한 말이 생각났다.

'그건 기적 같은 일이라고 생각해. 그런데 로봇처럼 설계도를 바탕으로 만든 게 아니니까 이상이 생겨도 바로 모르고 움직이지 않아도 부품을 교체해 살려낼 수 있는 것도 아냐. 어떻게 이렇게 살아 있는 건지 실은 잘 알 수 없어. 이해할 수 없고, 굉장하고, 동시에 겁나는 일이야.'

기적 같은 일. 그럼 가미야의 기적은 이제 끝난 건가.

그렇게 생각하자 눈시울이 뜨거워지면서 눈물이 솟았다.

책상에 엎드려 소리 내어 울었다. 어린애처럼 울었다.

다음 날 이른 오후, 망설인 끝에 마오리의 집에 가기로 했다.

마오리는 기억장애를 갖게 된 뒤로 웬만하면 나 외에 다른 친구를 사귀지 않았다.

여기에는 여러 이유가 있었다. 메신저로 날마다 연락이 왔다가는 대처하기가 여간 힘들지 않을 것이다. 게다가 차근차근 미래를 향해 나아가고 있는 다른 아이들의 모습에 마오리가 힘들어할 가능성도 있었다.

담임선생님도 사정을 알고 있으니 가미야의 죽음이 마오리의 귀에 직접 들어가는 일은 없을 것이다.

하지만 마오리의 일기에는 가미야가 있다. 가미야의 부재를 언젠가 깨달을 것이다.

그렇다면 두 사람의 친구로서 내가 중요한 일을 알려야 하지 않을까.

가미야 도루가 죽었다는 이야기를 하자 마오리는 말문이 막힌 듯했다.

"가미야…… 가미야 도루는 내 남자친구님이지?"

내가 눈을 내리깔자 마오리는 슬픈 목소리로 말을 이었다.

"말도 안 돼……. 나 아직 정리한 일기밖에 못 읽었는데. 오늘 만날 걸 엄청 기대하고 있었는데. 나한테 아주 소중한 사람일 텐데."

얼굴을 들지 못하고 있으려니 오열을 삼키는 듯한 목소리가 들려왔다.

시선을 들자 마오리가 울고 있었다.

얼굴을 비통하게 일그러뜨리고 큰 눈에서 눈물을 방울 방울 쏟고 있었다.

"왜 그럴까. 이상하잖아. 난 그 애를 기억하지도 못하는데. 이상하잖아. 눈물이, 눈물이 그치질 않네. 얼굴도 사진으로만 아는데. 같이 보낸 시간도 일기에서 본 것밖에 모르는데. 그런데 어째서? 이상하잖아."

"마오리……."

나는 무슨 말을 해야 좋을지 알 수 없었다. 그래도 대답하고 싶었다.

"이상하지 않아. 너희가 너희에 대해 어떻게 생각했는지는 모르지만."

가슴이 아파 천천히 호흡했다. 이 아픔도 괴로움도 가미야는 이제 맛보지 못한다.

왜 가미야인가. 왜, 어째서. 그렇게 착한 가미야가. 어째서…….

그런 생각을 하면서도 애써 말을 이었다.

"너희는 아주 잘 어울리는 한 쌍이었어. 기억이 있건 없건 상관없어. 함께 보낸 기간도 상관없어. 너희는 진짜 서로를 소중하게 생각했으니까. 그러니까……."

그다음은 말이 나오지 않아 나도 울었다.

그 뒤 나는 마오리의 물음에 답하며 가미야에 관해 이야기해주었다.

가미야가 얼마나 마오리를 아꼈는지. 두 사람이 함께 있을 때 어떤 분위기였는지. 어떤 곳에 놀러 갔었는지.

이야기하면 할수록 우리는 가미야가 이제 없다는 사실을 견딜 수 없었다.

하지만 시간은 확실히 흘러갔다. 마오리와 둘이서 가미야의 누나를 만나러 가기로 했다.

발걸음도 사고도 불확실한 상태로 전철을 타고 또 걸어서 가미야의 집으로 갔다.

초인종을 누르자 누나가 나왔다.

잡지나 화면에서는 몇 번 봤고 어제 전화로 이야기는 했지만, 니시카와 게이코를 직접 만나는 것은 처음이었다.

우리는 가미야와 자주 차를 마셨던 식탁 앞에 앉았다.

만난 적이 없는 가미야의 아버지는 외출하고 없는 모양이었다.

가미야에 관해 묻자 시신은 병원에 안치됐고 빈소와 장례를 준비하는 중이라고 했다.

누나는 그 뒤 천천히, 그러면서도 또렷한 어조로 가미

314

야가 죽기까지의 경위를 자세히 이야기해주었다.

가미야가 검사 받을 때 누나가 같이 갔다고 했다.

1년 반 전 아쿠타가와상을 수상하고 난 뒤로 누나는 언론에 자주 등장했다. 수상 후 첫 작품도 올해 1월에 발표해 좋은 평가를 받았다.

그렇게 바쁜 누나가 병원에 함께 갔다는 것을 보면 얼마나 걱정했는지 알 수 있다.

가미야와 누나는 아침 일찍 병원의 설명을 듣고 검사를 받았다.

검사는 오후에야 끝났다. 결과는 그날 바로 알 수 없지만 심장에 명확한 이상은 발견되지 않았다고 했다.

두 사람은 집으로 돌아왔다. 여느 때보다 일찍 귀가한 아버지에게 명확한 이상은 없었다고 누나가 전했다.

아버지는 안도했고 가미야는 이틀 만에 목욕을 했다. 가미야가 거실에 얼굴을 내밀었을 때 아버지와 누나는 둘이 요리할 준비를 하고 있었다.

가미야는 그 광경을 보며 미소 지었다. 누나가 왜 그러느냐고 묻자 이렇게 대답했다고 한다.

"아니, 지나고 나면 아무것도 아닌 건데. 참 좋다, 그냥 순수하게 그런 생각이 들어서."

누나는 가미야에게 쉬고 있으라고 말하고는 아버지와 함께 음식을 만들기 시작했다.

그때 갑자기 뒤에서 뭐가 쓰러지는 소리가 났다.

두 사람이 돌아보자 가미야가 쓰러져 있었다. 누나가 급히 구급차를 부르고 인공호흡과 심장마사지를 했지만 반응은 없었다.

구급대원이 달려와 처치를 했으나 가미야는 의식을 되찾지 못했다.

그로부터 몇십 분 뒤 병원에서 가미야는 사망 판정을 받았다.

시곗바늘 소리가 세 사람 사이를 헤엄치고 있었다. 아무도 꼼짝하지 않았다.

얼마나 오래 그러고 있었을까.

"실은 너희에 대해 잘 알고 있단다."

누나가 나를, 이어서 마오리를 쳐다봤다.

바싹 마른 목으로 침을 삼킨 다음 물었다.

"가미야가 이야기했어요?"

"응. 늘 즐거운 표정으로 이야기하곤 했어. 마오리하고는 옆 도시 불꽃놀이 축제에서 인사한 적도 있었고. 선행성 기억상실증은 이제 어때?"

머리를 수그리고 있던 마오리에게 누나가 물었다.

나도 마오리도 깜짝 놀랐다.

"네? 어떻게 제 병을……."

마오리가 묻자 누나는 의아한 표정을 지었다.

가미야는 누나에게 마오리의 기억장애에 관해 이야기
했던 것이다. 가족이니까 당연하다면 당연할지도 모른다.

하지만 마오리는 가미야가 마오리의 기억장애를 알고
있었다는 것을 모른다.

내가 대꾸하지 못하자 누나가 말을 이었다.

"미안해. 무슨 사정이 있었는지는 모르지만 도루는 네
병을 안다는 걸 감추고 있었구나."

"저, 전…… 그 애한테 병 이야기를 안 했는데요. 그, 그
런데 어떻게……."

그 뒤 마오리는 자신과 가미야의 관계를 이야기했다.

내가 모르는 이야기도 있었다.

가미야가 마오리에게 고백한 것은 친구를 지키기 위해
서였다는 것.

조건이 붙은 관계였다는 것. 그중 셋째 조건이…….

"그런데 도루는 널 정말 좋아하게 됐어. 적어도 내가 보

기엔 그랬어."

누나의 말에 마오리는 순간 말문이 막힌 듯했다.

"전 모르겠어요. 기억하지 못하는걸요. 진짜로 전부 잊어버려서. 일기가 없었으면 그 애랑 보낸 시간도 없었던 일이 될 그런 상태라서."

마오리는 괴로운 듯 띄엄띄엄 말을 뱉어냈다.

그래도 말을 멈추지 못했다.

"그렇지만 매일의 저희는 그 애한테 많은 용기를 얻었어요. 그 애가, 도루가 말했대요. 내일의 히노도 자기가 즐겁게 해주겠다고. 그래서 매일의 저희는 큰 힘을 얻었어요. 실제로 저도 오늘 도루를 만나는 걸 기대하고 있었고요. 그런데……."

마오리가 다시 머리를 수그리자 누나가 말을 이었다.

"가르쳐줘서 고마워. 하지만 기억을 축적하지 못하는 건 누구 잘못도 아니야. 그리고 도루는 그걸 알면서 너랑 사귀었던 거니까 분명히 도루도 즐거웠을 거야. 불꽃놀이 축제 날 너랑 같이 있는 도루를 보고 놀랐어. 그 애가 그런 식으로 다른 사람을 좋아하게 될 줄…… 몰랐는데. 마지막 순간에 떠올릴 수 있는 누군가가 있었으니까 도루도 분명히 행복했을 거야. 고마워, 정말로."

그 뒤 마오리가 진정되기를 기다려 오늘 밤 열릴 경야 시간과 장소를 묻고 마오리와 함께 가미야의 집에서 나왔다.

머리는 어젯밤부터 깊은 혼란에 빠져 있었다. **그 일**을 해야 하나, 말아야 하나.

가미야가 죽은 뒤 그 애의 유지를 이어받을 사람은 세상에 나뿐이었다.

일단 역까지 마오리와 같이 갔다가 가미야의 누나와 할 이야기가 있다고 말한 뒤 나만 가미야의 집으로 돌아가기로 했다. 마오리가 걱정돼서 택시에 태웠다. 나중에 다시 만나기로 약속하고 마오리와 헤어졌다.

다시 초인종을 누르자 가미야의 누나는 놀란 표정을 지었다.

"……왜, 뭐 두고 간 거라도 있어?"

"아뇨, 저, 가미야가 부탁한 게 있거든요. 그런데…… 저 혼자서는 판단이 안 서서 의논드리고 싶어서요."

내 간절한 심정이 통했는지, 아니면 동생의 부탁이라는 말 때문인지, 가미야의 누나는 잠시 침묵했다가 고개를 끄덕였다.

"그래."

식탁 의자에 앉은 나는 마오리와 수첩, 일기에 대해, 합병증의 위험성에 대해 설명했다. 그러고는 가미야가 수첩과 일기에서 자신을 지워달라 부탁했다고 이야기했다.

끝까지 들은 뒤 누나는 얼마 동안 생각에 잠긴 표정이었다.

"수첩과 일기를 파일에 옮기는 건 원본이든 복사본이든 상관없으니까 가져오면 내가 할게. 도루의 흔적을 없앤 부분의 앞뒤를 맞추는 것도 가능할 거야. 그런 건 잘하거든."

누나의 말에 나는 어떻게 반응해야 할지 알 수 없었다.

하지만 가미야의 죽음을 알렸을 때 마오리가 얼마나 낙담하고 안절부절못했는지 생각나 물었다.

"그러는 게 좋을 것 같으세요?"

내 결론은 아직 나지 않았다. 마오리 부모님께도 설명드려야 할 것이다.

다만…… 계획을 실행에 옮기면 마오리의 일상에서 가미야가 완전히 사라진다.

그냥 두면 마오리가 날마다 괴로워할지도 모른다.

"좋을지 아닐지 따질 문제가 아니라고 생각해."

내 물음에 가미야의 누나는 그렇게 대답했다.

"세계는 말로 되어 있어. 그리고 사람은 그 말에 매달리려고 해. 좋다고 생각하면 무슨 일이든 좋은 게 돼. 좋지 않다고 생각하면 무슨 일이든 좋지 않은 게 되고. 특히 이번 일은 그게 뚜렷하다고 생각하거든. 결과가 불확실하니까. 일기에서 도루를 없애지 않으면 마오리는 괴로워할지도 몰라. 그런 마오리를 보면서 도루 말대로 할 걸 그랬다고 너도 괴로워할지도 몰라. 반대로 일기에서 도루를 없애면 지금의 마오리한테는 좋을지 몰라. 하지만 넌 양심의 가책에 시달려야 할지도 몰라. 그렇지만 그것도 지금 시점에선 전부 불확실하거든."

나는 그저 가미야의 누나 말을 잠자코 들었다.

"살아야 하는 생을 사는 게 우리 인간의 참된 모습이라면 마오리가 괴로워하면서 사는 것도, 우리가 양심의 가책에 시달리면서 사는 것도, 둘 다 올바른 모습이라고 난 믿어. 다만…… 와타야, 도루는 선택을 너한테 맡겼어. 그러니까 네가 정하렴. 그러고 싶은지, 그러고 싶지 않은지, 그것만 기준으로 해서. 난 네 판단을 따를게. 만약 너 혼자 정할 수 없다면 날 이유로 삼아. 그게 도루의 유지라면 난 이뤄주고 싶어. 그렇지만……."

가미야의 누나는 머리를 수그리고 말을 잇지 못했다.

내 한심함에 나는 또다시 우울함에 빠져들 것 같았다.

결국 그 자리에서는 결심이 서지 않아 가미야의 집에서 나와 마오리 집으로 갔다.

마오리는 자기 방 침대에 병든 사람처럼 누워 있었다.

마오리의 내일이 어떨지 상상해봤다.

아침이 되어 잠에서 깨면 기억장애를 가진 자신의 상태를 받아들인다. 남자친구의 존재를 안다.

그런데 남자친구는 죽었고 즐거웠던 나날을 보여주는 일기만 남아 있다.

자신의 기억장애 그리고 사귀던 사람의 죽음.

합병증의 위험성도 있다. 매일을 그저 비관만 하면서 살다가…….

아니, 그만하자. 그렇게 자기 행동의 정당성을 마오리의 상태에 떠넘기지 말자. 결국은 가미야의 누나 말처럼 내가 하고 싶은지 하고 싶지 않은지 그것뿐이다.

게다가 나는 늘 큰소리치지 않았나.

하고 싶은 일만 하고 할 수 있는 일만 한다고.

마오리와 의논하면 분명히 못 하게 할 것이다. 망설임은 이제 없었다. 그래서 나는 나 혼자만의 판단으로 그 일을 하기로 했다.

하려면 되도록 빨리 시작하는 게 좋다.

수첩과 일기가 어디 있는지는 알고 있었다. 마오리도 내내 침대에 누워 있을 수만은 없다. 마오리가 화장실에 간 사이 책상 서랍을 열어 수첩과 일기를 모조리 가방에 담았다. 방으로 돌아온 마오리에게 편의점에 간다 말하고 밖으로 나왔다.

몇 권에 달하는 일기 외에 수첩도 복사하고 봉투를 사서 각각 나눠 담았다.

마오리의 방에 돌아왔을 때 바깥은 이미 어두워지고 있었다.

마오리가 수첩과 일기가 없어진 것을 눈치챘다면 얼버무릴 생각이었다. 지금 마오리가 읽으면 좋지 않을 것 같아서 내가 맡아 갖고 있기로 했다고.

하지만 마오리는 아무 말도 하지 않았다. 불도 켜지 않고 아까와 같은 자세로 누워 있었다.

수첩과 일기를 읽어보려고 하지는 않은 모양이었다. 복사하는 데 시간이 걸렸는데도 이상하게 생각하는 눈치도 없었다.

시간이 애매하지만 과자를 사 왔으니 차라도 마시자고 했다. 빈소에도 가야 하므로 아직 우리에게 오늘은 많이 남아 있었다.

마오리는 힘없이 일어나 차를 가져오겠다며 방에서 나 갔다.

그사이 나는 수첩과 일기를 제자리에 돌려놨다.

가미야의 누나에게 들은 시간에 맞춰 빈소로 갔다.

그리고 슬그머니 복사본이 든 봉투를 건넸다.

상주인 가미야의 아버지와는 그 자리에서 처음 인사했 는데 듣던 것보다 훨씬 굳센 사람이었다. 슬픔을 참고 아 버지답게 의연한 태도를 보이고 있었다.

가미야의 아버지는 마오리를 보고 뭔가를 깨달은 듯 머 리를 깊이 숙여 인사했다. 두 사람이 전에 불꽃놀이 축제 에서 만났다는 것은 알고 있었다.

"와줘서 고맙다. 고인도…… 도루도 분명히 기뻐할 거 다."

아버지 발치에 눈물이 떨어져 있는 것을 알아차린 사람 은 아마 나뿐일 것이다.

분향할 때 마오리는 관에 누운 가미야의 얼굴을 바들바 들 떨며 꼼짝 않고 쳐다봤다.

걱정돼서 다음 날 정오 전에 집으로 가보니 마오리의 얼굴이 어두웠다. 수첩과 일기에서 가미야의 죽음에 관해 읽은 모양이었다.

어제 나는 이번에는 명확한 의도를 가지고, 마오리가 그날 있었던 일을 일기에 쓰는 것을 말리지 않았다.

미안한 마음은 있었지만 마오리의 본래 상태를 확인해 두고 싶었기 때문이다.

남자친구가 죽었다는 사실을 받아들이면 마오리가 어떻게 될지를.

죽은 사람처럼 되는 게 아닐까 싶을 만큼 마오리는 힘들어 보였다.

오후에 나는 혼자 가미야의 누나를 만나러 갔다.

가미야의 아버지는 '나한테 맡겨라'라며 장례식 등을 준비하는 중이라고 했다.

누나는 어제부터 한잠도 자지 않고 수첩과 일기 복사본을 파일에 옮기는 작업을 했다. 단순히 가미야와 관련된 부분을 삭제하지 않고 나와 가미야를 바꿔치기해서 앞뒤를 맞추었다.

원래 3학년 때 나와 마오리는 다른 반이었다. 그걸 2학년에 이어 같은 반이었던 것으로 고치고 그와 관련된 인간관계도 어색하지 않게 변경했다.

가미야의 누나는 그런 변경점들을 설명한 뒤 부자연스

러운 부분이 없는지 봐달라고 부탁했다.

내가 고개를 끄덕이자 누나는 잠시 누워 있겠다며 가미야의 방으로 갔다.

울지 않네, 강한 사람이구나, 하고 생각했는데 숨죽여 우는 소리가 들려왔다. 내 감정도 덩달아 비애의 색으로 짙게 물들려 했다. 눈물이 쏟아졌다.

하지만 지금은 울 때가 아니었다. 내가 해야 하는 일을 생각하며 눈물을 훔쳤다.

마오리의 진짜 일기와 파일에 옮긴 일기를 비교하며 읽었다.

어느 일기에도, 어느 페이지에도 마오리와 가미야의 기억이 있었다.

두 사람은 즐겁게 웃고 있었다. 그 광경이 일기에서 생생하게 보이는 듯했다.

그렇게 가미야는…… 아니, 도루는 마오리에게 힘이 되어주었다.

그런 생각을 하니 또다시 눈물이 쏟아졌다.

4

며칠 내로 도루의 장례가 끝나고 나도 확인 작업을 마쳤다.

마오리의 부모님과 도루의 누나 그리고 나는 마오리 모르게 앞으로 어떻게 할지를 의논했다. 도루의 존재를 전부터 알고 있었던 마오리의 부모님은 그 애에게 깊이 감사하며 죽음을 애도하는 듯했다.

도루의 누나는 동생이 마지막으로 부린 고집이니까요, 라며 마오리의 새 스마트폰을 자신이 사려고 했지만, 마오리 부모님이 반대해 결국 반씩 돈을 부담하기로 했다.

수속을 마친 뒤 내가 전화기를 맡았다.

지금 마오리가 가진 스마트폰에는 도루가 있다. 동영상에, 사진에, 문자메시지에. 나와 대화한 메신저 앱에.

흔적을 없애려면 새 스마트폰과 바꿔치기할 필요가 있었다.

갑자기 스마트폰이 바뀐 것은 먼저 쓰던 전화기가 고장난 탓이라고 부모님이 마오리에게 설명하기로 되어 있었다. 파일에 옮긴 수첩과 일기에도 그에 대해 써놓았다. 메신저 앱의 데이터를 옮기는 데 실패한 것도.

도루의 장례식을 마치고 사흘 뒤 아침.

마오리 부모님과 미리 의논해 나는 아침 일찍 마오리의 방으로 찾아갔다.

마오리는 계속 쇠약한 상태라 지금은 어머니가 시키는 대로 부모님 방에서 함께 잤다.

한적한 아침의 공기를 마시며 주인 없는 방에서 책상 서랍을 열었다.

여러 권에 달하는 일기와 함께 수첩을 꺼내 내 가방에 소중하게 넣었다.

마오리의 노트북을 책상에 올려놓고 켰다. 도루의 누나에게 받은 수첩과 일기 데이터를 모두 노트북으로 옮겼다.

도루가 죽었을 때부터 어제까지의 일기도 누나가 창작해주었다. 데이터 및 폴더가 생성된 날짜도 프리 소프트웨어를 이용해 수정했다.

오늘부터 마오리는 데이터가 된 수첩과 일기를 읽어 자기 자신과 일상을 인식하고 새로운 나날을 그곳에 기록하게 될 것이다.

마오리의 스마트폰은 다른 탁자 위에 충전된 채로 놓여 있었다. 새 전화기를 꺼내 메신저 앱을 등록했다. 메신저 앱의 데이터는 옮기지 않았다.

도루가 등장하는 메시지는 마오리 쪽에선 확인할 수 없게 됐다.

이제 마오리는 도루가 있던 일상을 볼 수 없게 된 것이다.

'그땐 와타야 너한테 뒷일을 맡길게.'

언젠가 농담조로 도루와 주고받은 말이 기억에 되살아났다.

나도 모르게 머리 위를 우러르고 말았다. 도루, 진짜 이래도 괜찮은 거지? 하고.

그러고 보니까 결국 널 이름으로 부른 적이 없네, 하고.

새 스마트폰을 탁자에 놓고 마오리의 원래 전화기를 가방에 넣었다. 내가 보관할 계획이었다.

여러 권 있는 크로키북은 도루를 그린 페이지만 조심스레 잘라내 미리 준비해온 큰 파일에 넣었다. 크로키북에 남은 잘라낸 자국도 깨끗이 없앴다.

빠뜨린 게 없는지 작성해온 체크리스트를 확인했다.

중요한 것을 잊을 뻔했다. 벽에 붙은 종이를 바꿔야 한다. 벽을 돌아봤다.

'나는 사고로 기억장애를 갖고 있어요. 책상 위에 있는 수첩과 일기를 읽어보세요.'

'그렇지만 학교는 졸업했다. 애썼다, 애.'

'매일매일 전력으로.'

'가족에게 감사하는 마음을 잊지 말기.'

지금까지 줄곧 마오리를 지켜봐 온, 영혼이 없을, 과거에는 백지였던 것들.

그 존재들을 배신하는 짓을 하는 것 같아서 오래 쳐다볼 수 없었다.

'나는 사고로 기억장애를 갖고 있어요. 노트북에 있는 수첩과 일기를 읽어보세요.'

한 장만 바뀌면 부자연스러워 보일까 봐 마오리가 직접 쓴 종이를 내가 출력해온 종이로 모두 바꾸었다. 종이 내용은 토씨 하나 빠뜨리지 않고 외우고 있었다.

그런데 도중에 이상한 것을 발견했다. 어느 종이 뒤에 찌지가 붙어 있었다. 찌지에 쓰인 내용을 보고 동작이 멎었다.

'장애에서 회복돼도 가미야 도루를 기억해줘. 소중한 건 소중한 장소에 있어.'

왜 이런 곳에 붙였지? 그 의미를 생각하지 않을 수 없었다.

종이를 떼어낼 때…… 바꿔 말해 기억장애를 극복했을 때 이 글을 보게 될 것이라고 생각한 걸까.

나와 도루의 누나가 하는 일을 모르는 줄 알았는데, 혹시 마오리가 뭔가 눈치챈 걸까. 아니면 도루에 대한 마음이 그만큼 강한 걸까.

약간 눈물이 나려 했다. 어쨌거나 이것도 가져가야 한다. 새 종이 뒤에 붙여놓는다 해도 이런 식이면 언젠가 마오리가 알아차릴 것이다.

나는 종이와 찌지를 가방에 집어넣고 출력된 새 종이를 벽에 붙였다.

불을 끄고 문을 닫기 전에 돌아봤다.

새로 붙인 무기질적인 종이들이 나를 꼼짝 않고 바라보고 있었다.

그 뒤 노트북을 보는 게 마오리의 일과가 됐다. 파일로 저장된 이전의 수첩과 일기를 읽고 자신의 하루하루를 새로 기록했다.

마오리 어머니에게 부탁해서 그게 전부터 계속해온 습관이라고 마오리에게 이야기하도록 했다.

수첩과 일기를 바꿔치기한 다음 날 마오리는 도루의 죽음을 모르는데도 힘들어 보였다. 왜 몸이 좋지 않은지 모르는 듯했다.

"메신저 앱 데이터 옮기는 걸 실패했나 봐. 너무해. 너랑 보낸 즐거운 나날이 거기 남아 있었는데 이제 못 보게 됐네."

우울하게 말하는 마오리를 나는 정면에서 끌어안고 말았다.

"괜찮아. 이제부터 또 즐거운 일 많이 하자. 메신저에서만이 아니라 현실에서도. 내가, 내가…… 마오리의 내일을 즐겁게 해줄게, 응?"

마오리는 갑작스러운 행동에 당황한 것 같았지만 이윽고 "응" 하고 대답하며 내 어깨에 얼굴을 기댔다. "고마워, 이즈미"라고 말했다.

그로부터 이틀, 사흘 지나면서 마오리는 서서히 회복되었다.

인간의 자연 치유력이 기쁘기도 하고 슬프기도 했다.

4월이 되어 마오리는 새로운 습관을 갖고 새로운 생활을 보냈다. 어느새 여느 때의 모습으로 돌아와 있었다.

나는 대학생이 되어서도 되도록 주말에는 마오리를 만났다.

마오리는 평일에는 동네 미술 학원에 다니고 공원을 산책하며 지냈다.

언제나 도루와 둘이 있던 마오리가 역 앞을 혼자 걷는 모습을 볼 때가 있었다.

뭔가가 결정적으로 부족한데 마오리는 그것을 몰랐다.

그 광경을 보면 견딜 수 없는 기분이 들곤 했다.

4월 말 어느 날씨 좋은 날, 마오리와 둘이 공원을 산책했다.

그곳은 도루와 마오리가 처음 데이트한 곳이자, 고등학교 3학년으로 올라가기 전 봄방학에 셋이 꽃구경을 한 곳이기도 했다. 마오리가 그곳에 가고 싶다고 했다.

벚꽃이 완전히 진 공원을 걸으며 마오리가 말을 고르듯 말했다.

"이상하지…… 뭔가 아주 중요한 걸 잊어버린 것 같거든. 그런데 생각이 안 나. 하긴 당연한가. 매일 그날 기억이 없어지니까."

마오리는 그로부터 1년 가까운 세월이 지나 기억장애에서 회복됐다.

그리고 재수 생활을 시작해 가을이 된 지금, 도루를 그린 크로키북을 들고 카페에서 내게 물었다.

"애 누구야?"라고.

여러 생각이 머리를 맴돌았다. 어째서 도루의 그림이 마오리에게 있을까. 모두 가지고 나온 줄 알았는데 어디 남아 있었던 걸까.

유리컵에 든 물을 마셨다.

아니, 이제 도루에 관해 감출 필요가 없다. 마오리는 기억장애를 극복했다. 걱정했던 합병증의 위험도 없어졌다. 도루에 대해 알려줘도 시간이 해결해줄 것이다.

약간의 괴로움과 아픔만 맛보면 될 것이다.

"응? 아, 응. 고등학교 때 여름방학에 네가 도서관에 다녔거든. 그때 몇 번 봤던 애야."

그런데도 나는 그렇게 대답했다. 뭐가 마오리에게 좋을지 알 수 없었기 때문이다.

도루에 관해서는 완전히 잊었다. 언젠가 또다시 크로키북을 의아하게 훑어보는 일이 있을지 모르지만 그때는 마오리에게도 좋아하는 사람이 생겨서 크로키북의 존재마저 잊게 된다.

그런 행복도 있을지 모른다. 괴로워할 필요는 없을지 모른다.

마오리는 내 대답에 수긍하지 않고 의문을 해소하려 했다.

"음, 그럼 왜 이렇게 많은 거지?"

"네가 그 무렵부터 인물 데생에 빠졌거든. 나 말고 남자도 그려보고 싶다고 그 애한테 부탁한 거야."

"일기엔 그런 말 없었어. 게다가 그럼 왜 숨겨놨을까. 책꽂이 뒤에 있었거든. 지금 생각하면 거기, 예전에 내가 소중한 걸 감추는 장소였는데."

소중한 걸 감추는 장소? 그 말을 듣고 찌지에 쓰여 있던 말이 뇌리를 스쳤다.

'장애에서 회복돼도 가미야 도루를 기억해줘. 소중한 건 소중한 장소에 있어.'

그 말의 의미를 이제 알았다. 관념적인 의미의 말이 아니었던 것이다.

소중한 건 소중한 장소에.

도루를 잊지 말자고 생각한 것이다.

"우리 아버지, 엄청 과보호잖아? 초등학생 때 몰래 내 방에 들어와서 교환일기 같은 걸 읽곤 했거든. 그게 싫어서 소중한 건 책꽂이 뒤에 감춰놨었어. 중학생이 되고 나서는 그런 일도 없어져서 잊어버리고 있었는데, 그런데 이

크로키북은 거기 있었어. 우연이 아니라고 생각해."

마오리는 순수하게 의문을 품고 있는 것과는 다른, 어딘지 모르게 불만스러운 듯한 표정이었다.

그러더니 정색하고 물었다.

"이즈미, 혹시 나한테 뭐 숨기는 거 아냐?"

이런 날이 오리라는 것을 전혀 예상하지 못했던 것은 아니다.

웃어서 얼버무리는 것도 가능했다. 정 뭐하면 가짜로 꾸민 이야기를 가르쳐줄 수도 있었다.

그래, 얼마든지 얼버무릴 수 있었다. 지금이라면 아직. 하지만······.

나도 모르게 시야가 부옇게 번졌다. 그래도 마오리가 놀란 것을 알 수 있었다.

안 돼, 울지 마. 왜 우는데? 어째서 울어? 이상한 인간이면서. 무슨 생각을 하는지 모를 인간이면서. 차가운 인간이면서.

자, 얼른 웃으면서 가짜 이야기를 마오리한테 가르쳐줘. 그걸로 끝나.

"마오리, 그 애는 말이지······."

하지만 거짓말을 할 수 있을 리 없었다.

"네 남자친구였어."

진심으로 서로를 좋아했던 두 사람이기에. 거짓말할 수 있을 리 없었다.

마오리의 곤혹스러운 목소리가 들렸다. 나는 애써 말을 이으려 했다.

도루의 얼굴이 떠올랐다.

모호하게 웃고 있었다. 난감해하는, 내게 뒷일을 맡긴, 마지막으로 보인 진지한 표정이……

"그런데, 그런데 말이야."

나는 뚝뚝 떨어지는 눈물을 닦지도 못하고 울먹이며 말했다.

"그 애는, 이제…… 이 세상에 없어. 죽었어."

모르는 여자애의, 모르는 남자애

1

이즈미에게 크로키북 속 청년 이야기를 듣고 나는 혼란
에 빠졌다.

이즈미는 나와 그 청년의 관계에 관해 가르쳐주었다.

우연이라고도 할 수 있는 기묘한 인연으로 유사 연애
관계를 시작했다는 것.

우리가 매일 만났다는 것. 그날그날의 내가 그 애에게
서 힘을 얻었다는 것.

그림을 그리는 습관은 그 애 덕에 생겼다는 것.

그 애가 어느 날 심장병으로 죽었다는 것.

그리고 그 애의 유언으로 일기 등에서 그 애의 자취를 모조리 지웠다는 것.

경악했다.

이즈미에게도 그 애 누나에게도 화는 나지 않았다. 쇠약해져 있던 나를 생각해서 한 일이다. 게다가 그 애가 마지막으로 남긴 말을 생각하면 나라도 같은 상황에서 그렇게 할 것이다.

다만 그렇게 모든 것을 잊어버렸던 나 자신에게 경악했다. 소중했던 사람을 쉽사리 잊어버린 나 자신에게 할 말을 잃었다.

이즈미는 몇 번씩 사과했지만 나는 그때마다 신경 쓸필요 없다고 대답했다.

하지만 머릿속이 단숨에 새하얘져서 사고가 잘 되지 않았다.

그런 나를 보고 걱정하던 이즈미는 가져올 게 있다고 말하며 자리에서 일어섰다.

나는 고개를 끄덕였다. 눈은 자연히 크로키북을 보고 있었다.

거기 그려진 사람이 남자친구인 줄 나는 몰랐다. 봐도 전혀 알 수 없었다.

하지만…… 어쩌면 몸은, 마음은 기억하고 있었을지도 모르겠다.

심장 고동이 내게 애써 알려주려 했을지도 모르겠다.

크로키북을 집어 페이지를 넘겼다.

다양한 얼굴이, 표정이 있었다. 그렇지만 기억나지 않았다. 잊으면 안 되는 소중한 일인데.

분통함 때문인지 슬픔 때문인지 눈시울이 뜨거워졌다.

눈앞에 그 애가 잔뜩 있었다. 그런데 생각나지 않았다.

멍하니 앉은 나를 남겨두고 시간이 흘렀다.

어느새 이즈미가 돌아와 있었다.

나는 뺨 근육에 힘을 주어 웃음을 지었다. 이즈미는 그런 나를 보고 침통한 표정으로 노트 몇 권과 수첩, 그림이 든 큰 파일을 내밀었다.

"이거…… 네가 썼던 진짜 일기랑 수첩 그리고 가미야 그림이야. 일기엔 가미야랑 보낸 나날도 전부 들어 있어. 미안. 원래는 네가 장애를 극복했을 때 내가 먼저 말했어야 하는데. 지금까지 비밀로 해서, 네 소중한 추억을 빼앗아서 정말 미안해."

사과할 필요 없다고 대답하며 이즈미에게서 그것들을 받았다.

그 자리에서 읽을까 했지만 울 것 같아서 그만두었다.

이즈미는 미안해하며 고개를 들지 않았다.

나도 말이 잘 나오지 않았다. 하지만 그런 건 안 된다.

"이즈미, 우리 단 거나 잔뜩 먹자."

내 말에 그제야 이즈미가 얼굴을 들었다.

"뭐……?"

"네가 나한테 사과할 일은, 미안하게 생각할 일은 아무 것도 없어. 너한테 아무리 고마워해도 모자랄 지경이야. 고마워, 이즈미. 내 소중한 사람의 유지를 존중해줘서. 그리고 널 힘들게 해서 미안. 정말로 고마워."

자리를 오래 차지하고 있다는 데 대한 사과도 겸해 디저트를 여러 개 주문했다.

제철 과일을 쓴 스무디와 빠뜨릴 수 없는 쇼트케이크, 생크림을 얹은 밤 시폰케이크 그리고 이즈미가 좋아하는 초콜릿 케이크도.

단것은 얼굴에 웃음이 피게 해준다.

이즈미의 굳어 있던 표정도 농담을 주고받으며 디저트를 먹는 사이에 조금은 누그러졌다. 나는 이즈미를 웃기려고 계속 농담을 했다.

"그러고 보니 기억장애가 있을 때 새로 나온 케이크는

매일 새로 나온 케이크였네."

미소를 지으며 그렇게 말하자, 애써 무리한 것일지도 모르지만 이즈미가 웃었다.

"그 농담, 너 맨날 했는데."

"알아."

우리는 웃음을 주고받았다. 여느 때의 우리들처럼.

그 뒤 집으로 돌아온 나는 결심하고 일기를 폈다.

가미야 도루를 처음 만나 그 애가 죽기까지가 당시 내 글씨로 쓰여 있었다. 일기를 읽으니 알 수 있었다. 가미야 도루라는 사람은 늘 내 곁에 있어주었다. 나를 소중히 대해주며 즐겁게 해주었다.

자잘한 버릇, 취미, 위생감을 소중히 했던 것. 난처하면 모호하게 미소 짓던 것.

한꺼번에 다 읽을 수는 없었지만 글을 통해 그 애의 그런 숨결을 느낄 수 있었다.

수첩의 가미야 도루 전용 페이지에도 여러 가지가 쓰여 있었다.

불도 켜지 않고 읽다 보니 어느새 저녁이 됐다.

어머니가 문 앞에서 저녁 먹으라고 불렀다. 조금 몸이 안 좋아서 나중에 먹겠다고 대답하자 어머니는 망설이듯 잠시 뜸을 들였다가 물었다.

"그 애…… 가미야 도루에 대해 알았구나."

내가 놀라자 어머니는 문 앞에 선 채로 이즈미가 연락했다고 하고는 절대로 이즈미를 탓하지 말라고 말했다. 이즈미나 가미야의 누나나 힘들어하면서도 나를 생각해서 그런 일을 한 것이라고 했다.

문을 열었다.

"엄마는…… 엄마는 알아요? 가미야 도루에 대해?"

내가 묻자 어머니는 시선을 내리깔고 고개를 흔들었다.

"원래는 만나서 인사하고 싶었단다. 그런데 결국 그것도 못 했어. 하지만 나랑 네 아빠는…… 지금도 그 애한테 많이 감사하고 있어. 기일에는 몰래 산소에도 가고 말이야. 네 미래를 믿고 네 마음을 지켜준 건 분명히…… 그 애니까."

어머니가 울고 있었다. 그날 그랬던 것처럼 울고 있었다.

그 뒤 침착함을 되찾은 어머니는 눈물을 닦으며 미소 지었다. 배고프면 언제든 말하렴, 그런 다정한 말을 남기고 아래층으로 내려갔다.

나는 문을 닫고 침대에 걸터앉아 쿠션을 끌어안았다.

저녁 해가 지고 있었다. 생각을 하려 해도 머릿속이 정리되지 않았다. 시간만 초침과 함께 지나갔다.

인공 불빛을 밝히지 않은 방에 달빛이 비쳐들었다.

나는 정적 속에서 뭔가를 기억해내고 싶었다. 기억해내고 싶다고 간절히 바랐다.

저녁 여덟 시가 지나 스마트폰이 반짝이는 것을 알아차렸다.

이즈미의 메시지였다.

내가 전에 썼던 스마트폰을 이즈미가 갖고 있다고 했다. 충전도 끝냈으니 언제든지 줄 수 있다는 내용이었다.

그 애의 동영상이나 사진을 보면 조금이라도 가미야 도루가 생각날까.

그런 생각을 했지만 결국 그만두었다.

'고마워. 동영상이랑 사진을 보면 어쩌면 가미야가 생각날지도 몰라. 하지만 그런 게 아니란 생각이 들거든. 그러면 내 안에 있는 그 애를 동영상이랑 사진 속 그 애가 덮어쓸 것 같아서…… 겁이 나. 그럼 영원히 동영상이랑 사진 속 그 애밖에 생각 안 날 것 같아. 나 좋자고 너 힘들게 하는 소리일지도. 미안.'

'나야말로 미안. 네 기분 나도 알 것 같아. 그럼 도루의 목소리만이라도 들어보면 어때?'

망설이다가 제안을 받아들였다.

얼마 뒤 동영상에서 음성을 추출한 파일을 이즈미가 보내주었다.

재생하자 뭐가 달캉달캉 흔들리는 소리가 들렸다. 내 환성이 들렸다. 바람 소리도 났다. 어느 장면인지 알 것 같았다.

내가 자전거 뒤에 태워달라고 억지를 부렸을 때다.

내가 지르는 환성이 들렸다.

이렇게 티 없이 즐거운 듯 웃었나. 그리고 그걸 잊고 있었나.

"히노, 너무 몸을 앞으로 내밀지 마. 그러다 떨어져."

누군가의 목소리가 들렸다. 가미야다. 가미야 도루. 내 남자친구였던 애.

고등학생치고는 침착한 목소리의 임자에게 내가 즐거운 목소리로 대답했다.

"괜찮다니까. 걱정도 팔자야."

"네가 너무 대담한 거라니까."

"응? 뭐라고? 바람 소리 때문에 안 들리네?"

"아무것도 아냐."

"도루, 오늘도 고마워."

"응? 뭐라고? 무슨 말 했어?"

"아니. 아무것도 아냐."

거기서 음성이 끊겼다. 내 몸은 과거와 공명하듯 부들부들 떨렸다.

바람이 없는 밤에 나는 음성 파일을 몇 번씩 재생했다.

2

그다음 날부터 나는 학원에 다니는 틈틈이 여러 사람에게 가미야 도루와 내 이야기를 묻고 다녔다.

과거에 나와 진짜로 같은 반이었던 애들에게 연락해 내가 기억장애였다는 것 그리고 지금은 장애를 극복했다는 것을 알리자 다들 하나같이 놀랐다.

가미야 도루와 내 관계에 관해서도 입을 모아 비슷한 말을 했다.

"너희 둘은 늘 정말 즐겁게 이야기했었어. 사귄다는 말을 듣고 처음엔 놀랐지만 익숙해지니까 어쩌면 잘 어울릴지도 모른다는 생각이 들더라. 넌 남자친구님이라든지 도루라고 부르는데 가미야는 계속 널 성으로 부르는 게 좀 귀여웠어."

내 이야기를 들었는지, 고등학교 2학년 때 가미야 도루와 같은 반이었다는 남자애도 만날 수 있었다.

"히노하고 가미야가 사귀기 시작한 건 내가 괴롭힌 탓이었어."

흰 셔츠가 잘 어울리는 성실해 보이는 사람이었다. 남을 괴롭힐 사람으로 보이지 않았지만 생각해보면 누구나 그런지도 모른다.

내가 놀라자 그는 말하기 거북한 듯, 그래도 얼버무리지 않고 두 사람 사이에 있었던 일을 이야기해주었다. 가미야 도루가 같은 반 애를 감싸려 했고, 그래서 그 순간 떠오른 아이디어로 골탕 먹이려 했다는 것.

눈앞에 앉은 사람은 중학교 때는 공부도 스포츠도 잘해 스스로에게 자신이 있었다고 했다.

그런데 고등학교에 들어오면서 성적이 오르지 않자 낙심해 약간 비뚤어졌었나 보다.

하지만 도루와의 일로 반에서 고립된 것을 계기로 자기 자신을 돌아보면서 다시 열심히 공부하게 됐다.

3학년 때는 이즈미와도 같은 반이었다고 했다.

"내가…… 원래 괴롭혔던 시모카와란 녀석이 있는데,

외국으로 전학 갔거든. 지금도 외국에 있는데 학생인데도 벤처 기업을 시작해서 열심히 일하고 있어. 가미야가 죽었다는 소식을 듣고 용기를 내서 연락했더니 당장 귀국해서 말이지, 장례식에서 남보다 곱절은 큰 목소리로 울었어. 시모카와는 너에 대해서도 분명히 알 거야."

시모카와라는 친구의 이름을 인터넷으로 검색하자 바로 나왔다.

바르게 잘 자랐음을 알 수 있는 지적인 인상에 이목구비가 단정했다.

마지막으로 이즈미가 어떤 사람을 소개해주었다.

가미야 도루의 누나다.

일기로만 알던 사람을 만나려니 긴장됐다. 상대방은 나를 기억하는데 나는 그 사람에 대한 기억이 없다.

하지만 일기를 통해 사람됨을 알 수 있었다.

도심 터미널 역과 직결되는 호텔 찻집으로 가 예약한 이름을 말했다. 웨이터가 안쪽 자리로 안내해주었다.

소설가라는 가미야의 누나는 이미 와서 앉아 있었다. 나를 보자 누나가 일어섰다.

"안녕."

먼저 인사하기에 나는 허둥대며 머리를 숙여 인사했다.

"아, 안녕하세요. 시간 내주셔서 고맙습니다. 게다가 원래는 제가 가야 하는데 여기까지 오시게 해서 죄송해요."

"괜찮아. 마침 볼일도 있었으니까 신경 안 써도 돼."

아름다운 외모를 지닌 성인 여성이었다. 정적을 이해하는 세련된 자상함이 느껴졌다.

누나가 입가에 미소를 머금었다.

"기억장애는 이제 나았구나."

"아, 네. 덕분에요. 그래서 저……."

자꾸만 고개가 수그러지는 내게 가미야의 누나가 앉으라고 권했다.

함께 자리에 앉았다. 메뉴판을 펴고 웨이터에게 마실 것을 주문했다.

그게 끝나자 누나는 뭔가를 생각하듯 잠시 말없이 나를 바라봤다.

"실은 전에도 말한 적이 있는데, 네 덕분에 도루는 분명 행복했을 거야."

나는 눈을 깜박이는 것도 잊고 그 말의 의미를 생각했다. 행복했다.

정말…… 그럴까. 그 애는 목숨이 다하기 전날까지 나와 함께 있어주었다.

그런데 나는 그 기억들을 모두 잃었다.

매일매일 잃었다. 나는 그 애와 보낸 시간과 과거를 공유하지 못한다.

유일하게 일기와 수첩만이 남아 있다.

"전 도루가 기억 안 나요."

"응. 그래도 도루는 행복했어."

누나와 시선이 마주쳤다.

눈동자에 순간 쓸쓸함 비슷한 게 떠오른 것처럼 보였다.

"도루의 인생은 너랑 함께한 기억으로 환해졌다고 생각해. 도루는 이제 없어. 하지만 도루가 좋아했던 건 너야. 소중히 하고 싶어 했던 것도. 모두 너거든."

그 말에 가슴이 메어 나도 모르게 입술을 깨물었다.

시야 끄트머리에서 누나가 고개를 수그리는 게 보였다.

"미안해…… 갑자기 그런 말을 해서. 그렇지만 말이지, 도루를 잊지 말아 달라고 할 생각은 없어. 오히려 그 반대야. 도루를 잊고 새로운 생활을 시작해주면 좋겠어. 도루가 지키고 싶어 했던 건 분명 그런 네 미래일 테니까. 가능성일 테니까. 도루랑 보낸 시간은 과거로 돌리고 너다운 다정함을 발휘해서 다른 누군가를 행복하게 해줘. 그게 너한테는 가능해. 네 행복에 손을 뻗을 수 있어. 그렇게 계속 살아가 줘. 도루도 분명히 그걸 바랄 거야."

가미야의 누나가 이야기한 것은 내 미래였다.

기억장애가 있었을 때도 그렇게 내 미래를 믿어준 사람들이 생각났다.

이즈미, 어머니, 아버지. 가미야 도루의 누나. 그리고…….

"정말 그래도 되는 걸까요? 잊어도 되는 걸까요?"

크로키북에 그려진 청년의 얼굴이 떠올라 속마음을 토해내듯 그렇게 말했다.

누나가 맑은 눈으로 나를 봤다. 안심시키려는 건지 미소를 지었다.

"계속 잊고 살아도 돼. 사람은 원래 그렇게 살아가는 거야."

"언니는 어떠신데요?"

내가 묻자 가미야의 누나는 먼 곳을 바라보는 듯한 눈빛이 되었다.

그때 주문했던 음료가 나왔다. 찻잔에 담긴 호박빛 홍차를 바라보던 누나가 차를 마셨다.

나도 내 커피를 마셨다.

"나한테도 결국 도루는 과거가 될 거야. 내가 계속해서 소설을 쓰고 있더라도 인터뷰하다가 도루의 죽음을 무심코 입 밖에 낼 수 있을 정도로. 언젠가는 과거의 일부가 될 거야. 어떤 상처든 한번 입고 나면 완전히 사라지진 않아. 상처는 기억이기도 하니까. 하지만 아픔이 계속되진 않거든. 그렇게 해서 살아가는 거라고 생각해. 추억 속의 바람이 문득 불었을 때, 원고를 쓰다가 키보드로 도루란 글자를 쳤을 때 생각나는 일은 있어도."

상처는…… 사라지지 않지만 아픔이 계속되는 것은 아니다.

사람은 그렇게 해서 슬픔을 소화해가는 걸까.

슬픔을 잊게 되는 걸까.

그럴지도 모른다. 계속 사로잡혀 있어서는 앞으로 걸어나갈 수 없다.

하지만 나는 언젠가 슬픔을 잊게 된다는 게 슬펐다.

"추억은 소중한 거죠."

그런 생각을 담아 말하자 누나는 표정을 살피듯 나를 쳐다봤다.

"전 그 소중한 걸 잃었어요. 다른 사람들이 조금씩 그 애를 잊어갈 거라면…… 전 조금씩 그 애를 기억해내고 싶어요. 소중한 걸 되찾아보고 싶어요."

누나는 괴로운 듯 눈꼬리를 내렸다.

"힘들지도 몰라."

"제 자신을 위해서도 생각해내고 싶어요. 소중한 건 전부 제 안에 있을 테니까요."

"거기에 사로잡히지 않겠다고, 네 인생을 허투루 하지 않겠다고 약속할 수 있어?"

"네."

"언젠가 다시, 너를……" 누나는 거기서 일단 말을 끊었다. "약간 대담한 표현을 쓰자면, 언젠가 다시 너를 사랑해주는 사람이 나타났을 때. 그 사람을 사랑해줘. 도루는 과거로 돌리고."

사랑의 의미를 나는 아직 모른다.

하지만 그런 말을 들었을 때 일기에서 읽은 그 애와의 나날을 떠올리지 않을 수 없었다.

그걸 뭐라고 부르면 좋을까. 청춘? 사랑? 그 애는 보답 따위 바라지 않았다. 그저 계속 주기만 했다. 날마다, 아무것도 원하지 않고, 그 애는…….

"네, 그럴게요. 그런 사람이 나타나면 그렇다는 거지만요."

얼버무리듯 웃으며 말하자 누나는 가볍게 미소 지었다.

우리는 그때 그렇게 그날 처음으로 웃음을 주고받았다.

그 뒤, 누나에게 도루에 대해 이것저것 물었다. 어렸을 때 어땠나. 어떤 식으로 자랐나. 누나는 찬찬히 하나하나 대답해주었다.

중간에 "이젠 언니 책을 읽고 계속 기억할 수 있어요"라고 하자, 눈앞에 앉은 아름다운 사람이 미소를 지었다.

지금 어떤 작품을 쓰느냐고 묻자 말을 골라가며 가르쳐주었다.

"심각하긴 한데 절망적인 이야기는 아니야. 두 남녀 이야기거든. 만나지 않았어도 둘은 각각 인생을 즐길 수 있었을지도 몰라. 하지만 만난 덕에 인생이 더 즐겁고 풍요로워졌다는 이야기."

다음 날부터 도루의 누나와 약속한 대로 우선 내 인생을 살았다.

그 애 기억을 되살려보려고 다양한 시행착오를 거치면서도 그 때문에 공부를 게을리하지는 않았다.

내 현재는 그 애가 만들어준 미래 덕에 있다.

가을이 가고 겨울이 왔다. 열심히 공부해 그럭저럭 입시를 치렀다.

2지망이기는 해도 봄에 다른 애들보다 2년 늦게 현 내 대학에 입학할 수 있었다.

그 애는, 가미야 도루는 어떤 표정을 지었을까. 기뻐해 주었을까.

화창한 봄날 오후. 합격을 축하하러 벚나무 가로수길이 유명한 공원으로 이즈미와 꽃구경을 갔다. 몇 번 간 적이 있는 곳이었다.

이른 벚꽃이 흔들리고 있었다. 바람이 불면 아직 약간 선득한 계절이었다.

이즈미가 싸 온 도시락을 먹고 나서 공원을 산책했다. 이즈미는 보온병에 담아온 홍차를 종이컵에 따라 건네주었다.

고상한 과일 향이 콧구멍을 간질였다.

"어쩐지 전에 맡아본 향기 같아."

벚꽃을 보며 무심코 말하자 이즈미가 동작을 멈추었다.

"마오리…… 전에도 그 말 했었어."

"그래? 언제?"

이즈미가 주저하는 모습을 보고 장애가 있었을 때라는 것을 알았다.

이즈미의 이야기에 따르면 고등학교 2학년 때 셋이 수족관에 가기로 한 날이었다고 한다.

"걔가 갑자기 누나를 만나서 우리 둘이 수족관에 가게 됐거든. 걔가 싼 도시락이 든 등나무 바구니를 들고 말이지. 고명을 잔뜩 얹은 예쁜 초밥이었는데, 그거랑 잘 맞는다고 홍차도 끓여왔었어. 그걸 마시고 네가 그랬어. 어쩐지 전에 맡아본 것 같은 향기라고. 실은 그 전에 걔네 집에서 홍차를 마신 적이 있었는데."

이어서 이즈미는 조금 전문적인 이야기를 했다.

인간의 후각은 기억과 감정을 처리하는 '해마'라는 부위와 연결되는 모양이다.

그 때문에 냄새가 기억을 불러일으키는 경우가 있다고 한다.

이야기를 다 듣고 나서 눈을 내리깔았다. 호박빛 홍차는 소리 없이 자리하고 있었다.

거기에 벚꽃 꽃잎 하나가 떨어지려다가 말았다. 그렇게 그 애의 기억에 손이 닿지 못한 채로 끝나는 걸까.

이전에도 뭔가 생각날 듯하다가 생각나지 않는 순간이 있었다. 그런 생각을 하며 이즈미에게 "그랬구나"라고 대답했다. 홍차를 마셨다.

'내일의 히노도 내가 즐겁게 해줄게.'

이해하지도, 인식하지도 못한 채 누군가의 말이 기억의 못에서 떠올랐다.

갑자기 생긴 일에 놀랐다. 너무나도 또렷하게 목소리가 들렸다.

내 뇌가 멋대로 전에 들은 음성 파일 속 목소리로 일기에서 본 문장을 재현하는 걸까.

'행복 같은 거 필요 없다고 생각했었어.'

아니, 아니다. 이런 말은 일기에 없었다.

누군가의 희미한 미소가 떠올랐다. 흐릿해서 잘 보이지 않았다. 하지만…….

'히노 널 만날 때까지 그것만이 내 인생이라고 믿었는데.'

그 사람은 낯이 익었다. 살빛이 희고, 호리호리하고, 자상한 사람.

'네 이름을 부를 때마다 어쩐지 즐거운 기분이 들어.'

내 소중한 사람. 나를 늘 웃게 해주었던 사람.

'널 좋아해도 될까.'

기억의 목소리가 그치면서 정신이 들었다. 왜 그런지 눈시울이 뜨겁고 시야가 부옇게 번져 있었다.

바람이 부드럽게 불어 이제 갓 피기 시작한 벚꽃을 허

물었다.

"말 걸어도 돼?"

목소리에 돌아보자 이즈미가 걱정스레 나를 보고 있었다.

나는 입술을 꽉 다물었다. 안 그러면 눈에 맺힌 것이 흘러넘칠 것 같았다.

"응, 고마워. 방금…… 방금 말이지, 뭔가 생각날 것 같았어."

"그래."

"누군가의 목소리가 들렸어. 그 사람이 웃으면서…… 내일의 나도 그 사람이 즐겁게 해주겠다고, 그렇게 말한 것 같았어."

이즈미는 그게 누구인지 바로 안 듯했다.

이즈미는 괴로운 듯 눈을 내리깔고 나는 반대로 웃음을 지었다. 하지만 목소리는 떨렸다.

"난 아무것도 기억 못 해. 그렇지만 살 거야. 그래서 언젠가 전부 생각해낼 거야."

"응."

"소중한 건 전부 내 안에 있으니까. 소중한 걸 전부, 전부, 기억해낼 거야. 꼭. 난, 난……."

나도 모르게 한 손으로 얼굴을 가리고 있었다.

어떤 슬픔도 사람은 언젠가 잊어버린다. 상처는 언제까지고 아픈 것은 아니다.

도루의 누나가 한 말을 떠올리면서도 아플 동안은 울자고 생각했다. 상관없다. 울보면 뭐 어떤가.

전부 내 것이다. 슬픔도, 아픔도, 기쁨도, 추억도, 전부, 전부.

그렇게 생각하며 나는 또 울었다.

마음은
너를
그리니까

역 앞에서 공원으로 이어지는 길 곳곳에 벚꽃이 피어 있었다. 아침부터 쨍쨍하게 비치던 햇살도 오후가 되자 약해졌다.

　화창한 햇살이 사람과 초목을 아련하게 비추는 벚꽃 철이 다시 돌아온 것이다.

　나는 오랜만에 시간에 쫓기지 않고 거리를 바라보며 느긋하게 걸었다.

　고등학생 때.

　입시 공부에 바빠 3학년 한 해가 눈 깜짝할 새에 끝났다. 이렇게 시간이 빨리 가는 일은 평생 또 없을 줄 알았다.

　하지만 사회에 나와서 보낸 1년은 그때보다 더 빨리 갔다. 그런 나날을 보내다 보면 고등학생 때가 꽤나 먼 과거처럼 느껴진다.

그리고 또 생각하게 된다. 꿈이 아닐까. 전부 꿈이었던
게 아닐까. 진짜 나는 아직 고등학생이고 공부에 지쳐 자
고 있다. 잠에서 깨면 옆에서 마오리와 도루가 미소 짓고
있고, 행복해 보이는 두 사람의 모습에 나는 안심한다.

애석하게도 현실은 그렇지 않다. 나는 이제 스물네 살
이었다.

'난 아무것도 기억 못 해. 그렇지만 살 거야. 그래서 언
젠가 전부 생각해낼 거야.'

마오리가 내게 결의를 밝힌 그날부터 3년이 지났다.

대학교 4학년이 된 마오리는 지금도 도루를 기억해내
려 하고 있었다.

일기와 내 말을 참고해 도루와 함께 갔던 장소에 가서
도루와 함께했던 일을 하며 기억해내려고 애쓰고 있었다.

하지만 홍차 때처럼 되지는 않았다.

일은 간단하게도 단순하게도 풀리지 않는다. 그래도 마
오리는 포기하지 않고 자신을 직시하고 있었다. 대학에 다
니면서도 잊어버린 자기 과거를 계속 직시하고 있었다.

조금씩이기는 해도 도루에 대한 기억을 되찾아갔다.

나는 사회에 나온 뒤로는 바빠서 마오리를 만나는 날이

줄었다. 그래도 최소한 석 달에 한 번은 꼭 만났다.

실제로 날씨 좋은 일요일 오후인 오늘도 마오리를 만나기로 했다. 약속 장소는 몇 번 간 적이 있는, 벚나무 가로수 길이 유명한 공원이다.

오후의 공원은 이미 사람들로 북적이고 있었다.

마오리가 대학에 합격했을 때는 둘이서, 고등학교 3학년이 되기 전 봄방학에는 도루, 마오리와 셋이서 온 적도 있었다.

"아, 이즈미! 여기야, 여기!"

마오리를 찾으며 공원을 걷는데 기운찬 목소리가 나를 불렀다.

마오리가 있었다. 벚꽃이 잘 보이는 꽤 좋은 자리에 큰 소풍용 매트를 깔고 그 위에 앉아 있었다.

한번 해보고 싶었다며 마오리가 꽃구경 자리를 자신이 맡겠다고 나섰다. 벚꽃을 스케치하다 보면 시간은 금세 간다고 했다.

도루의 기억을 되찾으려 노력하는 한편 마오리는 자기 인생을 즐기면서 살았다. 그런 마오리 곁에는 대학 친구로 보이는 사람들이 모여 있었다.

"여전히 기운이 넘치네, 마오리."

"기운 없는 나라니 생각만 해도 징그럽잖아?"

그런 농담에 도루의 죽음을 알렸을 때의 마오리가 생각났다.

그것도 어느새 과거가 되고 말았다.

마오리가 간단하게 나를 소개한 뒤, 다 함께 도시락을 펼쳐놓고 먹기 시작했다.

도시락 중에는 마오리가 직접 만들었다는 고명 초밥도 있었다. 요리는 젬병이던 마오리가 꽤 실력이 늘었다. 도루의 기억을 되찾으려고 나와 함께 요리하던 무렵과는 다르다. 경험을 쌓아 잘하게 됐다.

마오리의 친구들은 내가 나이 차도 나고 직장인이라 긴장한 것 같았지만, 먼저 미소 지으며 말을 시키자 금세 편하게 대해주었다.

나도 조금씩 달라진다. 보이지는 않아도 매일 여러 가지가 계속 움직이고 있다.

분명 그게 산다는 것이리라.

문득 보니 마오리도 가까이 있는 친구와 즐겁게 이야기하고 있었다.

도루가 만들고 싶어 했던 것. 그건 지금 같은 마오리의 일상이었을 것이다.

당연한 것을 당연하게, 즐기고 때로는 괴로워하며, 그것도 모두 평온한 일상 속에서, 밤에 잠이 들면 내일이 찾아온다.

도루가 믿던 것. 그건 지금 같은 마오리의 미래였을 것이다.

그런 일도 있었지, 하고 몇십 년 뒤 힘들었던 시기를 지나간 과거로 웃으며 이야기할 수 있는, 계속 움직이는 것.

둘이서 잠깐 이야기하자고, 벚꽃도 감상할 겸 마오리와 벚나무 가로수길을 걷기로 했다.

마오리는 벚꽃을 그리고 싶다며 크로키북을 들고 있었다.

여느 때처럼 시답지 않은 농담을 주고받다가 궁금해져 물었다.

"그러고 보니까 어때? 그 뒤로……."

마오리가 멈춰 섰다. 뭐가? 라고 묻지 않았다.

얼마 지나 응, 이라고만 대답하고는 크로키북을 내밀었다.

의아하게 생각하며 크로키북을 받았다. 지나가는 사람들에게 방해가 되지 않도록 나무 밑으로 자리를 옮겼다. 크로키북을 펴자 풍경과 인물, 동물 등 다양한 그림이 나타났다.

마오리가 평소 그리는 것인가 보다.

"여전히 잘 그리네. 그런데 이게 왜?"

"아, 아니. 좀 창피한데 보여주고 싶은 건 뒤로 더 넘어가서 있어."

이제 와서 우리 사이에 창피할 게 뭐가 있다고.

미소를 지으며 머리 위를 올려다봤다. 소리도 없이 벚꽃이 떨어지고 있었다.

"그나저나 벚꽃이 참 예쁘다."

내가 말하자 마오리도 덩달아 벚꽃을 올려다봤다.

"진짜 눈처럼 보이기도 하지. 하늘이 모르는 눈이라고 했던가? 일기에서 읽었는데, 그 애랑도 여기서 꽃구경을 한 적이 있나 봐. 그때 그 애가 벚꽃을 그렇게 부른다고 가르쳐줬거든."

나도 모르게 마오리를 쳐다봤다.

'벚꽃을 하늘이 모르는 눈이라고 부른 시인이 있었다던데.'

하늘이 모르는 눈. 벚꽃이 흩날리는 풍경은 하늘이 보기에 자기가 내리지 않은 눈 같기도 하다. 도루는 누나의 영향을 받았는지 묘하게 품위 있고 고상한 데가 있었다.

그나저나 마오리는 일기를 꽤 꼼꼼히 읽었나 보다. 나는 마오리에게 듣고 나서야 생각났는데. 슬프게도 세월은 내게서도 도루의 기억을 앗아갔다.

눈을 감고 마음속으로 도루를 그려봤다. 어둠 속에 도루가 나타났지만 얼굴이 약간 흐릿했다. 겨우 6년이 지났는데도 도루는 서글플 정도로 과거가 되어 있었다.

"그 밖에도 말이지, 일기에 분명하게 쓰여 있진 않았지만 오월병을 다른 의미로 가르쳐줬나 봐…… 그게 재미있었다고 쓰여 있었어."

거기서 마오리는 말을 멈추었다. 나는 눈을 뜨고 마오리를 쳐다봤다.

마오리는 지금도 완강하게 도루의 데이터가 든 스마트폰을 받으려 하지 않는다. 소중한 것은 자기 안에 있다며 자력으로 생각해내려 하고 있다.

그게 가끔 슬플 때가 있다.

설령 기억을 되찾는다 해도 도루는 돌아오지 못한다. 어떻게 해도.

나는 입가를 바로잡고 크로키북을 다시 훑어보기 시작했다.

그동안 마오리는 뭔가를 생각하고 있었다.

"아, 생각났다. 벚꽃이 질 무렵은 바쁘지만 5월이 되면 자리가 잡혀서, 그래서……."

마오리의 말을 들으며 종이를 넘기다 어느 그림을 보고 손이 멎었다.

바람이 불었다. 벚꽃 꽃잎이 날아올랐다.

처음으로 영화를 보고 감동한 날 같은, 그림을 보고 감명을 받아 멈춰 섰을 때 같은.

그런, 지나가면 다시 돌아오지 않는 신선한 기분이 나를 향해 불어왔다.

크로키북 속에 도루가 있었다.

처음 보는 그림이었다. 옛날 크로키북에 남아 있던 것은 옆을 본다든지, 겸연쩍어한다든지, 모호하게 웃는 그림뿐이었건만, 눈앞에 있는 그림은 달랐다.

다시 말해 마오리가 기억해낸 도루의 그림이라는 뜻이다.

마음을 진정시키고 다음 장으로 넘어갔다. 그곳에도 같은 표정을 한 도루가 있었다.

나는 멍하니 한 장 한 장 넘겼다. 도루가 많이 있었다.

그림을 통해 그 사람이 분명히 그곳에 있었음을 전해주
는 것 같은 정교한 스케치였다. 기억 속의 목소리마저 들
릴 듯한······.

마오리를 보니 어느 곳을 꼼짝 않고 쳐다보고 있었다.
시선의 끝에는 벚나무 가로수길이 있었다.

말을 걸려다가 직전에 그만두었다. 지금의 마오리는 언
젠가의 마오리와 비슷했다. 뭔가가 기억날 듯 보였다.

"이즈미, 미안. 잠깐 크로키북 좀 줄래?"

"어? 응, 그래."

마오리는 연필을 꺼내 그 자리에서 크로키북에 뭔가를
그리기 시작했다.

벚꽃이 활짝 핀 벚나무 아래.

빠르다. 실은 마오리가 그림 그리는 모습을 처음 봤다.
이렇게 빠른 속도로 윤곽을 잡아가나.

그래······ 그렇겠지. 마오리는 매일 반복하고 있으니까.

도루와 함께 있었을 때도, 도루가 떠난 뒤로도, 매일.

순식간에 밑그림이 완성됐다.

벚나무 밑에 누가 있었다. 서서히 모습이 선명하게 드
러났다.

그날 셋이서 꽃구경을 했을 때의 도루가 있었다.

슬픔을 눈동자에 머금듯 도루는 그날과 똑같이 다정한 눈빛으로 이쪽을 보고 있었다.

어떤 동영상이나 사진에도 남아 있지 않은, 곁에 있던 사람만이 그릴 수 있는 도루의 그림이었다.

시야가 천천히 흐려졌다. 난감해하며 손수건을 꺼내 눈가를 훔쳤다.

위생감. 꾸밀 수 없는 것.

그거 알아, 도루? 나 말이지, 널 만난 뒤로 손수건을 잘 다려서 갖고 다니게 됐지 뭐야.

갑자기 도루와 함께 보낸 시간이 빠른 속도로 재생되는 영상처럼 머릿속을 스쳤다.

모두 언젠가는 잃을 것들이다. 없어질 것들이다.

그래도…… 온갖 것이 변해간다 해도. 인생을 삶으로써 과거가, 아름다운 것이 흐릿해진다 해도. 변하지 않는 것은 분명히 있다.

마음이 그리는 세계는 언제까지고 빛바래지 않는다.

"도루에 대한 기억을 또 되찾을 수 있었어. 하지만 아직 전부 기억난 건 아니야."

마오리가 연필을 놀리며 말했다. 그 애 입에서 깊은 한숨이 흘러나왔다.

"내가 좋아했던 그 애는 이제…… 없어. 하지만 기억은 내 안에 존재해. 몸속에, 마음속에 잠들어 있어. 기억해내면 앞으로도 함께 살아갈 수 있어. 그건 잘 말할 수 없지만 희망 같은 거란 생각이 들어. 세상은 서서히 그 애를, 도루를, 잊어갈 거야. 그래도……."

마오리의 눈에서 눈물이 떨어졌다. 눈물을 닦고 다시 그리기 시작했다.

"내가 왜 울지? 아직 아픈 걸까. 그렇지만 따스하기도 하거든. 난 아마 아직도 그 애를 좋아하는 것 같아. 하지만 괜찮아. 언젠가 다시 사랑하는 사람을 만날 거야. 행복에 손을 뻗을 거야. 그렇지만 그때까지는, 아직 조금 더……."

나는 무슨 말인가 하고 싶었지만 지금은 말이 필요 없을지도 모른다.

상실뿐인 세상에서 도루는 분명히 거기 있었다.

마오리 안에서 도루는 계속 살아가고 있었다.

마오리의 기억 속에 존재하는 그 애는 그런 표정인가.

마오리가 그린 도루는 하나같이 웃고 있었다.

다정한 얼굴로 마오리를 지켜보던 그날 그대로 지금도 거기서 웃고 있었다.

오늘 밤,
세계에서

이 사랑이
사라진다 해도

✳

초판　1쇄 발행 2021년　6월 28일
초판 234쇄 발행 2024년 10월 22일

지은이　　이치조 미사키
옮긴이　　권영주

책임편집　안희주
디자인　　어나더페이퍼
책임마케팅 김서연, 김예진, 김소희, 김찬빈, 박상은, 이서윤, 최혜연, 노진현,
　　　　　　최지현, 최정연, 조형한, 김가현, 황정아
마케팅　　최혜령, 유인철
경영지원　백선희, 권영환, 이기경
제작　　　제이오

펴낸이　　서현동
펴낸곳　　㈜오팬하우스
출판등록　2024년 5월 16일 제2024-000141호
주소　　　서울시 강남구 테헤란로 419, 11층(삼성동, 강남파이낸스플라자)
이메일　　info@ofh.co.kr

ⓒ 이치조 미사키

ISBN 979-11-91043-29-7 (03830)

모모는 ㈜오팬하우스의 출판브랜드입니다.

- 이 책은 저작권법에 따라 보호받는 저작물이므로 무단전재와 복제를 금지하며, 이 책 내용의
  전부 또는 일부를 이용하려면 반드시 저작권자와 ㈜오팬하우스의 서면동의를 받아야 합니다.
- 책값은 뒤표지에 표시되어 있습니다.
- 잘못된 책은 구입하신 서점에서 바꿔드립니다.